关仁山文集

感天动地

从唐山到汶川

关仁山 著

河北出版传媒集团

花山文艺出版社

图书在版编目（CIP）数据

感天动地：从唐山到汶川/关仁山著.一石家庄：花
山文艺出版社，2017.1（2022.1重印）
（关仁山文集）
ISBN 978-7-80755-752-4

Ⅰ.①感… Ⅱ.①关… Ⅲ.①报告文学－作品集－
中国－当代 Ⅳ.①I25

中国版本图书馆CIP数据核字（2016）第302083号

丛 书 名：关仁山文集
书　　名：感天动地：从唐山到汶川
著　　者：关仁山

书名题签：关仁山
策　　划：张采鑫　赵锁学
责任编辑：梁　瑛
特约编辑：谢海江
责任校对：李　伟
装帧设计：鸿儒文轩·书心瞬意
美术编辑：胡彤亮
出版发行：花山文艺出版社（邮政编码：050061）
　　　　　（河北省石家庄市友谊北大街330号）
销售热线：0311-88643221　010-57572860
传　　真：0311-88643225　010-57572860
印　　刷：三河市华东印刷有限公司
经　　销：新华书店
开　　本：710×1000　1/16
印　　张：15
字　　数：220千字
版　　次：2017年2月第1版
　　　　　2022年1月第2次印刷
书　　号：ISBN 978-7-80755-752-4
定　　价：38.00元

序　言

　　2008 年 5 月 12 日 14 时 28 分，中国四川汶川，8.0 级大地震骤然发生。刹那间山崩地裂，房倒屋塌，江河倒流，几万人的生命瞬间消失，还有数以万计的生命处于极度危险之中。汶川地震波及范围之广，远超人们的预料，这无疑是对中国最严峻的考验！

　　面对突如其来的灾难，伤心以鲜血的形式写在每个灾区人民痛苦的心间。来不及落泪，来不及悲伤，灾区人民舍己救人，拼自己的性命去救他人的性命；在这一刻，绽放出无比灿烂的人性光芒！灾区的干部群众不离不弃，失去了自己的亲人却仍在全力拯救别人，创造了一个又一个生命奇迹，让人肃然起敬！

　　党中央、国务院迅即行动，在最短的时间内采取了强有力的措施，举全国之力动员全国人民投入抗震救灾这场战役。绿色军人，红色救援队，白衣天使，青春志愿者，顶着风雨，追赶着时间，从天空，从水面，从危机四伏的山路，奔向地震中心，奔向受难者的身旁。"抢救生命！"声声呼唤传来，急切，贴心，带着体温，带着热量，带着心跳，驱散阴冷和黑暗，抵御死亡的威胁，点燃永不放弃的信念。一朵朵爱之花，在天地之间绽开。在心灵的一次次颤动中，我们见证了一个民族不屈不挠的精神和意志！

　　生命总是精彩的，因而总有历险。这让我想起 32 年前的唐山大地震。我是河北人，我的一些朋友在那场地震中遇难。对于地震灾难，我与家乡人民一样感同身受。这个经历过唐山、邢台、张北大地震的燕赵大地，面对汶川震波袭来，不仅引发深深的悲痛，而且在悲痛中爱心奔涌。特别是唐山人民，怀着不愿回首的悲壮支援汶川。

在关仁山的这部报告文学里，我得知了唐山人民在救灾中创造的几个第一：唐山政府组织编写的《地震常识与唐山抗震救灾经验》宣传册第一时间被送往灾区，四川省委书记刘奇葆激动地说："这个对我们很管用！"唐山医疗队和抗震救灾抢险队是第一支到达成都的外地医疗队和抢险队；唐山向灾区派出了第一支由心理专家和地震孤儿组成的心理咨询志愿服务队；短短几天，唐山人为灾区献血8万毫升。迄今为止，国内民间个人最大数额捐款1.1亿元，出自唐山地震孤儿张祥青之手；唐山民间捐款2.4亿元，加上张祥青的捐款和世界各地唐山人的捐款接近4个亿，位居全国地级城市之首。天若有情，天亦感动。唐山人民的爱心和善举，不仅需要善良和力量，更需要大的勇气！所以说，唐山人不仅仅是感恩，还有流传不息的燕赵侠风，以及中国人同心赴难的民族美德。

我曾有机会多次去唐山，那里给我的想象造成强烈冲击的竟是唐山的颜色。原以为这样一座著名的"煤城"，其基调应该是黑色的，至少也是深色调的，到处都是煤堆……这是在其他产煤的地方得到的印象。但唐山不同，它以周围无边无际的油绿托浮着一片突出的白色。油绿是唐山四周的植被，或许是唐山地区的土质好，庄稼好得出奇，绿得冒油。我从小在农村长大，非常喜欢庄稼，对庄稼的认识比较敏感。绿海中一片高耸的白色，就是唐山市区，街道也相当干净，看不到煤的痕迹，连开滦煤矿大厦，也是一座雄伟的乳白色建筑。唐山市的色调，更像唐山的另一种著名产品：瓷器。这给我的感觉很特别，盛产"乌金"的城市为什么是白色的？如此强烈的反差，让人感到了唐山的两个极端：厚重和轻盈。厚重的是城市的经济，城市的根基；轻盈的是它的文化。这是个会创造也会享受、会赚钱也会消费的城市。

我想凡第一次到唐山的外地人，差不多都会生出相同的疑问：让这个干净漂亮的唐山早就声名远播的煤，藏在哪里呢？1976年秋，我有机会深入到唐山矿井，从300米深的巷道开始，一层层地直钻到700多米深的采掘面，真正见识了原始状态的煤。漂亮！对，我用的就是"漂亮"这个词。人们恐怕很难把漂亮和煤联系起来，但当时我觉得光说漂亮还不够，应该再加上"洁净"。巷道两边是切割得非常整齐的煤墙，乌黑发亮，在灯影里星星点点，闪烁着光芒。往前深不可测，左右厚不可量，我一下子就明白了为什么要把煤称作"乌金"了。煤在地下没有被采掘以前，的确是很美的，干净漂亮，真的像金子一样闪闪发光。只有被开采下来运到地面，才有了煤渣、煤粉，随即也变得脏了，谁碰了谁黑，染到哪儿哪儿污。乌变污，掩住了原有的光泽，但煤的品质还在，以金子类比实不为过。唐山以此立市，才养成了它平实强健的品质和性格。为了运煤，唐山修建了中国历史上第一条标准轨距的铁路：唐（山）－胥（各庄）线。有了铁路自然就要有火车，唐山又造出了中国的第一个火车头。然后，为了满足城市建设的需求，唐山请德国人帮助建成了中国的第一个水泥厂……

唐山以其在传统文化上的独特象征和经济上的强劲优势，迅速成为令人艳羡的个性突出的城市。然而命运对一个城市，有时还会有灾难的洗礼。对唐山的品性最严酷的考验，就是1976年的大地震。大地震后的第四天，我得到特别准许搭乘运送救灾物资的火车进了唐山，却看不到唐山市了，原来的城市成了一片废墟。地震来自地心，奇怪的是距离地心更近的无数矿井反而损失最轻，地震时凡在矿井里劳作的人，大多安然无恙。

我当即就明白了，唐山大地震摧毁的是表面上的一些东西，其城市的"根"并没有受损。有根脉，精神就不会倒，精神也不会垮！

果然，大地震之后的新唐山，比过去规模更大、气势更强大了。煤炭、陶瓷、水泥等原有的王牌工业优势仍在，且借开放的大势愈加生机焕发，高歌猛进。由于唐山北依燕山、南濒渤海的特殊地理位置，又被首都选做伙伴。北京的一些招牌企业东移唐山，如著名的"首钢"。这种"强强联合"使唐山如虎添翼，有了大港口、大钢铁、大油田……以曹妃甸为龙头的科学发展示范区将在那里诞生！

高速发展在见证唐山，唐山在高速发展。至此，唐山现在的地位和无可限量的将来，便一目了然了。唐山的今天，对汶川的将来是很好的鼓舞和启示：汶川的重建一定也会是高速、高效的！

　　关仁山这部报告文学视角独特，从唐山到汶川，相隔千里，时间也跨越了 32 年，整整见证了中国改革开放 30 年的历程，我们从中看到了时代的进步！

　　经过这场救灾，我们对抗震精神有了更真切的体验和深刻的理解。唐山精神不垮，汶川精神同样不倒！抗震精神在中华民族优秀传统的积淀中孕育，在救灾、重建的过程中奔腾、激荡、升华，必将成为我们最宝贵的收获和财富，成为中国人民永远保持前进姿态的精神力量！

　　面对灾难，作家没有缺席，他们都积极行动起来了。他们奔赴灾区，奉献爱心；心系灾区群众，不畏艰险，迎难而上；深入采访，激情创作，从而完成抗震精神的挖掘与重塑！关仁山是唐山大地震的幸存者，他有这方面的生命体验，很快就创作出了这部感人至深的报告文学——《感天动地：从唐山到汶川》，并由河北出版界隆重推出，可喜可贺。我相信，这部作品的出版发行，会让世人更加了解唐山、认识汶川，从中受到启迪，得到鼓舞，引领生活，纯洁心灵，进而推动社会文明的进步！

蒋子龙

（作者为原中国作家协会副主席、天津市作协主席，著名作家）

目 录

第五章　生命的尊严如此美丽

第一章　生命大营救

一切为了生命

　　汶川，一个陌生的地名，进入我们的视野；地震，一场突如其来的灾难，让几万鲜活的生命永远不再醒来，数以万计的生命处于极度危险之中。大地战栗，山川扭动。一座座建筑轰然倒塌，生命被埋，历历哀号和声声呼唤，让天地变色、草木悲吟。汶川、北川、青川……碧水青山、风景如画的旅游胜地，顷刻间满目疮痍，废墟片片。这个恐怖的时间永远定格在 2008 年 5 月 12 日 14 时 28 分。

　　面对巨大的灾难，救灾工作的一切都以生命为中心。中国政府和全国人民对待生命的态度，感动中国，感动世界！胡锦涛总书记和温家宝总理率党中央、国务院迅即行动，在最短的时间内采取强有力的措施，动用巨大的国力进行救灾。各级政府、机构、军队等纷纷行动起来，一支支抢险救援队奔赴前线，各种急需物资源源不断运往灾区。这是一场特殊的战役，一场与死神赛跑的生命竞速！

　　唐山，一个并不陌生的名字，是因为灾难而被世人记住的地理词汇。那也是一场突如其来的地震，24 万同胞遇难，16 万人重伤，一座百年工业城市毁于一旦。时间永远定格在 1976 年 7 月 28 日凌晨 3 时 42 分。面对灾难，党中央、毛主席时刻关心着灾区人民，那也是一场为了人民的大救援。英雄的唐山人民感激党中央、毛主席，感谢人民子弟兵，感谢全国人民的无私支援！

"一切为了生命！"这个在汶川地震救灾中最响亮的旋律，让唐山人哭了。他们的心重新笼罩起巨大的伤痛。已经很久很久了，鲜花叠映着鲜血，大地叠映着瓦砾，阳光叠映着黑暗，雨水叠映着泪滴。逝者为生者承担了死亡，生者承担了灾难的记忆。32 年已经渐渐愈合的伤口，被汶川地震再次撕开了，整个城市变得怀念、哀痛，还有久违了的感动，感动着无限关注生命、把生命视为高于一切、以人为本的新时代到来了。

在纪念唐山大地震 30 周年的《纪念辞》中曾经写道："每一个灵魂里都有音乐，每个人的生命深处也一定绽放着一朵鲜花。纵然这鲜花是秘密的，纵然这音乐已经逝去。因此，我们不用苦难来纪念苦难，不用眼泪来纪念眼泪，面对废墟，我们栽上朴素的小花，穿过时光，我们添上今夜的烛光。生命是一场劫难中最应留下的东西，生命是度过黑夜的最终依靠，生命值得舍生忘死去维护，生命是奇迹和祈盼的源头！"不能忘记，灾难面前唐山人民曾经是那么镇定、从容、坚强，他们有举重若轻的强大忍耐力，更有走出阴霾的神奇创造力。今天的新唐山以威武的雄姿挺立在冀东大地！

因经历了毁灭，才更加珍惜拥有；因目睹了死亡，才更加热爱生命；因感受过博爱，才更加懂得感恩。汶川地震这一刻，唐山人看见了，汶川的废墟上伸出了一只手，那是一个孩子的手，像一朵素淡的花，却比所有的花都娇嫩，都令人动情。我们的孩子也曾经伸出过这样的手，当它战胜死神，从废墟里伸出来的时候，瞬间湿润了我们的眼睛，于是，这座城市怀着不愿回首的悲壮，关注并支援汶川。

说到唐山，就必须要提到燕赵大地的河北省，河北人民对于汶川大地震有着特殊的感受。这个经历过唐山、邢台、张北大地震的特殊省份，他们像全国人民一样，忘却了尘世俗事，阳光般的心朝向汶川，旗帜般的双手朝向汶川，在这一刻，每个河北人都知道该做什么，每个唐山人都会选择去做英雄。在震后第二天，河北省委书记张云川、代省长胡春华带领省委、省政府干部为灾区捐款，并进行了强有力的部署；按照省委的部署，河北省委常委、唐山市委书记赵勇和唐山市市长陈国鹰反应迅速，马上为唐山支援汶川抗震救灾定下了主调：唐山是一座最富有爱心的城市，灾区需要什么就全力提供什么！于是，河北人民行动起来了，唐山人民行动起来了！

大灾无情，大爱无疆。在 2008 年年初抗击雪灾中感动国人的唐山农民宋志永小分队，5 月 12 日连夜奔赴灾区，从废墟里救出灾民 25 人。"四川的父老乡亲们哪，我们是唐山来的，我们是患难兄弟！"一句亲热的唐山话，让灾民心中温暖。一个宋志永带起了千千万万个宋志永。唐山退伍老兵救援队、唐山丰润的皇甫志友小分队、丰南区志愿者小分队、迁安农民小分队、滦南小分队，等等，唐山已有一千多名志愿者活跃在抗震第一线，赢得了灾区人民的赞誉。不能到前线的唐山人，彻夜守候在电视机、收音机旁，为每一次的成功抢救欢呼，为每一次的生命接力揪心，为每一个失去的生命神伤心碎。无论是白昼或是黑夜，他们都在祈祷。不用动员，不用宣传，共赴生命的召唤。他们默默走上街头，捐钱、捐物、献血。地震孤儿来了，截瘫病人来了，孤寡老人来了，他们以不同形式表达爱心。在这次救灾中,英雄的唐山人民创造了许多"第一"。唐山市政府组织编写的《地震常识与唐山抗震救灾经验》宣传册第一时间被送往灾区，四川省委书记刘奇葆激动地说："这个对我们很管用！"唐山医疗队和抗震救灾抢险队是第一支到达成都的外地医疗队和抢险队；唐山向灾区派出了第一支由心理专家和地震孤儿组成的心理咨询志愿服务队；迄今为止，国内民间个人最大一笔捐款 1.1 亿元，出自唐山地震孤儿张祥青之手；唐山籍企业家丁立国慷慨解囊捐助 1000 名灾区孩子，每年为每个孩子拿出 1 万元帮助他们完成学业，直到大学毕业。唐山 71 岁的普通市民尹卫平捐出平时省吃俭用攒下的两万元钱，他对红十字工作人员说："我大儿子在地震中没了，小儿子目前在汶川救灾，我是解放军救出来的！不用说感谢，因为我是唐山人！"好多捐款簿上写着共同的名字："唐山人！"目前唐山有 500 个家庭争先报名，要求收养汶川地震孤儿。他们真诚地说："灾区的孩子想来唐山的，来一个收一个，来一千收一千！"5 月 17 日，唐山开出河北省首趟支援灾区的货运专列，价值 500 万元的救灾物资运往灾区。截至 5 月 19 日，唐山市民向灾区捐款 2.4 亿元，加上孤儿张祥青的 1.1 亿元和世界各地唐山人的捐款，接近 4 亿元，数目位列全国各地级城市之首。另外，唐山人为汶川抗震救灾共献血8万毫升。唐山这些普通得不能再普通的人民，以自身微弱的善举，诠释了一个英雄城市对那场灾难的理解，表达了唐山人民感恩的款款心曲，从而形成了"感恩、博爱、开放、超越"的新唐山人文精神。

这是爱的阳光，谁能估量一片阳光的力量？它能抹去你眼角的泪水和久蓄的阴影，让一个濒临离去的灵魂复苏；它能带动你全身血液，奔向日出的方向。

唐山人和汶川人都深深懂得，我们永远不会忘记那些逝去的亲人。在呼唤生命与抗争的关头，在磨砺意志和精神的关头，在检阅力量和智慧的关头，我们永远感激我们的子弟兵，铭记那些不屈的身影，他们的英勇感天动地。一个又一个艰险摆在我们面前，坚守，突进，奋战，一次又一次的拼搏，让无数生命转危为安。

夜晚的本质是黑暗，而这一点我们没有遗忘，夜晚的灯，就是从黑暗中发出的光明。我们体味黑暗中的"悲欣交集"，之中有大悲，在大悲之外，更有无尽的欣慰。震痛的是心，震醒的是情；震碎的是房屋，凝聚的是精神。泪眼之间，良知复苏了，废墟之上，人性挺立着！5月19日到21日的国家哀悼日，把生命的尊严给了死者，也给了生者。我们的亲人啊，你们没有离开我们，你们是一块砖，等待砌入新城市的墙壁，未来岁月的每一次粉刷，都是一次隆重的纪念，一次温暖的对话。为了明天，我们怀念你们；为了希望，我们纪念你们！在今天注重物质、情感萎缩的时候，让我们从一滴泪的重量重新认识生命，认识人的尊严，认识人间大爱，认识一个民族不屈的力量！灾难让我们奋起，让我们坚强，让我们用信念开创美好未来！汶川大地震比唐山大地震救援更加充分体现以人为本、关爱生命的人文情怀，焕发出患难与共、血浓于水的中华民族精神，是民族精神的一次升华。

英国《卫报》网站发表了一篇文章《凤凰城唐山在劫后赢得生命的战斗》，文章中说：随着四川地震灾区把注意力转向重建，它应该向唐山寻求启示。唐山告诉汶川：地震的恶魔伤害了我们，也伤害了你们。我们是山与川共同组成的骨肉。灾难可以摧毁我们的家园，强行夺走我们的亲人，但是，摧毁不了我们对生命的挚爱，摧毁不了我们重建家园的决心。我的汶川兄弟啊，不要悲伤，不要低沉，擦干眼泪，积蓄力量继续前行！到唐山来看一看吧，32 年过去了，唐山犹如凤凰涅槃、浴火重生，一座经济发达、功能完备、环境优美、充满生机的和谐之城屹立于冀东大地！历史告诉我们，灾难都是以历史的文明进步作为补偿的。我们在废墟与大厦之间寻找平衡，我们在山川之间谋求发展。

唐山人真诚而亲热地说：汶川，我们的好兄弟，经历午休的我做了一场噩梦，许多人没有再醒来，醒来的人同时知道了你。汶川我不想知道你，可是，我们却做了手足兄弟。从唐山到汶川，相隔一千多公里，可是我们走了 32 年，这是名山与大川的牵手。我的汶川啊，你是我紧紧相牵不再松开的兄弟！让我们手挽手肩并肩勇敢地往前走！

从废墟里救出的朝阳，有多少衷肠要倾诉；从死神手里夺回的鲜花，要绽放一个缤纷的季节。请你相信，有党和政府，有全国人民的坚强后盾，有国家改革开放 30 年的经济实力，汶川的恢复建设会比唐山更快、更好！当然，唐山的重要经验还有一条，就是有了外援，还要学会自立，自力更生，艰苦奋斗！有了这个法宝，不需多长时间，将有一座美丽的英雄城在巴山蜀水间呈现。

人类的历史进程永远伴随灾难的侵袭，将来我们还会不可避免地遭遇灾难。不论唐山大地震还是汶川大地震，都给予人类重要的启示，为我们抗灾、减灾积累了经验和教训。所以说，我们有无尽的感慨、无尽的思考、无尽的追问。让我们一起走进唐山，走进汶川……

震波惊动党中央

唐山：

1976 年 7 月 28 日凌晨 3 时 42 分 53.8 秒，那一个黑色的可怕瞬间，在河北省唐山市的地壳下 12 公里深处，长期集聚在这里的巨大能量骤然爆发，相当于 400 枚广岛原子弹在城市底下猛烈爆炸，唐山这座著名的工业城市瞬间被地震化为废墟。唐山大地震，不仅是我国历史上最强烈，也是世界地震史上最为悲剧的一页。唐山大地震造成 24 万人丧生，16 万人受重伤，70 多万人受轻伤，15886 户家庭解体、7000 多户断门绝烟，3817 人成为截瘫患者、25061 人肢体残废，遗留下孤寡老人 3675 位、孤儿 4204 人，数十万居民转眼变成失去家园的难民，全国人民被投入到巨大的悲痛之中。

中南海值班室的电话铃响个不停，工作人员出出进进紧张忙碌着，他们利用一切可以利用的手段，搜寻着全国各地的各种信息和四面八方的情况。毛泽东等党和国家领导人也在焦急地等待着他们的报告。为此，中央特派煤炭部部长肖寒、中共河北省委第一书记刘子厚、北京军区副司令员肖选进和副政委万海峰等乘专机赴唐山考察灾情。为使工作有的放矢，中央政治局原计划等考察组返京，全面听取他们的汇报后再作抗震救灾的全面部署。正在这时，有人报告道："唐山来人了。""快请他们进来。"紫光阁会议室里的中央领导几乎是异口同声地回答道。

开滦矿驾驶矿山救护车进京的李玉林一行、中国人民解放军空军驻唐某飞行团副政委刘忽然和师机关参谋张先仁等一同走进了会议室。李先念、陈锡联、纪登奎等党和国家领导人都站立起来，上前和他们紧紧握手，致以亲人般的问候。国务院副总理纪登奎紧紧抱住李玉林问："唐山怎么样？你们家里怎么样？""整个唐山都震平了，还不知道家里人情况呢，我是来向党中央、毛主席报告灾情的。"李玉林哭着回答。纪登奎听后，马上对办公厅工作人员说："告诉刘子厚同志、肖寒同志，唐山来人了，让他们去唐山后就地指挥抗震救灾！"

7月28日上午10时，北京军区副参谋长李民率领指挥机关先头人员乘飞机在唐山机场紧急着陆。不久，空军机关人员到达唐山。11时，河北省委、省军区先头人员到达。12时许，北京军区副司令员肖选进和副政委万海峰、河北省委第一书记刘子厚和书记马力、省军区司令马辉、煤炭部部长肖寒乘坐的飞机降落唐山军用机场。下午2时，3架飞机载来了沈阳军区指挥机关人员和辽宁省医疗队。下午4时起，5架飞机分别运载大同、阳泉、峰峰、抚顺、淄博、淮南矿山救护队赶到唐山。此时，救灾部队正由西南和东北两路向唐山开进，全国各地的医疗队正迅速组成……

党中央、国务院遵照毛泽东的指示，做出了重大的决策，迅速进行部署。为统一领导和组织抗震救灾工作，中共中央成立了抗震救灾指挥部，国务院成立了抗震救灾办公室。毛泽东批准中共中央政治局委员、国务院副总理陈锡联、纪登奎和中共中央政治局委员、全国人大常委会副委员长吴德全面负责中央抗震救灾指挥部的工作，并授权他们可以调动部队和动用军需物资。地震当日，救援人员火速赶往唐山，慰问电、慰问信、汇款、粮票、大批救灾物资，从长城内外、大江南北飞向唐山。

汶川：

时隔 32 年后，人类将永远铭记历史的这一时刻：公元 2008 年 5 月 12 日，北京时间 14 时 28 分 04 秒。

此前一刻，四川省锦竹市九龙镇派出所所长林顺友，驾车跑在通往市里的路上，他下午有个会要开。

德阳市，东汽中学里，从教 26 年的特级教师、教导主任谭千秋在给学生们讲课。

什邡市，蓥华镇中学的教学楼里，书声琅琅，学生们像往常一样在上课。初二（2）班的女生蒋德佳、初三（1）班的女生廖丽分别坐在自己的教室里。

绵阳市，人民医院里，孕妇胡晓躺在手术台上，医生正在为她做剖腹产手术，她在期待着一个新生命的诞生。

一切都是那么平静，人们做梦也不会想到，灭顶之灾正在渐渐临近！时间一秒一秒地前行，终于停留在 14 时 28 分。灾难突如其来，在这一时刻，大自然骤然露出狰狞的面孔——新中国成立以来最大的、破坏力最强的大地震爆发了！

汶川县位于四川省西北部，隶属于四川省阿坝藏族羌族自治州，是阿坝州的南大门，有"西羌门户"之称，拥有人口 10.6 万，是大禹的故乡，距成都的公路路程为 159 公里。汶川县属于四川的龙门山地震带，自公元 1169 年以来共发生破坏性地震 25 次，其中 6 级以上地震有 18 次，汶川县城并没有遭受过巨大破坏，而汶川人依旧在这片养育他们的土地上继续生活着。

瞬间，大自然的冷酷和残暴让成千上万的鲜活生命消失了，让成千上万的人失去了与自己相依为命的亲人，让成千上万的人失去了自己的家园。

有人用摄像机记录下了惊心动魄的那一刻：山石滚落，河水上涌，大地在颤抖，楼房在软绵绵地瘫倒，公路呻吟着扭曲着身体，尘埃腾空而起，画面里不时传来轰隆隆的鸣响……

地动山摇间，城镇被摧毁，生命被掩埋。

营救从 14 时 28 分开始。林顺友狠狠地踩下刹车猛打方向，掉头朝着九龙镇方向狂奔，途中他不断地向路边的居民大喊："快跑！别管家里的东西！"

赶回九龙镇派出所，林顺友叫上两名民警到辖区去勘察情况，路上有人告诉他，一所坍塌的小学里埋有学生。他赶快叫一名民警回所里请求增援，然后招呼身边的群众进行抢救。没有任何挖掘工具，他们就用双手。哪里有哭声，哪里有喊声，双手就扒向哪里。很快，10 名学生被救出。增援民警赶到后，又共同救出 40 人……

正在听课的蒋德佳只觉一阵地动山摇，想往教室外面跑，但没跑几步，整座楼就垮了，当她醒来时，感到浑身疼痛、饥饿和寒冷。一身是伤的她好几次想入睡，一个女孩的声音从上方传过来："千万不要睡，你睡着了万一醒不来怎么办？"被碎石压在上面无法动弹的女孩告诉她，自己叫廖丽，是初三（1）班的学生，听到蒋德佳的呻吟声，担心她在疲倦中睡着了丢命。为了赢得生机，原本不相识的她们在废墟里不停地相互鼓劲。

突如其来的巨震袭来，让抱着衣服走向卫生间的乐刘会改变方向，她本能地向楼下冲去，可刚到一楼，大楼就轰然倒塌。

据国家地震台网测定，北京时间 2008 年 5 月 12 日 14 时 28 分，在四川汶川县（北纬 31.0 度，东经 103.4 度）发生 7.8 级地震（随后，根据国家惯例，地震专家利用全球地震台网的资料对这次地震的参数进行了详细测定，据此将震级修定为里氏 8.0 级），距离震中 92 公里的成都市区震感强烈。北京、江苏、贵州、宁夏、青海、甘肃、河南、山西、陕西、山东、云南、湖南、湖北、上海、重庆、西藏等省区市均有震感。截至 7 月 2 日，造成 69195 人遇难。

四川汶川发生 8.0 级地震后，震波惊动党中央。中共中央总书记、国家主席、中央军委主席胡锦涛立即做出重要指示，要求尽快抢救伤员，保证灾区人民生命安全。中共中央政治局常委、国务院总理温家宝 12 日下午飞抵成都南郊太平寺机场，赶往地震灾区指挥抢险救灾工作。

5月12日晚，中共中央政治局常务委员会召开会议，听取了有关部门对地震灾情的汇报，并全面部署当前的抗震救灾工作。

为加强对抗震救灾工作的领导，中央决定成立抗震救灾总指挥部，由温家宝同志任总指挥，李克强、回良玉同志任副总指挥，全面负责当前的抗震救灾工作。

面对灾难，需要镇定，需要智勇，需要雷厉风行，需要争分夺秒。

5月12日16时40分，一架波音飞机从北京首都机场起飞。乘坐这架飞机的是中共中央政治局常委、国务院总理温家宝。对于温家宝来说，地震也许是他最熟悉的灾害之一。20世纪60年代，他曾经在北京地质学院学习了整整8年，从本科到研究生，他的专业是地质构造。在他读研究生期间，1966年发生了邢台地震，超过8000人死亡；当他在甘肃从事地质工作期间，1976年发生了唐山地震，24万人死难。

温家宝已经看过地图，并和有关部门领导一起研究情况。在飞机上，他目光穿过崇山峻岭，去寻找让他牵挂的汶川。对于一个学地质专业的总理来说，他当然明白8.0级地震对于一个处于震中、夹在山间的老县城会造成多大的伤害。更何况，这次地震波及的范围远不止汶川一个县。在飞机上，温家宝发表了讲话，为这次地震作了定性：特别严重的灾害。他对着中国地图流下了眼泪。他提了一点要求，要求所有救灾人员"不怕牺牲，不怕疲劳，连续作战"。

他自己也确实身先士卒。当时他刚刚从河南返回北京，随即又启程赴四川。中国最高领导层的行动，赢得了国内外舆论的赞扬，也为中国民众吃下一颗定心丸。

今年春节中国南方的雪灾中，胡锦涛总书记视察煤炭生产，并亲自搬运物资，温家宝总理8天之内三入湖南。在严重的灾害中，人们看到领导者的率先垂范。

与此同时，党中央一声令下，绿色军人、红色救援、白衣天使、青春志愿者，奔走于山地，冲锋于废墟，飞行于空中，与死神展开了一场残酷的斗争！

蒙蒙夜色中，温家宝总理抵达地震灾区四川省都江堰市后，要求部队指战员克服一切困难，就是步行也要尽快进入受灾最严重的地区，早一秒进入受灾地区，就能早抢救一个生命！晚上10时许，微微细雨中，温家宝前往都江堰市灾情严重的中医院和聚源镇中学察看灾情，慰问受灾群众，他用含泪的声音，呼唤着废墟下的花朵。在聚源中学门前的广场上，总理给遇难者遗体三鞠躬。

5月16日至18日，在抗震救灾的危急时刻，胡锦涛总书记来到绵阳。在绵阳南郊机场，胡锦涛总书记与温家宝总理紧紧握手。随即，两位最高领导人携手走出机场的图片传遍大江南北，举国为之动容。后来总书记深入北川、汶川等重灾县市，查看灾情，慰问群众，实地指导抗震救灾工作。5月31日至6月1日，胡锦涛总书记又翻山越岭，赶赴陕西、甘肃的重灾县市考察。

唐山的七月，汶川的五月

· 在自救互救中突显人性的光彩 ·

唐山：

1976年7月28日凌晨，唐山已经没有了黎明，它被漫天迷雾笼罩。石灰、黄土、煤屑、烟尘以及一座城市毁灭时所产生的死亡物质，混合成灰色的雾。浓极了的雾气弥漫着，飘浮着，一片片，一缕缕，一絮絮地升起，像缓缓地悬浮于空中的帷幔，无声地笼罩着这片废墟。

仅仅数小时前，唐山还是那样美丽，现在，它肢残体碎，奄奄一息。蒙蒙大雾中，唐山火车站东部的铁轨呈蛇形弯曲，其轮廓像一只扁平的铁葫芦。开滦医院七层大楼，成了一座坟丘似的三角形斜塔，顶部仅剩两间病房大小的建筑，颤巍巍地斜搭在一堵随时可能塌落的残壁上，阳台全部震塌，三层楼的阳台垂直地砸在二层楼的阳台上，欲落未落。唐山第十中学那条水泥马路被拦腰震断，一截向左，一截向右，错位达一米之多。

更为惊心的是，在大地震裂缝穿过的地方，唐山地委党校、东新街小学、地区农研所以及整个路南居民区，都像被一只巨手抹去似的不见了。

　　一场大自然的恶作剧使唐山面目全非，桥梁折断，烟囱倒塌，列车出轨，七零八落的混凝土梁柱东倒西歪，落而未落的楼板悬挂在空中，到处是断墙残壁……

　　头颅被挤碎的，双脚被砸烂的，身体被压扁的，胸腔被戳穿的……最令人心颤的，是那一具具挂在危楼上的尸体。有的仅仅一只手被楼板压住，砸裂的头耷拉着；有的跳楼时被砸住双脚，整个人倒悬在空中。这是遇难者中最敏感的一群，已经从酣梦中惊醒逃生，然而，他们的逃路却被死神截断。有一位年轻的母亲，在三层楼的窗口已经探出半个身子，沉重的楼板便落下来把她压在窗台上。她死在半空，怀里抱着孩子，在死的一瞬间，还本能地保护着小生命。随着危楼在余震中颤抖，母亲垂落的头发在雾气中拂动。形形色色的人影在灰雾中晃动。他们惊魂未定，步履踉跄，活像一群梦游者，恍恍惚惚。他们一切都麻木了，泪腺、声带、传导疼痛的神经系统都麻木了。

　　但是，清醒的幸存者已经开始了拯救生命的自救和互救！地震灾害与其他灾害不同，这个恶魔不仅震塌房屋，还要毁坏交通、通信等设施。自救和互救非常必要。唐山人民进行了一场顽强的自救。只有在特殊的情境下才可以见证这种特殊的顽强。如果没有第一个人的抢救就没有十几个人的获救，没有十几个人的获救就没有后面上百个人的获救。

　　这次灾难中，据有关资料显示，唐山地震后，唐山市区有60余万人被埋压在倒塌物中。通过灾区人民自救互救脱险的约有48万人，占被埋压人员的80%以上。这说明灾区人民自救互救活动在抢救生命的斗争中占据着极其重要的地位。

　　为此唐山还形成了一套自救互救的经验。这次汶川大地震中，唐山市政府组织编选的《地震常识与唐山抗震救灾经验》中就写进了这方面的经验：大地震中被倒塌建筑物压埋的人，只要神志清醒，身体没有重大创伤，都应该坚定获救的信心，妥善保护好自己，积极实施自救。自救原则包括：要尽量用湿毛巾、衣物或其他布料捂住口、鼻和头部，防止灰尘呛闷发生窒息，也可以避免建筑物进一步倒塌造成的伤害。尽量活动手、脚，清除脸上的灰土和压在身上的物件。用周围可以挪动的物品支撑身体上方的重物，避免进一步塌落；扩大活动空间，保持足够的空气。几个人同时被压埋时，要互相鼓励，共同计划，团结配合，必要时采取脱险行动。寻找和开辟通道，设法逃离险境，朝着有光亮更安全宽敞的地方移动。无法脱险时，要尽量节省气力。如能找到代用品和水，要计划着节约使用，尽量延长生存时间，等待获救。保存体力，不要盲目大声呼救。在周围十分安静，或听到上面（外面）有人活动时，用砖、铁管等物敲打墙壁，向外界传递消息，当确定不远处有人时再呼救。互救是指已经脱险的人和专门的抢险营救人员对压埋在废墟中的人进行营救。为了最大限度地营救遇险者，应遵循以下原则：先救压埋人员多的地方，也就是"先多后少"；先救近处被压埋人员，也就是"先近后远"；先救容易救出的人员，也就是"先易后难"；先救轻伤和强壮人员，扩大营救队伍，也就是"先轻后重"；如果有医务人员被压埋，应优先营救，增加抢救力量。

报告文学《唐山大地震》的作者钱钢说："一个幸存者救活十数人，十数幸存者救活数百人。生者与死者的鲜血融合在一起，在黑色天地间写下一个大大的'人'字。"谁也不能否认，这个大写的"人"字，是汉语言中最秀美的文字，是人类文明历程中最壮丽的纪念碑。它不仅记录了每个灾民在废墟中向上崛起的姿势与精神内涵，同样是人类救灾救困时同舟共济的支撑与搀扶的剪影。

汶川：

因为汶川地震比唐山地震震级大，范围广，我们在这里无力描述震后的惨状了。还是让我们尽快回到他们自救互救的动人故事中来吧，英勇情怀触动着我们的内心，让我深刻感受到人性中最闪亮的光辉。他们，比石头更坚硬，比花儿还温柔。

灾难使灾区人民更加坚强，更加团结。他们忍受着巨大的伤痛和不幸，展开了感人肺腑的自助和互救行动。

汶川地震发生时，崇州市怀远镇中学吴忠洪老师正在给四楼的初一（5）

班学生上英语课。看见大地剧烈地抖动，吴老师当即向班上 29 个学生大喊："同学们，快跑！快下楼，地震了！"他自己则牢牢地将摇晃得很厉害的门框扳住。刚到三楼，被吴老师救出的林霞等学生看到吴老师又向四楼跑上去。后来才知道，还有两名学生因为恐惧仍滞留在教室里。但一切发生得太快了，吴老师和另外两名学生被永远地留在了废墟中，临死前吴老师还抱着两名学生。爱生如子的吴忠洪老师用忠诚将 28 年执教之路升华成一个永恒的美丽。

临时聘用教师杜正香舍生守护 3 名幼儿。5 月 14 日，当救援队员掀开完全坍塌的绵阳市平武县南坝小学的一根钢筋水泥横梁时，他们发现了已牺牲多时的 48 岁学前班临时聘用教师杜正香。她趴在瓦砾堆里，头朝着门的方向，双手紧紧地各拉着一个年幼的孩子，胸前还守护着 3 个幼小的生命。"看得出她是想把这些孩子带出即将倒塌的教学楼。"参与搜救的解放军战士这样说。杜老师的同事杨树兰说："如果不是为了救学生，杜老师肯定能跑出去，可我知道，她肯定不会扔下学生们不管。"

苟晓超老师为救学生英勇献身。5 月 12 日，是通江县洪口镇永安坝村小学 24 岁的苟晓超老师新婚后上班的第一天。地震发生时，他大声吼叫二年级学生赶快下楼逃生，并用尽全身力气大声通知正在二楼和一楼巡查的老师，惊醒的孩子在老师们的带领下陆续从教室撤离到操场。苟晓超老师不顾教学楼顶楼砖头玻璃的掉落，飞跑上三楼抢救 58 个正在午休的孩子。当他第三次冲到楼上抱起两名孩子撤离到一楼地面的最后一级楼梯时，顶楼轰然坍塌，一块重约 1 吨的混凝砖块砸向他的小腿，他本能地将两个孩子"藏"在自己的怀中，用坚强的身躯挡住从天而降的坠落物。藏在苟晓超老师怀中的两个孩子和被困的最后几名学生终于获救了，但苟晓超老师却因伤势过重献出了年轻而宝贵的生命。

汶川地震通过自救互救抢救了无数宝贵的生命。我们真切地看到了一个从唐山、汶川灾难中站起来的英雄群体。尽管生命脆弱，死亡就在一瞬间，但是他们不抛弃、不放弃，恐惧、焦虑、绝望过后，顽强自救；痛定之后，积极施救。用躯体抵挡钢筋水泥梁柱的挤压，以话语慰藉创痛深重的心灵。

这样的民众，是我们这个古老民族积极力量的代表，也是我们在血色微茫中看到的闪亮希望。

·子弟兵，铸就钢铁脊梁·

每一场灾难到来的时候，冲在前面的总是军人。我们可爱的军人征服山，征服水，征服敌人，还要征服大地震，从死神那里夺回无数鲜活的生命。对于军人，唐山人提起就落泪，即使把世界上所有赞美的词汇堆起来，也无法表达他们对子弟兵的敬意。

唐山：

当十万大军还在公路上奔行的时候，唐山在痉挛，在疼痛，在苏醒。震后的黑色的雨，瓢泼般地倾向废墟；和历史上许多大震之后的情形一样，无休无止的暴雨。不知从什么时候起，唐山的废墟中开始一片一片地渗出淡红色的液体。它越渗越多、越积越浓，像一道道细细的淡红色的泉水，从预制板的裂缝中淌出来，沿着扭曲的钢筋滴下来，绕过毁断的窗棂门框，又从灰白的墙壁碎土中渗出来。人们终于看清，这是从蒙难者尚未清理的尸体中流出的血水。淡红色的血水缓缓地流着，聚合成一条条红色的小河，在黑色的废墟上留下了一道道离逝了的生命的轨迹。所有经历过 1976 年大地震的唐山人，都很难忘记暴雨中这一惊心动魄的惨景。

"解放军会来救我们的！"唐山人民这样说着。是的，人民最信赖的子弟兵，从四面八方向唐山迅速集结。他们穿越了暴涨的河流和被地震斩断的道路，甚至穿越了生死，急驰而来，赶赴这场穿越生死的紧急救援。灾难发生的时刻，唐山机场驻军某部十连战士也一起陷入大地的疯狂震荡之中，面对巨大的轰鸣、闪亮的白光、抖动的大地，一些指战员开始以为遭受了原子弹袭击而准备战斗，当他们清醒地判断为地震时，迅速投入救灾行动。幸运的是，该连的几排平房没有倒塌，战士们冲出来后，一部分人员坚守岗位，修复雷达室，十几名官兵由指导员带领疾驰到一公里外的碑子院，救援那里的乡亲。从地震发生到奔赴救援地，仅仅过了 7 分钟的时间，那时余震未息，他们的步伐像喝醉了酒的人一样摇晃。大灾难发生的那一刻，他们首先想到的是人民，而不是自己的安危。

更多的部队在地震中爬起，迅速地集结，星夜向灾区疾驰。北京军区某装甲兵团距震中 120 多公里，他们的营房和生活设施也遭到严重破坏，但 1000 多名官兵震后 3 个多小时就一路狂奔到了唐山市区，用双手从废墟中抢救出的幸存者达 2000 多人。除了这些最先救灾的震区驻军，北京军区 4 个军的 12 个师、2 个军直炮兵团、沈阳军区的 3 个军的 4 个师以及空军、海军、铁道兵、工程兵、基建工程兵、大军区所属医院 10 万大军也奉命紧急出动。桥梁、道路被震断，一道道暴涨的河流挡住了去路，这些救援的官兵恨不得插翅向唐山飞去。当沈阳军区某部来到绥中县的六股河时，山洪暴发，没有桥梁，架桥等不及，他们就用几十辆大马力拖拉机牵引军车，在湍急的河流中强行通过。沈阳军区和北京军区两个野战军分别被挡在蓟运河和滦河边，地震震垮了桥梁，两支大军一路从机耕小路迂回，一路从摇晃着的铁路桥上把他们的军车一辆辆开过去。

"解放军来啦，解放军万岁！"当他们满脸汗水、满身灰尘地来到唐山街头时，所到之处，那些幸存市民们一阵阵欢呼。由于灾难的紧急，由于没有足够的准备，开进的部队没有携带大型的施工机械，甚至连铁锹、镐、铁锤、钎等简单的工具也带得很少，而大量的市民就埋在钢筋混凝土坍塌的废墟里。但他们都携带了一双手，一双双温热的手和他们临时找到的棍棒等简易工具一起变成了铁锹、镐、铁锤、钎，甚至装卸机！就用这双手扒开石头，掀起一块块沉重的楼板，扯断一道道钢筋。士兵们用小锯条锯开钢筋，把钢筋水泥板一小块一小块地分解掉，发现地下还有挣扎的人，如果暂时救不出来，就想方设法给他们送去食物和水，并用早已嘶哑的声音一遍一遍喊话，让幸存者坚持，哪怕是地下有一丝声响，官兵们也会拼命地挖。当每一个幸存者被他们从废墟里抢救出来，周围便又是一片欢呼，这些欢呼声和子弟兵们的身影一起成为大劫之后的唐山一支最有力的强心剂。

许多老唐山人回忆起当年救出他们的部队还忍不住热泪涌动。为了从死神手里抢夺更多的灾民，解放军冒着危险在坍塌的楼板和摇摇欲坠的墙体间救人，开始的几天内昼夜连续奋战，大部分官兵的手上没了指甲，没了皮，血肉模糊，军鞋和裤腿也被钢筋碎石扎烂……也许唐山人最能理解"子弟兵"中"子弟"的含义，这些兵，在危难之中就是自己最可依赖的子弟！有过太多这样感人的例子，今天我们再一次走近这些最可爱的人，再一次热泪盈眶。7月28日上午，正在演习的某部二营接到命令，没吃午饭就火速出发，一路急行军，徒步赶到唐山已是次日清晨，战士们一个个浑身湿透，疲惫饥渴交加，无力地坐到路边。当炊事班架锅熬出了第一锅米饭，他们刚想站起又坐下了，因为大锅旁站满了饥饿的孩子。第二锅又煮熟了，他们又分给了旁边的群众，第三锅还没有煮熟，他们就接到了救人的命令上了废墟……

北京军区老军人穆桂深是当时部队派来了解情况的7名战士之一，乘飞机到唐山后，大家都惊呆了。4名战士回京汇报，他和两名战士留下来参加紧急救援。穆桂深回忆说，当时群众没有什么食品，部队带去的东西都给了老百姓，飞机空投的食物更不能动，首先要满足受灾群众。尽管战士们在废墟上昼夜救人，有时一天也吃不上一口饭。让穆桂深最痛心的是，第四天的时候，粮食供应上来了，可和他一起来的班长却在汽车上一手扶着方向盘，一手紧握挡把，永远地离去了。由于连日的劳累和饥渴，这位年轻的班长倒在了唐山抗震救灾的战场上……

军医朱贤权，抗震救灾时是沈阳军区某部二连卫生员，大地震使他成为唐山人心中永远的白衣天使。当抢救一名叫张维忠的老工人时，这位老工人因骨盆和泌尿系统被严重砸伤，三天没排尿，腹胀如鼓，用导尿管排不出尿来，眼看生命垂危，朱贤权就把导尿管一头插进伤者的尿道，一头用嘴吸尿，一连为伤者吸出了四大碗尿水。30年后，当记者辗转找到这位已从辽宁义县驻军某部退休的老军医时，朱贤权说："我们当时就是救人去的，军人就应该这么做！"

陡河水库告急！就像今天汶川地震的唐家山堰塞湖。

这是一个人们意想不到的险情：大震后，位于唐山东北15公里的陡河水库，大坝下陷1米，主坝纵向断裂1700米，横向断裂每隔50米就有一处，约有50多道裂纹。裂纹有的宽达1米，长达11米。时逢天降暴雨，水位猛涨，大坝岌岌可危。该水库库底高出唐山市10米，有3600万立方米的储水量，一旦决堤，架在唐山人头上的一湖水将咆哮而下，已经震碎了的唐山顷刻间就会变成一片汪洋。可怕的次生灾害！1923年东京毁于地震之后的大火，不就是震撼人心的史例吗？"快逃啊——""陡河要决堤啦！""大水要下来啦！"

在这个紧急关头，一队军人正跑步奔向水库大坝。这是驻在陡河水库附近的北京军区炮兵某团的指战员，刚刚从废墟中脱身，他们就接到了保护水库大坝的命令。

团部先是派兵上坝警卫。可是他们很快意识到了情况的危急：大雨中，急涨着的陡河水像沸腾般地咆哮着，水汽蒙蒙，浊浪汹涌，拍打着有裂纹的坝堤，大有"黑云压城城欲摧"之势。当时，陡河上游的洪水，也像野马奔腾而来，水库水位在令人发怵地上涨，杀机四伏的旋涡，疯狂的浊浪，千疮百孔的大坝……溃堤之险，危在旦夕！必须立即溢洪减压，这是一切一切的关键。炮兵团副参谋长董俊生率领八连战士上堤抢救，他高声喊着："打开溢洪闸！"然而早已停电，闸门启闭机无法启动。他又带领士兵们冲进绞车房，要靠这架手摇绞车，去启动那两扇40吨重的闸门。

这是一个惊心动魄的场面：士兵们每四人一组，用手臂的力量去摇动绞车，去开启那八万斤重的闸门。风雨飘摇，大地仍在余震中战栗，恶浪仍在闪电中发光，涛声如雷，泡沫飞溅。从中午到夜晚，小屋内一阵又一阵地传出"嘎吱嘎吱"的手摇绞车响和战士们于紧张、疲惫中喊出的号子。四个壮小伙子拼命地摇动一百圈，闸门提高还不到1厘米！七八个小时过去了，战士们轮班操作，就像是与死神赛跑。钢铁大闸一毫米一毫米地上升了。他们站在陡河水库大坝，极目远眺白茫茫的水面。三营副营长魏世德当时是参加大坝抢险的一名班长，他指给我看那座不寻常的绞车房。这座小屋是架空在溢洪水道上方的，下面便是巨大的闸门。很难想象，这座"空中楼阁"在那天为什么竟没有倒塌。倘若倒塌，屋内的人不仅会被砸死，而且会栽入数十米的"深渊"。对那种巨大的危险性，魏世德和他的战友们是知道的，开始提闸还容易，几声号子一喊就起来了，谁想到要连续摇七八个小时！绞车房已经震裂，余震一来，房子随时都有可能落架。摇，拼着命摇，汗珠子吧嗒吧嗒地掉，心怦怦地跳。十分钟一班，以最快的速度换班。夜里，两扇大闸门终于提了起来。黑暗中战士们听见溢洪水道中哗哗的淌水声,在场的军人抱头痛哭。水库大坝保住了!

在采访中,我还听说了一个抢险的四川军人,外号叫"小四川",外面的军人把他的身体拴上绳子,他冒死钻入废墟里,去救废墟下的孕妇,不幸余震发生了,他最后用自己的血肉之躯,保护了那个孕妇的平安救出。"小四川"被拖出后,一双手血肉模糊,后背也被钢筋划破了深深的口子,在送往帐篷诊所的途中牺牲了。他的样子,似乎在无言地诉说着人民解放军的忠诚。唐山老百姓都流传着这样的话语:解放军是我们最亲的人!

汶川:

在汶川的抢险中,同样有这样勇敢的13万大军,在第一线抢救人民的生命财产。他们中间有无数的英雄。

四川省绵竹市游仙区武装部长、上校军官郑强就是值得我们记住的一位。连续11天没能睡个囫囵觉,郑强本以为可以借抽调成都军区、准备即将开始的抗震救灾全国英模事迹巡讲的机会,踏实地躺在床上睡一晚,但噩梦不期而至,他说:"我醒来后房间的灯怎么开也开不了,一片漆黑中,说真的,我感觉自己仿佛也跌入到地狱中。"日有所思,夜有所梦。这位在北川失去29位亲人的军人明白自己的这种负疚感将是他一辈子挥之不去的梦魇,"他们都在梦中责怪我,怎么不去救他们? 我知道,我亏欠了他们……"这位44岁的羌族汉子第一次落下泪水。

大地震袭来时,郑强的第一感觉就是,北川完了。郑强的判断没有错,当时在绵阳军分区,他马上下楼跑到军分区大门。军分区的首长们已经在那里了,简单了解情况后,他们开始集结干部和民兵。5月12日下午2时40分,郑强下达第一道命令:"集合民兵应急分队!"人在绵阳,心在北川。即便直觉告诉他故乡和亲人将在这场地震中遭遇毁灭性的灾难,但郑强并没有提出要求带人先返北川,相反,他带领民兵开赴的第一个地点是去唐家山查看堰塞湖的情况,"如果唐家山堰塞湖出事,整个绵阳几十万人就险了"。

郑强出发的那一刻,他突然感到一阵眩晕,这不是地震造成的,而是自己最近几天因为患急性肠炎而虚脱的结果。当时他告诫自己:即使我还有一口气,我也得带人往前冲。在没有道路的情况下，上唐家山是多么艰难！他带领士兵们用刀砍出一条小路，还用红布条做了记号，为后来武警战士背炸药上山开辟了道路。在唐家山忙完一个通宵的抢险，郑强带队返回绵阳。但他一刻没有停留，因为他已经得到消息，北川灾情相当严重。马上冲向北川！绵阳到北川不过二十来公里，震前只有十来分钟的车程，但 13 日这天，郑强和他的队伍整整花了两个小时步行到北川。

对郑强来说，北川的每条大街小巷再熟悉不过了，即便北川已经成为一片废墟，他也清楚自己的亲人被埋在哪些地方。但他并没有指挥民兵们去营救自己的亲人，而是直接赶到人员受困面积最大的北川一中，他想："我必须这么做，说大了，我是一名党员，一名解放军指挥员；说小了，我带着那么多兵，他们都不是北川人，我如果连这点觉悟都没有，今后怎么去面对他们？"

穿过北川县城的街道，郑强带队经过了姑姑和叔姨曾经的住所，楼房已全部坍塌。废墟中，他仿佛听到亲人的呼叫，他狠狠地咬了自己的下唇，泛红的鲜血润唇而出，郑强丝毫没觉得疼。他觉得，在亲人的那堆废墟前，这一刻他更像是一个麻木的陌生人。一步也没有停留，郑强带着队伍一路小跑直奔北川一中，他知道，对这件事情，自己会因此悔恨、内疚一生。

天空又飘起了雨，犹如苍天在哭泣，对郑强来说，更像血在心头滴。看不到的地方是远方，回不去的地方叫故乡……忙碌了整日整夜，站在北川一中废墟里的郑强有些恍惚了，似乎再也听不到咫尺外亲友们的呼吸。这个时刻，泪水夺眶而出，在这个伸手不见五指的夜里，郑强唯一能做的是让自己不要抽泣。男儿有泪不轻弹，只是未到伤心处。第二天一大早，在北川断壁残垣中来来往往的幸存者嘴里，郑强愈发感觉到家族灾难的临近。但他仍然像标枪一般坚挺在废墟上救人，因为他要把坚强传递给所有幸存者和还有生机的人。终于，噩耗从劫后余生的弟弟和妻妹那里传来：在北川的 36 位亲属，14 人遇难，15 人失踪，仅 7 人幸存。郑强那一刻再也站不住了，一下子瘫软在地上。弟弟紧紧抱住他痛哭。那个时候郑强觉得自己脑子里一片空白，怔怔望着不远处亲人遇难的废墟，这位七尺硬汉无论如何都无法再在旁人面前掩饰自己的伤痛，大声哭了。

　　这场劫难让郑强失去了姑姑、姑父、姨父、侄儿、侄女……郑强无法忘记他们的音容笑貌，每天只要稍微眯一会儿，脑子里就全部是跟他们有关的记忆。姑姑从小抱着他玩，姑父总是将最好的东西给他吃，地震前一周他还和他们在一起，现在，一个个鲜活的人就这么从自己的身边消失了。最让郑强无法释怀的，是对他那才四岁多的小侄儿的一句承诺。小侄儿是他们家的宝贝，他跟他相处得像亲生父子一样，喜欢摸他的脸，挠他的痒。郑强永远不能忘记的是跟小侄儿在一起的最后一次，当时他对小侄儿有一个承诺，下午带小侄儿去吃肯德基，但下午部里临时有急事，没能带他去。没想到，这样一个简单的承诺，成为他终生的遗憾。对于他来说，每一个回忆，都是一种残忍的煎熬，他说："我必须表现出坚强，因为我代表的是中国军人。"郑强唯一可以庆幸的是，自己的父母跟自己住在绵阳，尤其是父亲，一般每周末都要回北川，周一才回来，但地震前那周，偏偏周日就回来了，因此幸免于难。

　　南郊机场的卸货场，九洲体育馆灾民安置区，游仙区大小乡村，这些天，绵阳的各个地方都留下了郑强的足迹。十多天来，他没吃上一顿热饭。嘴里两边全烂了。但郑强没有觉得自己苦，因为他将温暖带给其他受灾群众的时候，更感受到了受灾群众的质朴感情。郑强讲到了前几天他去游仙区偏僻的麒麟村勘察灾情的所见所遇："有一家，房子全部塌了，两个老人都是残疾，儿子也缺了条腿，但他们看到我们，没有提任何要求，反而一个劲地感谢我们，说是给政府添麻烦了。"郑强说，那个时候就觉得他们就像自己的亲人一样。"还有一家，原来住在武引水库那边，由于扩建水库，他们放弃了自己的家园搬到麒麟村，但这一次又让他们失去了家园，即使这样，一家人也没有任何抱怨，他们说想得通，这是天灾。"郑强毫不讳言自己当时两度落泪，他感慨地说："老百姓的心胸才是全天下最宽阔的，面对他们，我个人的伤痛算不了什么。"郑强说类似的感动这几天无处不在，"不得不承认，我们乡亲的感情是最质朴的。一次灾难，能够让我们感受到人间真正的温暖，我是军人，没有理由不继续玩命地工作下去，为了老百姓，为了这个国家！我虽然失去了20多位亲人，但我发现自己还有成千上万的亲人，他们永远和我在一起"。

　　我们的目光还停留在北川，那里还有军人的集体形象感动着我们。一片废墟的绵阳市北川县城，救援者们在四处大声呼喊着。放眼望去，几乎所有建筑已成断砖瓦砾，剩下的也已严重扭曲变形，不时有碎物坠落。由于道路中断，重型机械无法进入，军人、消防队员和志愿者们用铁锹铲、用钢钎撬、用电缆拽、用双手刨，在余震不断的废墟中争分夺秒地从死神手中抢夺生命。

"坚持住！我们马上把你救出来，别乱动，坚持几分钟！"在县城中国移动的一个营业部门口，一面巨大的墙体斜压在了街道上，一个战士大声地给受困者打气。战士们踩着晃动的断墙，避开锋利的钢筋。下面的人胳膊被墙压住了，还好旁边一辆小汽车帮他挡住了大部分倒下来的墙。现在有一块预制板挡在他头上，而且被卡住了，拽不开。经过一番激烈的争论，众人一致决定用电缆绕在预制板上，分别从两头拽住，一位救援者找来一只大号老虎钳，伸进手去，咬着牙狠劲地扭动几次，将预制板中间断裂露出的钢筋钳断。断成两半的预制板终于被挪开，下面是一位中年男性，他的右胳膊被压在一大块断裂的墙体下面，已经呈反关节扭曲状，几乎肿胀了一倍。一位救援者找来钻子和榔头，把墙体钻成小块清理出去，旁边的人找来一块三夹板，替受困者遮挡激起的灰尘。他得救了。

地震发生后，重灾区茂县通信中断、道路阻绝，成为孤域困城。那里的群众情况怎样？急需什么帮助？党中央和全国人民揪心牵挂。胡锦涛主席和中央军委果断决策，立即向该地区空投伞兵。

14 日 12 时 20 分，在震中阿坝藏族羌族自治州茂县上空，由河北籍军人李振波大校带领的 15 名突击队员，从伊尔 -76 飞机上成功跳下，并迅速与茂县县委、县政府取得联系，于 15 时许第一次传回了茂县灾情。他们以自己的实际行动证明了人民解放军在抗震救灾第一线不畏牺牲的勇气。

茂县，是岷山山脉、龙门山脉、邛崃山脉的主要绵亘地带，平均海拔4000 多米。这里的大气压只有 400 多毫米汞柱，空气中的氧气含量只有海平面的一半；地处连绵数千公里的强风地带，强风常以每小时 100 ～ 300 公里的速度咆哮于这广阔的空域，多年来，这里一直是中国伞兵空降的"死亡地带"。

李振波是第一个跳出机舱的。在逶迤连绵的层峦叠嶂之上，在 5000 余米的云遮雾绕之中，他和他的勇士们从天而降。

　　这是震惊世界的决死强降！在陌生地域，在复杂气象条件下，在高原地区，无地面引导，这些都是伞降的"兵家大忌"，所有人都把心提到了嗓子眼儿：不可预测的因素太多了，不可知的风险太大了。由于树枝的影响，他没有掉到悬崖深处，那片适合降落的点又满是山林，躲是躲不过的。他们是敢死队！伞兵雷志胜在请战书中写道："作为一名人民子弟兵，在人民生命财产受到威胁之时，我们应该挺身而出，肩负起保卫人民生命财产安全的重任！申请加入抗震救灾队伍，我愿付出自己的一切去挽救灾区人民的生命，实现自己作为一名军人的价值！"

　　这天上午，李振波率100名官兵登上了军用运输机。11时47分，飞机飞临茂县，随着"嘀、嘀"两声短促的铃声响起，他首先跃出机舱，扑向苍茫的大地……

　　风鼓着伞衣向前飘了大约八九分钟后，落在距投跳点约5公里的一片悬崖边上，降落伞挂在树枝上。紧跟着的是空降某军特种大队副大队长詹天雄中校。两名战友降落点相距约50米远。

　　在他们第一波出舱后，运输机用6分多钟时间盘旋返回投放点准备继续空投，此时，他们已经通过对讲机将地面参数报告给了另外13名空降兵，并发出了投跳命令。

　　14日中午12时25分，李振波他们伞降到震中地带茂县，仅3分钟，通信士官雷志胜就建立起了对指挥所的通信联络，并于第一时间报告了安全着陆情况。随后，小分队便转入了灾情勘察上报的艰苦卓绝的工作。他们很快便与茂县领导取得了联系，并于当日15时就利用携带的通信设备首次传回了该县灾情。

　　15名伞降勇士会合后准备跨越岷江。李振波他们通过仍算完好的岷江大桥往对岸进发时，在江边躲难的老百姓列队相望，纷纷拥上前来欢迎他们，他依稀通过浓郁的川音辨别出，老百姓喊着："你们就是当年的红军，终于把你们盼来了。"

　　李振波率队向茂县县政府挺进途中，在岷江边发现40余名在此写生的师生，以及106名前往九寨沟的中外游客被困在泥石流夹击的山谷中，他们及时与阿坝藏族羌族自治州秘书长李黎取得联系，并火速报告指挥所请求救援。

在第一时间报告茂县的灾情后，李振波又带领几名战士到江边看望被困学生和游客。经核实，这些被困的写生师生是成都美术学院的，有45名学生，2名老师。而游客有130多人，其中孕妇2人，伤情较重的有5人。

当天，根据方位指导，运输机空投了食物，暂时解决了部分群众当天的吃喝问题，但伤员当天仍然无法及时运出。李振波非常清楚，直升机的飞行高度一般在5000米以下，超过这个高度性能就会受到损害，对飞行安全构成威胁。而茂县县城坐落在峡谷中，两边多是三四千米的高山，直升机只能沿着河谷飞行，但当时能见度不够，稍有不慎就会机毁人亡。

第二天天气好转，他们迅速通知了后方，下午两架直升机在他们的引导下，在临时建立的机落点顺利完成降落，受伤者和两名孕妇被直升机运到成都抢救。做完这一切，他们每人负重20公斤装备，向震中汶川县进发。

这是一场艰难的跋涉。李振波他们沿着崎岖不平、平均海拔3000多米的泥石流山路，每天徒步近30公里，所有人脚上都打起了血泡，5名队员裆部溃烂。他们为了更多地携带设备，每人只随身穿了一套迷彩服，带了不足3天的干粮和饮水。两天前，已经没有食物、没有水喝，更没有药品，大家嘴上因上火都起了水泡。晚上，他们也只能钻进携带的两具降落伞里抵御川西高原的夜寒，已有5人患上感冒。

对李振波他们来说，最大的困难是道路滑坡和头顶的飞石。两县交界的高山无人区本来就没有什么通途，加上地震的破坏，仅有的羊肠小道更加难行。在离开茂县县城时，他们先是沿着岷江陡峭的岸边穿行，抬头看去，山顶上的悬石都已松动，而脚下不是滑坡流下的泥沙就是巨型的岩石挡道，还有湍急的岷江对他们虎视眈眈。

高空跳伞之前，李振波及其队员就已经做好了野战自救生存的准备，他们降落的地方就是当年红军走过的道路。红军能在那样艰难的情况下闯过川西，作为现代军人，他们更不会畏惧。还好，空降兵必备的野外生存实践并没有机会用上。

就是在几重威胁之中，他们静静地穿越了死亡之谷。而脱离死亡之谷并不是终点，他们又翻越十几座大山，进入最终目的地汶川。

当我跟李振波连线的时候，李振波连连说："我只是做了一个军人应该做的事情。我是河北人，我们河北经历过几次大地震，我要给河北人民争光！"

危险，并没有随着大地的平静而离去。山崩地裂，江河阻断。34处堰塞湖，成为悬在百万人民头上的达摩克利斯之剑，看来比当年唐山的陡河水库还要凶险。奔腾不息的湔河在这里被死死围住，形成了一个最大可蓄水3亿立方米的天然悬湖。雨在下着，水位急速上涨，余震不断。北川告急，绵阳告急，四川告急！

险情就是命令，临危受命，不惧生死。5月21日，专家和武警水电部队官兵，从悬停在唐家山堰塞湖坝顶的直升机上冒险跳下，一场排危抢险的战斗正式打响。25日黄昏，成都军区1800名官兵组成突击队，每人携带10公斤炸药和镐钎，步行突进唐家山坝顶。他们走的就是当时郑强带队留下的路线，看见了红绸布在舞动……

6月1日凌晨，经过生死决战，终于在唐家山堰塞湖坝顶挖出了一条数百米长的泄流槽，比原计划节省一半时间。6月7日，泄流槽开始泄流。

无论是郑强，还是李振波等15勇士，他们是伟大的，他们能够在大家和小家的取舍中选择前者。郑强也是感性的，他面对那么多亲人的离去会声泪俱下；郑强还是人性的，所以他会做噩梦，会愧疚良久。事后李振波也说那一跳有些后怕。我想，那些牺牲的军人也一样，他们想活着，想在完成救灾任务之后与家人团聚。但是，他们走了，走得很勇敢。我们一直试图在这场灾难之后去寻找那些失去亲人的英雄们，寻找他们内心深处的原始碎片，从而发现人性的光辉。庆幸的是，我找到了。郑强是这样的典型，还有青川的武装部长袁仕聪，这位同样在震后营救中无法顾及自己母亲和侄女的汉子，情到深处也会痛恨自己、埋怨自己。我们一直被感动着，因为他们的奉献，因为他们的自责。有一种痛叫作放手，相信更多的人能够从这种伤痛中体会他们的伟大和崇高。有一种爱叫牺牲，让我们能够从灵魂深处被感染，去接受这样一个有血有肉的钢铁军人。

第二章　众志成城

河北在行动，唐山在行动

　　我们有爱做支撑，寻找残垣断壁下的生灵；我们有爱凝聚力量，在泪水中迸发感恩的情怀，一切悲痛都在此，化作了爱的凝聚。这一时刻，四川灾区感受到了最前沿的河北力量。在地震灾害发生的当天，河北省委书记张云川、代省长胡春华分别对全省支援灾区工作做出了重要批示，要求河北各级党政机关和全省人民要认真贯彻落实中央政治局常委会会议精神和重大决策部署，紧急动员起来，全力支援灾区。他们表示，河北曾经为地震灾害多发地区，历史上曾经发生了邢台大地震、唐山大地震、张北地震灾害，全省人民在进行抗灾救灾斗争中得到了党中央、国务院的亲切关怀，也得到了全国人民的无私援助，因此，对于人间的互助亲情有着更为深刻的理解，所以更要发扬"一方有难，八方支援"的精神，急灾区人民群众之所急，解灾区人民群众之所难，积极主动地支援灾区抗震救灾。5月13日上午，省委、省政府大院干部职工进行了踊跃的捐款活动。

　　与此同时，省委、省政府当即决定成立了由省委常委、副省长杨崇勇任组长，省政府办公厅、省委宣传部、省政府应急办、省民政厅、省财政厅、省卫生厅、省商务厅、省建设厅、省地震局等部门有关负责同志为成员的支援四川灾区工作领导小组，全面展开了支援四川灾区的各项工作。仅仅5月13日一天，省直机关就完成了三件事情：向四川省捐赠的500万元人民币由省财政厅紧急汇出；组建了13支医疗救护队、12支卫生防疫队、500人的抢险救援队，随时待命奔赴灾区救援；组织了一批药品、食品、帐篷等救灾物资，随时听令调运灾区。

在省委、省政府的紧急部署下，河北各地积极行动起来，尤其是发生过地震灾害的地区行动更为迅速。邢台市委、市政府于13日上午9时召开紧急会议研究支援灾区行动，市委书记董经纬、市长姜德果等四大班子领导带头捐款，到11时机关个人捐款就达27万元，当天就将捐献的500万元财物运发灾区。唐山市委、市政府紧急行动着。地处坝上高原的张北县于13日上午召开常委扩大会议部署抗震救灾工作，截至中午12时，全县干部群众已累计捐款100万元，并于当日送到了国家民政部。同时，县里还组织了包括20多名医护人员在内的150人抗震救灾救援队，并完成了统一集结，奔赴抗震救灾第一线……

妥善安置四川汶川大地震灾区1400多万被转移的受灾群众，是中央高度关注的问题。为了让群众在恢复重建过程中能够安顿下来，中央决定，在向灾区提供大批救灾帐篷的同时，安排专项资金，为灾区首批建造100万套救灾过渡安置房。5月25日，胡锦涛总书记来到河北省廊坊市，实地考察救灾过渡安置房的生产情况。25日上午10时许，胡锦涛在河北省委书记张云川、代省长胡春华等陪同下考察了雅致集成房屋（廊坊）有限公司。位于河北廊坊经济技术开发区的这家企业，承担着13500套过渡安置房的生产任务。厂区内，到处码放着生产用的钢材、泡沫板，运送原材料和制成品的货车来来往往，全厂1000多名员工正昼夜不停地加紧生产。胡锦涛走进焊花飞溅的钢构车间，一边观看生产过程，一边向企业负责人询问情况：生产班次是怎么安排的，原材料有没有保证，生产上还有什么困难……总书记问得十分仔细。他叮嘱企业负责人说，过渡安置房生产任务非常重要，关系抗震救灾工作全局，一定要开足马力，加紧生产，提前完成任务，以实际行动支援抗震救灾斗争。

雅致房屋现在每天能生产过渡安置房 500 套，把产能提高了一倍。雅致房屋生产的过渡周转房，目前正源源不断地运往地震灾区，而廊坊市组织的 240 多人的建筑队伍早已抵达灾区，目前正在进行前期土地平整和其他工作，周转房抵达后，会及时得以组装使用。

25 日，胡锦涛总书记来到中太集团，在精神抖擞、整装待发的安装救援突击队前，总书记叮嘱大家，到灾区后，要急受灾群众之所急，加紧工作，出色完成任务，让受灾群众早日住进"新家"。

这个时刻，河北省援建的都江堰市聚源泉水村安置点、崇州市蜀都驾校安置点和三郎镇安置点，到处都是你争我赶、紧张繁忙的场景，测量、规划、平整场地、夯实地面等工作已经全面展开。

这期间，河北出现了几个第一：国家民政救灾部门接受的第一笔政府捐款，来自 1998 年发生过 6.2 级地震的张北县；地方政府向灾区派出的首批抢险救援队伍，其中最早出发的队伍来自 1976 年发生过 7.8 级大地震的唐山市；地方政府向灾区紧急捐献应急食品，最早到达的方便面食品是来自 1966 年发生过 7.2 级大地震的邢台市的华龙方便面……这些争先恐后的行动表明一个道理：曾经经历过灾难困扰的人们更加理解"一方有难，八方支援"的真情实感。截至 5 月 21 日，河北全省已经向灾区捐赠款物达到 3.76 亿元。

在捐款的队伍里，我们时刻都感动着。

河北藁城市徐村村委会门前，厚厚的捐款记录本，凝聚着村民们的爱心。这时有一位鹤发童颜的老太太，缓缓走到捐款箱前，从兜里掏出一沓 5 元、10 元和 20 元的纸币，工作人员说共有 1000 元，全是第四版的老人民币，有的钱已经无法流通了。在场的人都惊讶了。这位老人叫马小玉，生于 1908 年，再过 15 天就整整 100 岁了。这 1000 块钱是老人省吃俭用攒下来的，攒了几十年，本来是要在百岁生日的时候花的，她听说汶川地震后一定要把钱捐给灾区。老人的孙子介绍说，奶奶年轻就守寡，最看不得孤儿寡母的艰苦生活，看到地震让那么多孩子成为孤儿，她非常难过。她说自己年纪太大了，要是年轻一点儿要收养个孤儿。

我看到河北消防部队孙军的一篇报道，孙军是我的朋友，我们赶紧连线了。

他发来了河北消防部队 300 名官兵到四川救灾的感人事迹的文稿。14 日上午 8
点，省公安厅领导殷殷嘱托整装待发的 300 名将士：希望你们不辜负党中央、
国务院，河北省委、省政府以及河北人民的期望，与灾区人民同呼吸、共命运、
心连心，出色地完成党和人民赋予的光荣任务。14 日上午 8 时 30 分，官兵们
带着重托乘飞机赶赴绵阳。下午 1 时许，河北总队 300 名特勤官兵分乘由绵阳
市政府组织的 8 辆客车、2 辆卡车踏上了与死神争夺时间的征程。从绵阳出发
时，天下着绵绵细雨，或许是上苍在讲述人世间无尽的哀思，笼罩在官兵们心
中的却是悲伤和激越之情。车很快进入了山道，穿梭在河流、大山之间的公路
上。道路两边已经面目全非，泥石流、山体滑坡造成的石块堆积在路的两旁，
不时会发现路旁被山体滚落的巨石压塌的车辆，一些桥梁也支离破碎、垮塌。
经过 3 个多小时的颠簸，5 时许车队到达一个叫檬子树的地方。战士们很是急
切，认为终于可以投入战斗了，了解后才知道，这只是中转站，他们的任务是
到平武县南坝镇进行救援。山路弯曲狭窄，不时有碎石滚落。300 名官兵背负
着侦检、救生、破拆、照明等 9 类 41 种 2696 件套特勤装备器材，37 顶帐篷、
被褥和洗漱以及 3 天的饮食用品。每名官兵负重至少 50 公斤。官兵们背背、
肩扛、手抬，踽踽行进。脚下担心塌方，头上害怕滚石，越往前行余震感愈发
剧烈，稍有不慎，就可能被石块砸中，就可能因余震随泥土、石头滚落山涧。

　　晚 7 时许，突击分队终于到达南坝镇。南坝镇属于绵阳市平武县较富裕的
一个乡镇，是平武县受地震灾害最严重的。据当地政府救灾指挥部人员介绍，
全镇约有 7000 名常住人口。由于地理因素限制，楼房建筑集中，在地震中全
镇有 80% 的房屋倒塌，其余 20% 的房屋有不同程度的损毁，断水、断电、通
信中断，成了一座孤岛。

　　8 点 30 分左右，突击小分队通过生命探测仪在两栋相向倾斜的家属楼中，
发现在北侧四层家属楼最底层有生命迹象。

　　"张强、王少辉担负观察哨任务，王传家、梁成志立即实施救人。"

　　此时，每隔 20 分钟就能感觉到大地震颤。两栋楼房相互倾斜近 10 度，支
撑的水泥支柱多处断裂，岌岌可危，随时都有坍塌的可能，每一次余震就会有
碎的水泥、砖块滚落。

王传家这位入伍15年的石家庄消防支队特勤班长，好像丝毫没有感觉到危险的存在，匍匐爬进只有30厘米高的狭缝中，用携带的切割机割断一块连接水泥的钢筋，用手将瓦砾、杂物一点点清除。副班长梁成志趴在地面用手电筒照明。

突然，大地战栗，屋脊上的泥土、碎砖纷纷滑落。

"快撤！"未等观察哨的战士说话，担负现场指挥的任珠善总指挥长以及副总指挥长齐声喊道。

"真险呐！"远处围观的群众不约而同地惊叹，所有人的心都悬了起来。

每一次余震都会伴随着"快撤"的惊呼喊叫声，在场的每一个人无不为我们的战士担心。

30分钟过去了，突然听到微弱的呼救声，在场的人满腔充溢着对生者的惊喜，紧接着又发现了幸存者的一缕发丝。战士们一边和幸存者说话给其安慰，一边加快了清理速度。

面对生命的呼唤，战士们似乎忘记了恐惧，清除大的水泥预制板愈加困难，同时又怕施救不当失去支撑后幸存者再次被埋压。

时间一分一秒地流逝，3个小时过去了，被埋的张显影（化名，女性）终于露出了半个身子。此时，一大块水泥预制板压住了张显影的双腿。

"算了吧，想办法锯掉我的腿吧，只要保住我的命就行。"张显影，一位普通的50余岁的居民向战士们请求说。

王传家一边安慰她，一边努力将身体探近，采用起重气垫实施支撑，并将一根绳子拴在了张显影的腰部。空间慢慢扩张，王传家将绳子递给梁成志，然后抓住张显影的双手合力将其拖了出来。看到生还的妻子，丈夫郭幸福泪如雨下，激动地对妻子说："老伴啊，纸钱我都给你烧了，是河北消防战士给了你第二次生命啊！一辈子不能忘啊！"并坚持要给任珠善下跪，被任珠善紧紧拉住。在场的人无不满含热泪。

泪水是对生命回还的感激，也是对战士们无畏精神的感动。

在抗震一线，有一个来自河北省的"微型地震局"——中国电子科技集团

54 所应急地震指挥车。这是一个能在抗震一线工作的地震应急指挥系统,具备地震会商、调研、灾害评估等多项功能。"在灾区现场,救灾人员与北京、成都召开的多次电视电话会就是通过它来进行的,为现场建立起有效、完善的通信网络,为领导应急决策提供了实时、可靠的保障。"一直奋战在抗震一线的 54 所工程师程卫自豪地说。

5 月 15 日,河北省抗震救灾指挥部协调会紧急决定:向四川地震灾区派出大型工程机械。原因是一些受灾群众被掩埋在废墟下,被大量沉重的倒塌建筑构件死死压住,救援难以顺利进行。河北是建筑业大省,向抗震救灾前线支持大型工程机械,责无旁贷。5 月 16 日,河北建筑业共 77 人的队伍出发了,10 台吊车、5 台挖掘机一同奔赴一线。有人说在汉旺镇的废墟上,可能有生还者! 可能有生还者的消息,是当地群众配合武警搜救队搜索后发出的。"生命探测仪有反应! "河北建设救援队临时党支部书记潘树坤得知这一消息后,喊叫着发布了命令:"华北建设,吊车! 中太集团,吊车,铲车! ""赶紧上去,上面可能有生还者! "当时是 5 月 19 日 13 时 44 分,救援队刚刚到达汉旺镇抗震救灾指挥部,车辆刚刚熄火,77 位救援队员甚至还没有来得及走下运送他们的客车。从前一天夜里开始,他们还没有吃过一顿饭。

"生还者"这三个字立刻引起了救援队的一片轰动,他们最盼望的就是生命的迹象了。三台大型工程机械立刻重新轰鸣起来,被点到的队员扔下行李,从客车上冲下来。面前,携带物资的车辆已经打开车厢,防毒面具、口罩、施工手套快速地发到他们手中。这些队员冲上工程车的车帮,脚刚刚站稳,手刚刚抓住车上的把手,三台车辆就嘶吼着冲了出去。

"我二哥一定还活着! "米文平哽咽着说。这个身材魁梧、面色黝黑的四川汉子,红着眼睛呼唤他的哥哥。他的二哥米文德,就是河北建设救援队此次要搜寻的重点。潘树坤指挥吊车说:"尽最大努力搜救! 只要有一线希望,我们就拼命干。"这是一座 4 层单元楼,一共有 4 个单元,米文德的家就在最西侧那个单元的二楼。要想救人,唯一的办法,就是将这座单元门前的废墟清理掉,打通一条"生命通道"。13 时 56 分,参与搜救的 3 台车辆和 9 名救援队员到达现场。在与现场武警、抗震救灾指挥部人员协商之后,潘树坤确定了搜救方案。中太集团的铲车驾驶员陈亮猛烈地点火发动，铲车发出一阵怒吼，冲向废墟。前进，左舵，车铲落下，铲入废墟；车铲扬起，右舵，后退，车铲落下，倾倒废墟垃圾……周而复始地操作，陈亮手中娴熟而迅猛。忽然，米文平大喊一声："等一下，里面有声音！"铲车停止了轰鸣，人群屏住气息，废墟中果然隐隐约约传来一阵乐曲声。这让所有参与搜救的人员精神一振，难道真要有奇迹发生？15时40分左右，在经过将近两个小时的铲运之后，一单元门前的废墟终于将要清理完毕，赵亮正要一鼓作气，清理最后一小部分，但被两名武警制止了："如果发生大的震动，会造成这栋楼再次坍塌，搜救行动将面临更大的压力。"

两位武警军官带领数名消防战士飞快地爬上了二楼，向下仔细观察、倾听。这一次，他们没有听到任何声音。潘树坤大声喊："铲车退后，吊车上！"华北建设集团的司机将那辆完全伸展后臂长达32米的吊车开了过来。他要将压在一楼顶上的巨大混凝土板、圈梁吊出来。吊车缓缓转动，第一块长约5米、宽约1米、厚约50厘米的混凝土板被吊到一旁。看着这重量超过1吨的钢筋、水泥组成的重物，人们的心越揪越紧，在如此重压下，一个人逃生的概率究竟有多大？数十块水泥板被吊了出来，一个够人进出的洞被打开了。一位武警战士试探着钻了进去……过了几分钟，这位武警战士出来了，他一脸沉重，说里面的空间只有1米高低，没有任何生还者，也没有任何遗体。他的手中是一条沾满灰尘的牛仔裤，没有血迹，里面有一部手机，一摞10元、20元的纸币……奇迹终于没有能够发生。有人埋怨米文平谎报军情，但是潘树坤拦住话头说："我们要理解灾区人民的心情，我们没白干，起码知道了没有生命，我们事后也不后悔了！河北人民应该有这样的胸怀！"米文平感激地紧紧握住潘树坤的手。

秦阳是河北石家庄人，现就读于成都武警指挥学院。他所在的部队，是最早抵达地震前线开展救援的部队之一，也是温总理在灾区接见的第一支部队。他和战友们连续奋战6天7夜，搜救出130多名被埋在废墟之下的群众。

5月12日下午2时15分，秦阳他们在学院操场上组织训练。正在活动身体时，突然感觉脚下的土地在摇晃。当时，学院正在搞建设，秦阳以为是有汽车开过来了，没想到摇晃的时间很长，感觉持续了有 1 分钟左右，秦阳他们还看到不远处的学院食堂烟囱被震掉了。大家意识到是地震了，教室里的同学们也都跑出来集结。大家纷纷给家人打电话，可是电话无法接通。

1 个小时后，成都武警指挥学院组成第一支奔赴一线抗灾的部队。车不够，救灾设备也没有，秦阳他们紧急准备了约 1 个小时，才把背囊、水、铁锹等备齐。晚 6 点多，秦阳他们分乘十几辆大解放车向震中汶川县进发。晚 9 时许，车行进到都江堰市，由于道路垮塌，无法前行，他们便就地展开救援。秦阳他们分成两个小组，分别在两个受灾最严重的单位展开救援，一组在一所小学，秦阳所在的二组的任务是救援都江堰市中医院。后来我了解到，秦阳他们是这次强震中最早到达灾区并展开救援的部队。

都江堰市中医院的主体建筑是一座 L 形的六层楼，大部分都塌了，拐角部分还没塌。听这里的医务人员介绍，地震时，这座楼里有医务人员、病人及家属等共 200 多人，一部分成功逃离，大部分都埋在了废墟之下。秦阳他们一下车，就开始了救助活动。他们排着一字长队，搬着一块块压在人们身上的石块、石板、钢筋等。震后的都江堰余震不断，据统计，前 24 小时有 1000 多次余震，可以说一次连着一次，由于这座楼只塌了一半，另一半随时都有垮塌的危险。但秦阳他们顾不得这些，连夜开始救助。他们知道，地震后前 24 小时，有的说是 48 小时，是救援的黄金时间。也就是说，救援开展得越早，意义越大。不久，消防部队的大型起重设备也来了，秦阳他们的救援进程加快了。

晚 11 时左右，温家宝总理来到秦阳他们身边，总理一直走到秦阳的面前，人们呼啦一下子都围上去，秦阳很快被挤到总理身后。温总理在视察时说了许多鼓舞士气和安慰人心的话，这个镜头被中央电视台播出了，第二天，舅舅给秦阳打电话，说在电视里看到他了，就在总理身后。秦阳感觉很自豪，几天的劳累都不算什么了。

一位妇女哭着对总理说，自己的亲人就压在废墟下面。温总理握着她的手，难过地说："我们一定尽快把人救出来，您放心。"随后，他握住战士的手说："同志们辛苦了，一定要把人尽快救出来。"温总理的到来，给了大家很大的鼓舞。

　　50 分钟后，秦阳他们救出了第一个人。当时，秦阳他们正在往外传递石块，远远地听到一声喊："担架！"担架就在秦阳的身边，他赶紧把它传到声音传来的方向。五六分钟以后，四五个人抬着担架，从五六米远的废墟上艰难地走过来。担架上躺着一个 30 多岁的女子，长头发，被送到救护车上。

　　当晚 12 时左右，天空下起了雨，而且越下越大。虽然秦阳他们身穿雨衣，但衣服仍然都湿透了。秦阳他们一夜没睡，冷、困、怕，以及救人的急切心情交织在一起。13 日晚上 9 时许，秦阳他们听到有一个年长的妇女在喊救命。秦阳大声问："有人吗？"这个声音立刻回答："有。"语气中充满了期待。秦阳循着声音望去，看到一只沾满灰尘的手，她的身躯被压在一块石板下面，医生见此情景，赶紧过来给她输液，有人给她递过去水，她喝了一口，看起来精神还不错。秦阳招呼起重机马上移过来，用钢筋捆住压在妇女身上的石板往上提，没想到，石板在升起来时散了，砸了下去，秦阳的心猛地一沉，眼泪都快掉下来了，心想："完了。"秦阳赶紧跑过去问被压的老人："您怎么样？"老人回应道："没事。"秦阳他们的心中再次升起了希望。直到 14 日下午 2 时 30 分，一层层的石板被移开，这位 60 多岁的大妈终于被救了出来，大家都非常兴奋。在她的身边，还有一位老大爷，早已没了呼吸，秦阳他们只得放弃，去营救其他的生命。

　　15 日早上，秦阳、队长、中队长，还有一位北京来的地震专家，又发现了一个生存者，秦阳他们看到一只手在动，给他水，能喝。他前面立着一根钢筋，爬不出来，消防官兵过来把钢筋剪断，他开始往外爬，可是被身子下面的钢筋挂住了。秦阳他们把地上的钢筋等杂物捡干净，七八个小时后，他成功地爬了出来，秦阳他们抬来担架，把他送到救护车上。这是一个 40 多岁的男子，是秦阳亲手救出的幸存者中唯一最终活下来的人。

　　让秦阳痛心的是，虽然他从废墟中抢出了 130 多人，但多数都已经离秦阳他们而去了。几天来，他们看到了太多的生命悲剧。13 日上午 10 时许，秦阳他们挖出了第一具尸体，是一个 20 多岁的女孩，整个人缩成了一团，身体还是软的，没有流血，五官很端正、漂亮。秦阳没有觉得害怕，只是觉得生命太脆弱了。有一个医院的老伯伯，找到秦阳他们，说她的女儿是个护士，压在里面，秦阳赶过去，能看到她压在石板下面。可是需要救的人很多，只能按照难易程度，先救容易救的。到第二天秦阳赶过去时，她已经死了。老伯伯哀伤的眼神让秦阳非常难过。

有一位 50 多岁的阿姨，是秦阳记忆最深的。因为家里有人住院需要手术，家人都来探望时赶上了这场地震，一家 17 口人，13 人都被埋到了废墟下面。每抬出来一位亲人，她就痛哭不止，到后来，她已经哭不出来了。

从 16 日下午开始，废墟下的幸存者越来越少，而且，尸体已经开始发出了臭味，秦阳他们两小时一换，上前挖埋着的人。有时一个组两小时内能挖出 10 个人，多的时候，5 分钟就挖出来一个，基本上都已经死亡了。在救人的过程中，秦阳的脚崴了，他用手一拄，拄到一根钢筋上，连厚厚的手套都划透了，右手划了一个 5 厘米长的大口子。到第六天，秦阳他们挖完了地上 6 层，挖到了地下室，很多在一楼的人被砸到了地下室里。有一个镜头让他终生震撼：一个年轻妈妈抱着一个两三岁的男孩，整个身体把孩子包住。秦阳他们用了好大的力气也无法掰开，后来就让她们母子一同下葬了。

经过 6 天 7 夜，19 日凌晨 2 点，秦阳他们的救助行动宣告结束。19 日上午，秦阳他们开始给灾民挂帐篷。

这次抗震救灾的经历，让秦阳震动很大，他克服了心理上的恐惧和体力上的高度透支，经过这次考验，在以后的日子里，他会更加坚强、会更加爱国和珍惜生命。在秦阳救灾的时候，父亲和母亲非常惦念他，母亲给他发信息，秦阳的父亲秦玉强是石家庄的一名法官，5 月 16 日，秦玉强在博客上给儿子写了一封感人肺腑的信：

我儿秦阳：你好，今天是汶川地震的第四天了，知道你们武警成都指挥学院四年级的同学们，以最快的速度在第一时间赶到了灾区，也知道你们第二救援小组在灾情严重的都江堰中医院开展救援，我和你妈很感动，也很担心……

刚开始，我们都在不停地搜索与都江堰中医院救灾有关的信息和图片。看到灾区的凄惨和悲壮，也看到了你们这些年轻军人无所畏惧和勇往直前的英雄气概。看到你们一张张娃娃脸上透露出的却是沉着与凝重，略显单薄的身板却力挺起祖国的磨难……你们在与死神赛跑，在与天灾抗争，硬是从死神手里抢回了 40 多条生命，这本身就是奇迹！被救者会记住你们，人民会记住你们，国家会记住你们！你是父母的骄傲，军人的骄傲，国家的骄傲！看着你们忘我战斗的画面，我和你妈非常激动，真想过去与你们并肩作战，然而我们还要坚守自己的工作岗位。在不同岗位，让我们一家人开展竞赛，看谁功劳大、贡献多。家里一切都好，所有亲人都在关注着你，爷爷、奶奶、姥爷、姥姥每天都要打电话询问情况，并让告诉你注意安全。还有，今天是我的生日，你从来没忘过发生日祝福短信，今天没收到你的短信，但我非常理解，毕竟忠孝难以两全！你要记住，在爸爸心里为国尽忠就是最大的尽孝！最后，抗震救灾到了攻坚阶段，你一定要坚持到底……

　　5 月 18 日中午 12 点 25 分，天空晴朗了。四川省都江堰市向峨乡爱莲社区，一个抗震救灾临时党支部在这里成立。成员来自河北省衡水市芍药村和北京梁漱溟乡建中心。2008 年 5 月 14 日上午，由河北芍药村 15 名农民和北京梁漱溟乡建中心的 8 名支农队员组成的抗震救灾志愿联队 23 人在中国人民大学广场集合，奔赴地震灾区第一线四川。他们的主要工作任务是在农村建立救灾点，救人防病，并联合四川的民间组织，把支农物资直接分发给村民。该队伍的带队人是河北芍药村的号称"亿万富翁"的支书王文忠，他不仅是本次行动的资助人，而且还亲自带队奔赴灾区。去年，他抽身繁忙的生意场，回村当了村支书，承担了村里的扶贫发展工作，带动村民脱贫致富。梁漱溟乡村建设中心则是芍药村的发展合作伙伴。大学生志愿者们正是被王文忠的精神感召才自愿加入到队伍中的。而另一个来自乡建中心的带头人白亚丽则曾经是感动中原的人物，是大学生休学支农的第一人。抢救生的希望，哪里都是一线。连日来，这支队伍辗转于成都、彭州、都江堰之间，每天工作 15 个小时以上，自费采购物资，安抚灾民。王文忠激动地说："我们都是农民，天下农民是一家，我们能做的就是帮帮受难的农民，鼓起勇气重建家园！"为了更好地带领大家抗震救灾，队伍中几位党员决定成立临时党支部，与灾区农村的党支部联合活动，全面协调抗震救灾工作。紧跟着，西柏坡农民救援队与他们会合了。

在河北的大家庭里，唐山的反应最为强烈。众所周知的原因，他们经历过唐山大地震。

正率团在欧洲访问的唐山市委书记赵勇多次与市长陈国鹰和市委、市政府领导同志通电话，紧急磋商支援灾区的措施，号召全市各级各单位、全体党员干部和广大人民群众紧急动员起来，就像当年全国人民支援唐山那样，以实际行动迅速投入到支援四川灾区抗震救灾斗争中去。遵照省委指示，唐山市委、市政府迅即成立了"援助四川地震灾区领导小组"，赵勇书记任组长，正在国外考察的他急忙回国，并叮嘱机关同志替他捐款。抗震救灾领导小组迅速、有序地组织救援力量，派出医疗队、抢险队、专家组，紧急启动相关预案，动员必要的人力、物力和财力，随时准备支援灾区。当天，市委、市政府向四川灾区发去慰问电，并向灾区捐款1000万元。13日发表致全市人民的一封信，要求各部门和企业千方百计与灾区有关地方和单位取得联系，开展对口支援。全市人民踊跃捐款、捐物、献血，以实际行动为灾区人民分忧解难。5月13日上午，阳光明媚，在象征唐山人民取得抗震救灾胜利的唐山纪念碑广场，唐山市市长陈国鹰在唐山市向四川灾区捐献救灾物资启动仪式现场说："曾遭受过大地震的唐山人民永远也不会忘记大地震给唐山人民造成的心理创伤。唐山725万人民应发扬知恩图报的中华民族优秀品德，全力支持四川震区人民抗震救灾。"曾经经历过唐山大地震的唐山市民张志文在现场感慨万千，他激动地说："我们唐山人永远不会忘记当年全国人民和四川人民对我们唐山市的无私援助，一方有难，八方支援，唐山人民和四川人民心相通，我们的情意血浓于水！"据悉，唐山市13日已经向四川灾区捐献了1000万元救灾款。在当年抗震救灾中积累了丰富经验的唐山抢险队、唐山医疗队和志愿者小分队也已经启程前往灾区，支援汶川抗震救灾。

我们的热血奔涌成波涛，捐款热情空前高涨。前来捐款的市民络绎不绝，捐款办公室门口都排起了长队，市红十字会捐款办公室已由最初的1间增加到3间，仍不能完全解决排队等候捐款的问题。前来捐款的既有普通市民，也有企业、机关、学校代表。他们当中有小孩，有老人，有地震孤儿，年龄最大的85岁，最小的则是由奶奶抱着来捐款的1周岁小朋友，还有在地震中被砸伤的残疾人坐着轮椅、拄着拐杖前来捐款……当唐山电视台的记者采访到他们时，谈起自己当年经历的那场大地震，心系着现在正在地震中遭受不幸的灾区人民，他们都眼含泪水，希望灾区同胞能够坚强地挺过来。5月14日这天，地震孤儿杜明丽、杜明艳姐妹也来到了红十字会，将积攒下来的2000元捐给灾区人民。妹妹杜明艳是唐山大地震时送到邢台育红学校孤儿中最小的一个，当时只有3个月。她泪流满面，激动地说："唐山大地震时我们是被好心人救起才活了过来，是党给了我们第二次生命。如今，四川地震灾区人民有难，我们更应伸出援助之手，献上一点儿微薄之力。"姐妹俩还鼓励在四川地震中失去父母的孩子们，要坚强起来，战胜灾难。许多市民在"捐款感言簿"上深情地留下了自己的心声，一位署名为"唐山市民"的捐款人留言："千言万语都不能表达我们此时此刻的心情，我们只有以实际行动关爱灾区人民。地震无情人间有爱，让我们一起携手共筑美好家园。"明星饭店员工留言："同样的经历、同样的感受，把我们的爱献给灾区人民。"丰南区黑沿子镇镇委书记张国金激动地说："我们雪莲湾人是有爱心的，一定要为抗震救灾出力！"于是，在这个沿海小渔村里回荡着《爱的奉献》这首歌曲，街头巷尾排起了长长的捐款队伍，短短三天，这个小渔村捐款56万元。截至15日下午3时，唐山市接收捐款已达3900万元。

　　这个危急时刻，网上有两个唐山人发的帖子引起人们的注意。这是两个救人的帖子，让我们感受到唐山人的急切心情：

　　我曾亲历过唐山大地震，我现在发现汶川的救人方式有点问题，请大家帮着转：急！！！急！！！救灾技巧：希望尽快组织大量生理盐水到救援现场！女孩被救出10分钟后去世，这是可以避免的。肢体被挤压超过24小时后开始出现肌肉坏死。一旦移开重压，坏死肌肉会释放大量的肌红素、蛋白、钾等电解质，迅速引起心肾衰竭而死。这就是很多被救人员在被挤压中还能说话，而救出几分钟后死亡的原因。因此，在移开重物前就要为伤者滴注生理盐水，让伤者进行有效代谢，把血液中这些东西排出后再移开重物。否则一旦移开重物，死亡的概率很高。希望尽快组织大量生理盐水到救援现场！如果采用我的建议能挽救更多人的生命，请好心人牺牲1分钟的时间帮忙转发，救助我们的四川同胞！

谨防"假死"！唐山人陈建军紧急提醒救援人员。我曾亲历过唐山大地震，我现在发现汶川的救人方式有点问题，如果采用我的建议能挽救更多人的生命：从废墟中救出的人有些好像已经死亡，但其实是长时间埋在地下造成的窒息。如果抬出来后先不用布盖住，让其置于室外，并洒些水淋一淋，有可能会复活，即"假死"！唐山大地震时，我的哥哥被挖出来后就已经没有一点儿气了，我们都以为他已经死了，就放在地上。但由于震后下了雨，被雨水淋过以后，过了十多分钟，我哥哥奇迹般地有了呼吸。这几天我一直在打红十字会的电话，想把这个建议转达灾区救援队，但一直占线，请相信我，我是亲历者。请同胞想办法把我的建议转达！您的早点转达或许早救一个"假死"的人！

两个帖子被救灾人员下载了，分发传单一样拿到了救援现场。据说还真起了作用。

13 日下午 2 时 30 分许，唐山市医疗救护队员们在成都双流国际机场一下飞机，成都市政府、市卫生局的相关领导同志便热情地赶上来迎接，工作人员打出了"欢迎你们，感谢你们，唐山医疗救护队的同志们"的大红条幅。据成都市卫生局领导介绍，唐山市医疗救护队是第一个来支援成都的医疗队，成都人民非常感谢唐山人民的大力支援。随后，双方进行高效率的协商后，唐山市38 名医护专家兵分三路，奔赴各大医院。其中，唐山市工人医院崔建中副院长带脑外、胸外等 7 名专家赴成都市第三人民医院。据成都市 120 急救指挥中心介绍，这里有一台脑外手术、两台骨科手术需要做。唐山工人医院另外 10 位医护专家则奔赴郫县人民医院，那里有 15 台骨科手术需要做。唐山市人民医院 18 位医护专家则奔赴成都医学院第一附属医院。18 时，三支小分队分别驻扎到相关的医院。23 时，在成都医学院第一附属医院，唐山人民医院的骨科主任李长江和专家姜小华主刀为一名绵竹的地震伤员实施第一台手术——右足踝部碾挫骨创伤手术。此后，唐山医疗队的数名专家还将连夜为伤员们进行4 台骨创伤手术。

12 岁的陈浩是四川德阳什邡市龙居中心小学的学生。大地震袭来时，全班 60 余名学生被埋在废墟里，在当地群众的救助下，40 多个孩子被救出来，十几个孩子不幸遇难。陈浩是个小英雄，他是在协助同学外逃时被埋的，18

个小时后才被救出来。当时他的左小腿皮肉外翻，腓骨骨折，胫前肌坏死，胫前动脉闭塞，伤口里满是玻璃碴儿、破布絮、灰尘等脏物，已经严重感染，高烧 40 多摄氏度。经新都区医院的医生们会诊后，认为为陈浩做手术的困难比较大，腿可能难保。唐山市工人医院骨科的李劲松医生仔细分析伤情，决定尽最大努力保住陈浩的腿。在当地医生的大力配合下，李劲松从容走上手术台，开始为陈浩做手术。手术花了 4 个多小时，光是盐水就用了 3000 毫升，过氧化氢用了 1000 毫升。最后，李劲松成功为陈浩进行了植皮，将其外翻的肌肉缝合好，当地医生由衷地竖起大拇指。记者见到术后的小陈浩时，他对记者说："我非常感谢唐山的医生叔叔，是他保住了我的腿。"李劲松医生非常敬业，有时后半夜也要去医院查房。5 月 18 日，他连续为 6 位伤员做了手术，从早上 8 点 30 分一直工作到晚上 10 点 30 分，累得拖着腿走路。李劲松告诉我们，唐山大地震那年他才 7 岁，他的母亲和弟弟都遇难了，是外地医疗队为他治好了伤，现在有这个报恩的机会，他一定要尽全力多为灾区人民做点力所能及的事情。

5 月 14 日上午，唐山专门召集当年参加过唐山抗震救灾的专家，研究抗震救灾过程中最容易发生的问题、最容易忽视的问题、最应该采取的措施，同时发动群众献计献策。在痛苦的记忆里，唐山写成了给中共中央和四川人民的《关于抗震救灾工作的建议》。经验专报里面是这样的宗旨：对天灾，历史没有多大差异；念死者，尊生者。唐山人建议："一、进入灾区的救援人员越多越快越好，只能打人海战术，尽快抢救伤者。二、进入灾区的救援人员要尽量携带撬棍、锹镐和水、消毒药品。三、空中力量特别重要，尤其要调大量直升机空投食品和药品，转移伤员和孤儿。四、想尽一切办法，与断绝交通和通信的受灾地区取得联系，让受灾群众知道党中央高度重视救灾工作，全国人民正在支援抗灾；通信断绝的地方可派直升机投放传单；要组织大量的志愿者进入灾区对受灾人员进行心理疏导。五、对受灾人员实施分散治疗。医疗救护人员在做好现场处置的同时，应视受灾人员的病情轻重，对轻者就近转移到相关医疗单位治疗，重者送到外地治疗。初期抢救最需要的是导尿管和骨折夹板，当年唐山大地震时很多人就是因为受挤压，排尿不畅而死亡。六、要做好生活饮用水的消毒工作，防止发生肠道传染疾病，密切关注环境卫生问题，组织进行大面积消毒，避免一些病菌的繁殖、传播和有害病媒生物的滋生。七、注意食品的安全，在受灾群众中提倡饮用开水、食用熟食，同时广泛开展全民健康教育。八、在尸体的处理上，采取消毒火化处理，在不能火化的情况下要选好固定地点，对尸体进行消毒后一次性深埋。最后是如何做好震后伤员救助工作。根据唐山抗震救灾指挥部和亲历过救灾的同志提供的经验，自救和互救是大地震发生后最先开始的基本救助形式，震时被压埋的人员绝大多数是靠自救和互救而存活的。除了救助方面，还有防疫、转运伤员、重建等方面的建议。都是唐山人民用生命和鲜血换来的经验。"一本长达几万字的专报，体现着唐山人民火热的心。四川省委书记刘奇葆接到专报后激动地说："唐山的建议很管用！四川人民感谢你们！"

5月19日，唐山市委常委、宣传部长郭彦洪和副市长高瑞华、政协副主席胡万宁赴灾区第一线，代表市委、市政府协调指挥，并慰问了抗震救灾的前线人员……

唐山人将义无反顾，用爱抚养同胞留下的后代，让整个世界知道，他们的亲人还有唐山的父老乡亲，还有祖国13亿人民。唐山市民政局19日上午表示，经与四川民政厅沟通，唐山市将接收500名四川地震孤儿，并由500位"唐山妈妈"提供"爱心港湾"。

据唐山市民政局副局长史玉芬介绍，1976年的唐山大地震，曾使4200多名幸存者成为地震孤儿。在政府和唐山人民无微不至的关怀下，他们均安家立业，唐山市在收养及关怀地震孤儿方面积累了较为丰富的经验。

唐山市民政局、唐山市妇联19日上午组织了"唐山妈妈为四川地震孤儿营造爱心港湾大行动"，这项活动旨在号召全体市民以"感恩回报、无私奉献"的质朴情怀，投入到寄养、收养四川地震孤儿的爱心行动中去。此前，唐山市已经有600个爱心家庭的"唐山妈妈"在民政部门登记报名，愿意做四川孤儿的"爱心港湾"。

"我想帮助一个四川地震灾区的孤儿，男孩女孩都没关系，只要能给孩子一个温暖的家。"一大早，路北区的王女士就打进民政局社会处开通的帮助地震孤儿报名咨询热线。据了解，和王女士一样有爱心的人士还有很多很多。地震孤儿张晓东上午便来到市民政局社会处报名，在助孤申请表上填写了个人信息："地震使我变成了孤儿，但我希望通过这种方式给四川地震孤儿建造一个充满爱的避风港。" 42 岁的郝立欣从事了 20 多年的幼教工作，也来到市妇联儿童部填写登记表："我此时此刻的心情非常激动，恨不得马上就能帮助到地震孤儿，用自己的爱使他们走出地震带来的心理阴影。"

这是心灵的感应，这是血脉的呼唤。唐山人民向灾区人民郑重承诺，四川地震孤儿一定会得到妥善安置，在美丽的新唐山，在唐山人民的真情呵护下，他们一定会寻找到失去的家庭温暖。

5 月 26 日，国务院办公厅印发《汶川地震灾后恢复重建对口支援方案》，中国中东部地区 19 个省份将对口支援四川省 18 个县（市）以及甘肃省、陕西省等受灾严重的地区。灾后恢复重建、对口支援按照"一省帮一重灾县"的原则，依据支援方的经济能力和受援方的灾情程度，合理配置力量，建立对口支援机制。各支援省市每年对口支援实物工作量按不低于本省市上一年地方财政收入的 1% 考虑，连续支援 3 年。其中，河北省对口支援平武县。在河北省对口支援崇州市建设过渡安置房工作后，对平武县灾后重建的援助即将展开。

早在《方案》印发之前，河北省就组织了知名规划设计专家进行座谈，内容就是针对平武县的灾后重建工作。专家讨论的规划建设方案是，要建立在地质灾害评估的基础上。

平武县下辖 9 镇（其中 3 个羌族聚居镇）16 乡（其中 8 个藏族乡、5 个羌族乡）共 25 个乡镇，全县有汉、藏、羌、回等 12 个民族，总人口 18.7 万人。平武县位于绵阳市北部，地处四川盆地西北部，青藏高原向四川盆地过渡的东缘地带。平武县属于国家级剑门蜀道风景名胜区范围，西北 177 公里处就是著名的自然风景区九寨沟，到九寨沟旅游，就要途经平武县。平武县的野生大熊猫数量位居全国之首，被称为"熊猫的故乡"。

根据平武县有关部门提供给河北省的一份材料显示，"5·12"特大地震对平武县的破坏是毁灭性的。全县所有乡镇村全部受灾，交通、通信全面中断，供电、供气、供水等系统全部瘫痪，房屋倒塌，人员伤亡严重。其中，南坝、平通、水观等乡镇灾情严重。截至 2008 年 5 月 30 日 16 时，地震已造成全县3014 人遇难，2920 人下落不明，32191 人受伤；房屋倒塌 190 万平方米，危房 1084 万平方米，轻微损毁 27 万平方米；道路损毁 1310.5 公里，桥梁损毁198 座；水利设施方面，损毁水库 2 座，渠系 1520 公里，小型蓄提水工程 940处，堤防 20.053 公里，全县经济损失达 440.11 亿元。

为尽快帮助平武灾区人民恢复重建，按照河北省委书记张云川、代省长胡春华的要求，6 月 6 日和 7 日，河北省副省长宋恩华赶赴绵阳市和平武县，与当地政府就尽快开展灾后重建工作进行了沟通衔接，为共建平武美好家园做准备。副省长宋恩华带领河北省建设厅等部门负责人深入平武了解灾情，他们冒着随时可能发生的余震和山体滑坡的危险，实地考察了平武县受灾最严重的南坝镇、平通镇和龙安镇。宋恩华一边察看灾情，一边与该县领导商讨重建计划。遇到受灾群众，他就走上前去慰问，说河北人民将与他们一起重建家园。宋恩华还与平武县主要领导及有关部门负责人进行座谈，探讨援建思路，分析了重建工作面临的困难和问题，还就建立相互沟通机制、尽快确立前线指挥部等一些问题深入交换了意见。

为了认真贯彻河北省委、省政府对口支援平武灾后重建工作会议精神，河北省发改委、河北省民政厅、河北省建设厅等部门负责人也深入平武调研，提出了各项援建工作的初步方案。平武县由于处于四川盆地西北部，山高谷窄，素有"八山一水一分田"之说。全县面积虽然不小，但除了受灾乡镇原址外，适合重建的平地很少，所以，寻找合适的重建地块将是今后面临的最大难题。据悉，河北省将在江油、南坝设立平武灾后重建前线指挥部，具体负责平武灾后重建的各项工作。目前，对口援建平武的各项工作正在有序开展，河北人民力争为灾区人民交上一份优异的答卷。

平武县教育系统在这次地震中受灾严重，全县中小学（含教师进修学校、幼儿园、局机关）校舍、附属设施及教学设备全部受损，校舍、附属设施损毁50 多万平方米，直接经济损失近 4.8 亿元。地震发生后，平武县已着手学生的异地安置工作。目前，平武中学高三的 470 名学生将在成都西南财经大学完成复习和高考，在学校重建完成前，还有 3000 名学生需要安置。学校灾后重建所需资金 8.7 亿元中，目前还有 7 亿多元的缺口。从一份 "5·12" 地震平武县中小学复课需求教师信息统计表中了解到，平武县南坝中学等 20 所中小学复课需要的各科教师为 87 人，其中包括心理咨询教师 10 人。

对口援建坚持 "硬件" 与 "软件" 相结合、"输血" 与 "造血" 相结合、当前和长远相结合的方针，以充分调动人力、物力、财力、智力等多种力量，优先解决灾区群众的基本生活问题。对口支援的内容和方式有：首先，提供规划编制、建筑设计、专家咨询、工程建设和监理等服务，建设和修复城乡居民住房，建设和修复学校、医院、广播电视、文化体育、社会福利等公共服务设施，建设和修复城乡道路、供（排）水、供气、污水和垃圾处理等基础设施，建设和修复农业、农村等基础设施。其次，提供机械设备、器材工具、建筑材料等支持，选派师资和医务人员，提供人才培训、异地入学入托、劳务输入输出、农业科技等服务。再次，按市场化运作方式，鼓励企业投资建厂、兴建商贸流通等市场服务设施，参与经营性基础设施建设。为尽快帮助平武县人民恢复生活生产，河北省在平武县 23 个乡镇的 93 个安置点开展了过渡安置房建设工作，并派出了医疗卫生、规划设计、施工建设等 1100 多名各类援建人员前赴平武。

援建工作正在紧张有序地进行，再次彰显了一种感恩、博爱、开放、超越的人文精神。

宋志永和他的弟兄们

带着同样刻骨铭心的惨痛记忆，带着感恩与回报的心，唐山好汉宋志永和他的 12 个农民弟兄不惜举债，千里迢迢来到四川地震灾区。

看到汶川大地震的消息，宋志永眼睛红了。短暂的伤心过后，他的第一个反应就是，汶川遭灾了，他心里疼。没有人给他下命令，因为唐山经历过同样的灾难和痛苦，也受到过来自全国人民的帮助，他们一定要替他们做点什么。宋志永心里默默地说，帮助四川人民救灾，这是小分队弟兄们共同的心愿，也是所有唐山人民的心愿。他的妻子帮他准备好简单的行囊，他马上想到了跟他抗击雪灾的兄弟们。他分别给同村 12 个兄弟打电话，他们是：王家翔、宋久富、宋志先、王保中、王保国、杨国平、杨光明、杨东、王德良、尹虎、陶秀军、王金龙。大家当即决定：组成宋志永爱心志愿者小分队，赶快去救人！

可是，时间不等人，队员们有的在田野里给小麦浇水，有的在乡镇企业的车床旁劳动，有的在给人家盖房帮工，马上集合起来还有困难。怎么办？宋志永当即决定，他先走一步探路，然后电话联系在灾区会合。当晚 8 点，宋志永一个人孤独地上路了，他打车到了北京，想买到成都的火车票但未能如愿，在火车站待了一宿，第二天一早只买到去郑州的火车票。

火车刚刚启动，宋志永接到了团市委的电话。宋志永说："这还等啥？我已经上路了！"汶川地震后，中共唐山市委第二天即召开会议专门研究如何支援灾区，因为唐山人民始终牢记着 1976 年大地震时巴蜀人民的殷殷深情。共青团唐山市委副书记甄贵福想到刚刚获得"中国青年五四奖章"的宋志永有一支志愿者队伍，便立即与他联系，哪知他已在路上，于是甄贵福决定立即带上宋志永志愿者团队的其他 12 名队员从北京直飞成都，然后赶往绵阳援助他。宋志永怕坐火车耽搁时间，便赶往机场准备直飞成都，结果成都机场封闭。情急之下，他从郑州打出租车到了西安，又从西安打车赶往成都，途中得知汶川不能去，绵阳受损也严重，便临时决定先参加绵阳的抗灾抢险。14 日凌晨 5 时，宋志永在绵阳下了车，得知北川灾情严重，交通、通信全部中断，宋志永便决定到最需要人手的北川去。出租车去不了，他租了一辆摩托车，冒险进山，单枪匹马闯进了重灾区。宋志永和摩的驾驶员冒着纷纷扬扬的细雨，躲避着还在不断滚落的岩石，一路提心吊胆，花了近 3 个小时，终于赶到距离北川县城 6 公里的地方，震后的泥石流把道路阻断了。他向摩的付了钱，只得徒步前进，在翻越大山的时候，几乎是艰难地爬行。他感应到了地层深处的心跳，大地也感受到了一个唐山农民汉子勇敢的心跳。他进到一片废墟的县城里，像当年的唐山一样，这里都平了，到处是残垣断壁，到处是尸体。他看到灾区的惨景，泪水又一次夺眶而出。

宋志永是唐山玉田县东八里铺村农民，宋志永爱心志愿者小分队，这个 13 个人的团队在 2008 年抗击雨雪冰冻灾害的斗争中，就曾千里迢迢奔赴湖南郴州灾区抗灾，被媒体称为"13个人感动13亿人"。宋志永因此而获得"第十二届中国青年五四奖章"，荣获"2008年唐山市十大杰出青年""郴州市荣誉市民"等称号。

宋志永因这两年做生意赚了点钱，年初的抗击冰雪志愿行动全部由他出资，租车每天要花650元。他本想给跟他出来的伙伴们一点儿"费用"，但大家都说："要赚钱，我们也不跟你出来了。"他每天安排大家"工作"，自己专挑最重的，大家都亲热地称他"宋队长"。"我们干不了技术活，但可以抬工具、运材料。"宋志永就是怀着这样朴素的想法，带着12位农民兄弟一道去湖南灾区参加抗冰救灾。说起那次去湖南抗灾的初衷，这位心直口快的北方汉子打开了话匣子。宋志永对我们说，2008年1月中旬开始，南方发生的罕见雪灾牵动着全国众多老百姓的心，他从电视中了解到南方不少地区断水断电的消息后，在家也是坐立不安。后来，他从电视中看到了温家宝总理在湖南慰问受灾民众的消息，一幅幅感人的场景令他激动不已，眼泪也忍不住流了出来，心想，我们应该为灾区人民做点什么了。

刚开始的时候，宋志永打算向湖南灾区捐两万元钱。后来，他看到湖南不少地方山上全是雪，电力施工难度很大，急需人力、物力支持。于是，经过反复考虑，他萌发了去灾区一线支援的想法，但租车的问题首先将宋志永难住了。由于马上就要过年了，没人愿意将车租给他。况且，要将车开到数千公里外、冰天雪地的湖南，车主也担心路上的安全。直到农历的腊月二十九，经朋友担保，宋志永才以每天650元的价格租到一辆小型客车。有了车，宋志永开始动员村民们一起前往。刚开始，有人不太理解。"各位父老乡亲，1976年唐山发生大地震的时候，如果不是全国各族人民无私地支援我们，能有唐山翻天覆地的变化吗？湖南是毛主席的故乡，如果不是在毛主席的带领下解放了中国，我们能过上今天的幸福生活吗？现在湖南遭了灾，我们也应该去支援他们！"宋志永一番动情的话语，说得大家热血沸腾。

不到半个小时，就有16位农民踊跃报名，考虑到部分农民家里的特殊情况，且车子也容不下，宋志永最后确定了13人。这13人中，年龄最大的62岁，最小的才19岁，其中有3对是兄弟，2对是父子。

　　大年三十下午 4 时许，宋志永驾车带领大家出发。当天中午，宋志永甚至没顾得上和家人吃上一顿团圆饭。妻子张宁流泪说道："我们娘俩在家过年确实很孤单，但你是在做一件有意义的事，你就放心地去吧。"除夕晚上，车窗外不断传来喜庆的鞭炮声，宋志永和他的伙伴们在车内就着矿泉水吃了点面包。大年初一下午 5 时，驱车 20 多个小时后，宋志永一行终于到达长沙。但当时长沙抢险救灾工作基本结束。为此，大家又决定转战湖南受灾最严重的郴州市。正月初二上午，宋志永一行赶至郴州。但当地没人对口联系这个外地来的抗灾小分队。为了找到最需要人力的地方，宋志永跑到一抢险救灾协调会会场，躲在后排"偷"听，得知湖南省电力公司承担的一个项目正急需 1000 多名工作人员。一散会，宋志永直扑到想要人力的省电力安装工程公司一位负责人面前：我们是从唐山来的，愿意义务救灾，让我们参加吧！这位负责人闻讯，又高兴又激动。当天中午，宋志永一行经过郴州一座大桥时，看到两旁的人行道都是积雪，行人都在行车道上行走，大家马上从车上拿出锹、镐等工具开始清理人行道上的积雪。部分过往行人见到他们车上的标语，问明究竟后，也抓起工具和他们一道铲雪除冰……经过 4 个多小时的奋战才基本搞完。快收工时，省电力安装工程公司负责人打来电话，要他们马上赶到材料库卸材料。待大家干完时，已是晚上 9 时。这时，大家吃了点面包、喝点矿泉水，算是晚饭。

　　自此以后，这支抗灾小分队几乎一刻也没闲着，在湖南省电力安装工程公司的安排下，转战郴州各地电力抢险现场。

　　宋志永与他的 12 名农民兄弟家境都不宽裕，上次去湖南抗击冰雪，宋志永全部出资，花掉 4 万元。这次赴川救援震灾，宋志永还是自费而来，很多队员都是举债千里来救援的。好多农民跟亲戚朋友借了钱，宋志永知道后非常感激弟兄们。是什么让宋志永和他的弟兄们这样义无反顾？如此无怨无悔地付出，究竟图的啥？付出这么大代价值吗？他们豪迈地说："图个心里踏实！一条生命值多少钱？钱能换得回一条生命吗？当我们从废墟里抢救出一条条鲜活的生命，我们感觉自己活得值！至于说钱嘛，我们有得是力气，回到家乡后勤劳致富会挣回来的。"

　　进入北川县城，宋志永看到解放军在运伤员，便立即加入进去了，他先后用担架将 8 名伤员运送到城外的医疗救护队。到了中午 12 时左右，宋志永正经过一所倒塌的居民楼，听到有人说："楼底下面有声音，还有人在里面！"他赶忙跑到跟前，果然，听到有孩子微弱的呼救声，声音飘飘忽忽十分微弱。顺着声音发出的方向，宋志永和解放军战士一起开始了营救行动。他们先是把最外面的垃圾用手掏出来，形成一个小洞，然后，人跳进洞里，继续用手刨。其间，发生了两次震感明显的余震。从施救洞口向里挖了近两米，黑暗中，宋志永终于模模糊糊地看见 3 个受伤的女孩子，躲在一辆翻倒的汽车车厢里。他急忙钻了进去，呼喊解放军营救。当战士们把 3 个孩子抬出洞口时，看到孩子们安然无恙，宋志永的眼泪夺眶而出："命大的孩子啊，你们好好活吧！"

次日早晨 8 时，宋志永爱心志愿者小分队的另外 12 个弟兄追赶到北川与宋志永会合了，他们来不及寒暄，立即赶到抢险第一线。在一处坍塌的楼房旁，宋志永发现废墟中一个身上有伤的太婆，老人家神情木然，身处危境竟然无动于衷。天上下着雨，楼上的东西还不时往下掉，宋志永立即冒险从巨石堆中小心翼翼地挤过去，看见一块大石头压伤了她的双腿，伤口已经溃烂化脓。宋志永赶忙嘱咐大家："赶快，动作轻点，把老人救下山去！"几个伙伴很快过来抬老人。山路又窄又崎岖，几个弟兄用担架抬老人下山，托着、拽着，几小时山路，个个双脚走出了水泡，终于把老人运下山，送到北川城外的医疗救护点。在一处大楼的缝隙里，有 5 个小女孩被压在废墟里面，先期赶到的武警正在救援，宋志永赶到后立即参与进去，徒手帮忙搬砖刨土，经过两个多小时的紧张忙碌，5 个小女孩终于全部获救了。当天下午，得知北川中学被埋的学生不少，宋志永和伙伴们立即赶到那里。在北川中学的废墟上，脚下稍不留意就会跌得头破血流，扎穿脚板的钢筋恐怖地耸立着，身旁是一不小心就可能再次坍塌的危房……

在北川中学救人时，44 岁的队员王保中左手大拇指被砸伤，指甲盖全部被揭掉。20 日的上午，左手拇指缠着纱布的王保中依然忙碌在救灾现场。搬楼板、挖砖石、清路障……哪里需要人手，宋志永爱心志愿者小分队就到哪里。有一个队员受伤了，脚背被石头砸出了血，宋志永背着受伤的伙伴去包扎伤口。当他又回到废墟上时，队员们正一字排开，像钉子一样钉在狼藉的断壁残垣中，铁锤砸、钢钎撬、徒手刨，小心翼翼地搜寻着生命的希望……这一刻，宋志永终于又听见轻轻的呼救声了，他兴奋地扒起来。终于扒出了一个黑洞，他看见预制板下压着一个喘息的男孩。他们劝他说："挺住，孩子！"孩子还真的应了一声。他们联合战士们整整救援了3个小时，这个孩子还是遗憾地走了。宋志永心疼地抱着孩子的头，哽咽着说："孩子，你真不给我面子啊，叔叔可是从唐山来的啊！"在场的人都落泪了。从5月14日开始，宋志永爱心志愿者小分队一直战斗在北川和安县的抗震救灾第一线，从早6时到晚10晚都拼命在废墟上搜救，与解放军、武警战士一道抢救出25名幸存者，刨出近60名遇难者遗体。

宋志永带领他的"唐山爱心救援小分队"在北川抢险5天之后，于18日移师到绵阳安县晓坝镇。他们每天冲锋在第一线，饿了就吃点饼干，吃点方便面就算是奢侈品了。他们每天早出晚归，晚上就睡在露天的空地上。转战安县晓坝镇后，县抗震救灾指挥部发来了一顶帐篷，但只能住下10个人，宋志永让最老的、最小的和有伤的队员住里面，自己和另外两个兄弟一直露宿。夜里有露水，被子和衣服被打湿了，宋志永全然不顾。老队员王家翔看着心疼，早上出发前就把宋志永的被子挂在树上晾晒。志愿者队伍越滚越大，从最初的宋志永一人到16人，再到35人，籍贯也由唐山一市增加了北京、上海、海南；而紧随在"宋志永唐山爱心救援小分队"身后的，是一大批宋志永式的志愿者，后来增加到了近千人。救援现场经常听到亲热、幽默的唐山话："我是从唐山来的！"宋志永说："哪里有灾难，哪里就有唐山人！哪里有困难，哪里就有唐山人！哪里最需要，哪里就有唐山人！"宋志永则几乎成了"唐山兵团"的番号。这些志愿者以特殊的感恩方式，感动着巴蜀大地。

我们再列举几队志愿者的情况。第一队，抢救出12条生命的滦县农民甄志启和高志会。在灾区的几天中，滦县滦州镇葛坎村村民甄志启和刘庄户村村民高志会和其他志愿者一起，用自己的双手抢救出12条鲜活的生命。与宋志永小分队一样，作为第一批进入北川的志愿者，他们是15日上午8时到达绵阳市政府抗震指挥中心的，11时左右和其他十几个人被派往北川，那时候，废墟下面还压着不少幸存的老百姓。但因为公路断裂，车行至距北川20公里的地方就不能前进了，所有的人只能绕山路步行进入。刚刚到达救灾现场，他们就发现了被埋在废墟下的一对中年夫妇，二人被压在石块的缝隙中，身体被死死卡住，旁边的两栋危楼随时都有倒塌的危险。"有人活着就得救！"甄志启和高志会随着救援队的其他人，经过 40 多分钟的战斗，成功解救出第一个人。接下来的几天，一伙儿人饿了就啃口方便面，渴了就喝口矿泉水，累了就找个宽敞的地方歇一会儿，一直奋战在救灾第一线，辗转绵阳、北川、秀水、都江堰、江油等地，共救出 12 个人。他们归来后，我们问及去四川救灾的缘由，两个人淡淡一笑："国家有这么大的灾难，咱是个农民，没有那么多钱，出点儿力气是应该的！"

唐山开平区的两个学生董常青和窦鲲鹏自费去救灾！这两位家住开平区的 18 岁小伙子拿出压岁钱，于 5 月 14 日赶赴四川地震灾区救灾抢险，出色做完 10 多天的志愿者工作后，两个人于 5 月 26 日回到家乡。董常青和窦鲲鹏身穿白色志愿者 T 恤衫，背后大大的红十字非常醒目。董常青在唐山 23 中读书，窦鲲鹏是唐钢技校的学生，两个人是最要好的朋友。汶川地震发生后，两个孩子在一块商量，像宋志永叔叔那样，到受灾的四川做些力所能及的事。出发前，他们凑齐所有的零用钱和压岁钱共 7000 元，到小山服装批发市场买来了 200 多件运动服。5 月 14 日晚，他们从唐山出发，租了一辆面包车赶往地震灾区。16 日中午到达绵阳，两个人及时与当地政府取得联系，把运动服捐给民政部门。之后，他们加入了当地青年志愿者队伍，负责搬运物资。董常青感动地说："我们在灾区上了一堂教育课，我们一下子长大了，我们一直住在绵阳九洲体育馆，饿了渴了吃一个面包喝几口矿泉水。每天的搬运任务很多，但是，我们与灾区人民一样坚强！"窦鲲鹏说，当地从事志愿者服务的同龄人中，有些人自己的父母或亲朋已经不幸遇难或受伤，可他们忍住悲伤全力投入救灾工作，忘我的精神让人感动振奋。我们中国人万众一心，没有什么困难是战胜不了的！董常青和窦鲲鹏亲身经历救灾抢险后，由内心深处生出这样坚定的信念。

宋志永的唐山玉田老乡陈潮也做了志愿者。陈潮经营彩钢房生意，17 日上午，他找到一辆 10 米长车，拉着 4 个可简易组装的彩钢房，又买了 10 万个纸杯和大量方便面、矿泉水，招呼 4 个玉田志愿者，经过 35 小时的长途奔赴到达安县晓坝镇。他是奔宋志永而去的。18 日这天，在安县团委的调度下，宋志永的小分队在安县小坝乡负责引导灾民从山上撤退下来、装卸物资、为灾民搭建帐篷。20 日 13 点，宋志永和他的弟兄们当天已经搭建 10 多顶帐篷，怕晚上下雨，他们要赶在晚上收工前搭完 40 顶。

受宋志永的鼓舞，31 岁的青年志愿者、玉田县政协委员王志强在汶川发生强烈地震后的第三天，花 1.8 万元雇用了一辆大挂车，将价值 20 万元的雨靴运送到了四川绵竹。一路上，他们经历了 3 次 4 级以上的余震，面临随时都有山体滑坡的危险。进入灾区后，王志强了解到目前灾区的人们还需要大批量的帐篷、雨靴、消毒液、口罩等，于是决定要二次入川。他与那辆大挂车的司机商量，司机留在灾区帮助抢险，租金每天 3000 元由他出，那位司机看到灾区的情况后也深受震撼，答应了王志强的请求。18 日，王志强乘坐飞机赶回了家乡，紧张地筹备了价值 30 万元的帐篷、雨靴、口罩、消毒液等。在采购消毒液时，因当地没有多少货源，王志强的爱人便立即驱车到外地采购了 85 件消毒液。这批救灾物资很快送到了灾区。"我这是第二次去四川灾区送急需的物资了，只要灾区人民需要，我随时准备再去。"王志强诚恳地说。

让宋志永难忘的是，5 月 20 日是他的生日，他和弟兄们在安县小坝乡中心村贾定开老人家的小院里举行了一次特别的生日聚会。宋志永与贾定开老人交了朋友。老人的屋顶全部损毁，老人 1 岁多的外孙失去生命。屋前不远处摆放着 4 张桌子，贾定开夫妇与 40 来个北方人坐在一起，就像一家人。饭菜也非常简单，一盘凉拌西红柿，一盘萝卜干，一盘皮蛋，每人一个鸡蛋、一根黄瓜。只有一个荤菜：贾定开夫妇家震后幸存的腊肉和香肠。一切都非常简陋，但对于当天的"寿星"宋志永来说，这是自 12 日赴川抗震救灾以来吃过的最丰盛的一顿饭，他说这是他有生以来过得最有意义的生日。这是他的 36 岁生日，母亲告诉他，当年唐山大地震时，他患了严重的肺炎，高烧久久不退，是上海医疗队的医生救了他的命，他最懂得感恩！地震时母亲身上长满了毒疮，也是医疗队免费治好了母亲的病。老父亲前年临终时还叮嘱他：你要知恩图报，咱要还人家的情，别的地方有困难一定要帮！宋志永深深地记住了。不仅是现在，他从小就是学雷锋标兵。在村里，乡亲们有困难了，他都要上门帮助。村里有一帮追随他的好朋友。他越来越浓的忧患意识，使他无法像正常人那样享受生活，他从来都认为自己是个优秀的农民，认为自己是一个负有重要使命的人，年初的大雪灾让他找到了体现自己的方式和价值。中国改革开放30年，取得了非凡的成就，可也丢失了一些宝贵的东西。具体是什么，他一句两句也说不清楚。但他坚信一点，不管别人怎样冷嘲热讽，他都不会改变自己的！像他这样的人，生命不是以应该的方式存在着，而是以必须的方式存在着，以意志和信仰的方式存在着！永远都做一个感恩的人，永远做一个对他人、对社会有用的人，将来就是一贫如洗也决不后悔！

当我们采访宋志永的时候，他说有时候也孤单，自从成名后表面非常热闹，可是内心是孤单的。我们懂了，这种孤单不是寂寞，而是心的寂寥。他说无法承受的时候，就一个人走向庄稼地，站在村头的地里，一站就是几个钟头，他渴望自己被故乡的土地融化，长成一株质朴的红高粱！此时此刻，宋志永不孤单，端着酒杯，望着跟自己转战灾区的弟兄们，他眼中的泪不知不觉地淌了下来，端着酒碗的手不住地哆嗦起来："弟兄们，谢谢你们了，宋志永永远感激你们对我的信任！四川乡亲们遭难了，我提议，这碗酒先祭奠死去的同胞们！让他们走好！"说着，他们缓缓将酒洒在地上。第二碗酒，他们祝愿灾区乡亲们早日走出灾难的阴影，建设好自己的家园！

那一天黄昏，山崖上只剩下一道窄窄的夕阳，晓坝镇茶坪乡一批去云南上学的孩子要走了。宋志永听说后，联合身边唐山的志愿者凑了两万元钱，送给孩子们买学习用品。这个时候，宋志永看见一对哭泣的小姐弟，他们父母双亡，躲在奶奶的怀里哭泣。宋志永心碎了，缓缓走近他们，掏出身上仅剩的1300元钱，说："拿着吧，这是叔叔的一点儿心意！"然后对孩子的奶奶说："让孩子放心去吧，他俩的学费我全包啦！"

老太太和两个孩子跪下了，宋志永急忙拉起他们，把姐弟俩搂在怀里，流着眼泪说："孩子，要不嫌弃叔叔是个农民，我愿意当你们的爸爸，好好上学，做个有出息的人！"孩子频频点头。他带着孩子去银行办了个账号，并承诺回唐山后，每月给孩子打钱。他的行动，让在场每个人心里热乎乎的。

5月31日，宋志永在安县晓坝镇宣誓成为一名中国共产党党员。宣誓的时候，他哭了。

6月15日傍晚，"宋志永爱心小分队"携安县小坝镇246名学生到达河北家乡。他亲自接孩子们到唐山玉田县银河中学免费读书。资金都是他们捐的，还有宋志永拉来的社会赞助。宽敞明亮的教室都准备好了，同时还约请来一些四川当地的教师。他要让孩子们在新唐山快快乐乐地读书，长大回去建设新家园。

很多来到唐山玉田的灾区孩子们不可避免地想家了。那天宋志永离开学校的时候，几个孩子抱着他的腿哭："我们不让你走！"宋志永感动了，连连答应不走。这一瞬间，宋志永冒出了担任银河中学常务副校长的念头。这是个不领工资的"虚职"，但可以随时关注孩子们的生活和学习。孩子们的生活费暂时还没着落，共青团唐山市委近期将公布捐款账号，号召爱心人士共助善举。

"今天是我的生日，我要是不来这里，爸爸妈妈肯定会给我过生日的。"18日上午，11岁的金智敏在宿舍里悄悄对好友胡梦琦说。怕她伤心，胡梦琦唱了支歌祝她生日快乐。事后胡梦琦把这件事告诉了宋志永。宋志永听说后，赶紧问孩子们还有谁是当天生日，结果发现12岁的梁俊也是个"小寿星"。宋志永问俩孩子有什么愿望，孩子说不爱吃蛋糕，就想要份礼物。宋志永就跑出去买了两个大毛绒玩具回来，还组织宿舍里的孩子们一起为他俩唱生日歌。

这件事提醒了宋志永。他请老师们统计孩子们的生日，想让每一个孩子过生日时都能收到生日礼物。他想让孩子们感到，即使他们在异地他乡也不会孤单寂寞。

"这些孩子从家里出来时，都带了点零用钱交给我保管。"安县茶坪乡金柒村的杜绍丹是一位随行家长。她掏出了一张纸，上面歪歪扭扭地写着六七个孩子的名字，名字旁边标着10元、20元等金额。纸上最大的数目是70元。

"这都是家长给的零花钱。"杜绍丹说。孩子们从四川出发前的场面特别让人心酸。每个家长都舍不得离开孩子，可又希望他们到更安全的地方去读书。

"大家哭着告别了一个多小时，我们坐上大巴车后，很多家长还一路追着我们，直到看不见他们的身影。"杜绍丹告诉记者，他们那里是重灾区，房子全都倒了，所有财产都被埋了。

"这是我的名字，这是我全部的财产。"学生杨文静看到记账的纸，指着上面自己的名字说。她名字后面的金额是 30 元。

宋志永看了辛酸地说："这点钱够干啥的？"他把脸转向孩子们，"孩子们，告诉你们一个好消息。我以后就是你们的副校长，会和你们经常在一起！还要拉些赞助过来，让你们在这里生活得快乐。"

孩子们高兴地尖叫起来，热烈鼓掌。宋志永说，回家后尽管还有许多事等着他干，但是，是他组织孩子们来的，送进学校后不能甩手不管了。

灾区来的孩子们已在银河中学住了几个晚上了。很多没父母陪伴的孩子晚上都因为想家而哇哇大哭，尤其是低年级的学生。遇到这种情况，宋志永就拿出手机，让他们给家人打个电话。但第二天早上，孩子们又嘻嘻哈哈开起玩笑，谁也不承认晚上曾经哭过。宋志永叮嘱银河中学小学部的全体老师，抓紧学习灾后儿童心理救援的知识，而且准备请一些唐山市专业的心理咨询专家来学校担任心理辅导老师。

在玉田县政府和卫生局的安排下，该县医院将免费为孩子们体检，同时还将免费提供孩子们日后就医、接种各类疫苗的服务。

这些孩子们的体检牵动了很多医生的心。医生听出一名女孩的心脏有杂音，便赶紧向领导汇报。为稳妥起见，玉田县医院副院长杨保友决定亲自给孩子再检查一遍。女孩得知这一情况时，吓得哇哇大哭，宋志永赶紧过去安慰她。医生也安慰她，心脏有杂音不一定是心脏有病，也有可能是过度紧张造成的。

医生建议宋志永带孩子做心脏彩超复查。宋志永又赶紧安慰孩子不要紧张，放松心情好好复查。宋志永想，在体检结果出来后，除身体有特殊病变或遗传流行性疾病的学生需由家长带回救治，剩下的孩子他会尽快给每人购买一份人身意外伤害保险。宋志永在和银河中学的协议中提到，他将支付每个孩子每月的伙食费 300 元、零花钱 100 元及其他生活费用。但知情人都知道，他手头并没有多少资金了。

自从宋志永被银河中学聘为副校长后，就专门负责孩子们的生活，孩子们学习之外的一切费用，也要靠他想办法解决。在政府拨款及企业赞助的基础上，宋志永自己已经掏了好几万元。宋志永深情地说，这些孩子很懂事，他和学校会尽可能按照孩子们的习惯来安排生活，逢节假日就带他们出去游玩。当需要带孩子外出参加活动时，他总是轮换人选，以争取让更多的孩子出去见见世面，而孩子们也总能以出色的表现赢得好评。

目前，孩子们已经安心地开始了新的学习和生活，而宋志永这个好心人却每天都在奔忙着……

"银河中学先垫付着，等到爱心资金到位了，我们再补上。"宋志永说，"唐山关注灾区孩子们的爱心单位和个人特别多，很多人都纷纷打来电话要求出钱出力。孩子们刚接回来时，就有人找到我捐了1万块钱，遵化市的葛海东还特意送来了300袋米和面。这些我都做了登记，并向唐山团市委做了汇报，将来还要公开账目，让大家了解资金的去向。"他还打算办一个爱心捐款账号，这个账号属于希望工程，主要用于资助这些灾区的孩子，资金的操作管理将按照希望工程的捐款操作管理方案进行，届时会有工作人员专门监督、管理每一笔开支。

宋志永放弃了原有的生意，将全部心思都花在了公益事业上：不仅照顾来唐山读书的四川孩子，还创建了"宋志永爱心网站"。宋志永在两赴灾区的过程中，有许多爱心人士通过他表达了对灾区人民的援助之情。为了让这种爱心捐助处于公众监督之下，也为了把爱心接力传递得更远，以帮助更多需要帮助的人，宋志永决定创建这样一个平台——宋志永爱心网站，在网站上将援助信息公开化，让爱心行动更透明。宋志永——他用行动呼唤社会的爱心，他的呼唤，带着体温，带着热量，带着心跳的韵律……

宋志永经历过唐山地震，又感受了汶川地震，他深刻体验到了生命的脆弱，格外珍惜现在的每一天。而无法跨越的忧愁和痛苦，在死亡的裂度面前变得那么轻薄了。

宋志永说："奉献、友爱、互助、进步是志愿者的精神，但真正的志愿精神不应该只发生在大灾大难面前，而是应该表现在我们日常的生活中。"宋志永从抗击冰雪开始已经花光了积蓄，这次去四川接孩子，路费和吃饭的部分费用已经举债。为了这些孩子，他到处拉赞助。有人说，像宋志永那样当个志愿者太难了。有人问宋志永，你会一直坚持做一个志愿者吗？宋志永回答说："一两年之后，也许没有人再记得我宋志永了，但我宋志永还是我宋志永，我想做的还是为那些需要帮助的人尽点儿微薄之力，尽量发挥我一个志愿者的力量，我永远是一个志愿者！当你抛开一切的时候，做一个志愿者就不会难了。但是，如果刚开始你就有各种各样的想法和要求的话，那么做这个志愿者就会很累。假如你用'我就是一个志愿者'的标准来要求自己的话，就会永远快乐、幸福。"奔忙中，宋志永是充实的，也是幸福的，他在奉献中把握着属于自己的幸福。他渐渐感觉到，生活中缺少的不是美，而是发现美的眼睛；生活中不缺少幸福，而是缺少发现幸福的眼光。擦亮幸福的眼睛，就会感受到幸福的生活。宋志永感受到了，那是爱的幸福，是一种勇敢和智慧的艺术。持有一份真爱，就拥有了一盏照耀人生的温暖的灯。宋志永他们是勇士，他们的坚毅经得起时间的冲刷和考验，这是力量的象征，这是中国农民表达爱心和责任的方式，这是中国农民的侠肝义胆和精神担当，这也是一个民族整体素质的彰显！

宋志永们再一次感动了我们。灾难降临的那一刻，每个人的心中都有不同的选择，而这种生死选择，最能洞悉人性。当废墟被一点儿一点儿地刨开，当时的场景也渐次呈现在人们眼前。那一瞬间，大爱无疆。到危险的灾区救援，同样也面临着生死选择。余震还在不断发生，泥石流还在肆虐，悬湖不时在发出警告，灾区时刻都有凶险。宋志永他们不知道这样的危险吗？他们知道。他们选择了心与心铺就的希望，选择了心与心托起的民族之魂。是的，他所在的唐山曾经在大地震中化为一片废墟；他们曾经感受过来自全国各地人民的关爱和支援，在废墟上重建起美好家园。灾难的无情与人心的温暖，唐山人最感同身受。感恩与回报是唐山人在灾难中孕育的一朵人性之花，深植于唐山人的心中。懂得感恩的人很多，付诸行动的人最可贵。这是人意志力坚强的一种体现，是一种习惯的总和，在某种程度上，不是活在嘴上，是繁衍在人的骨髓里。宋志永告诉我们：不仅仅是感恩。他的身上不仅继承着燕赵侠风，还有中国人同心赴难的传统美德。宋志永质朴的话语表述的是对生命最透彻的感悟，也传递着人间的真爱和深情。

唐山奥运火炬手的爱心行动

唐山广播电视局高级记者葛昌秋赴川抗震救灾的 18 天经历，同样让我们感觉到钟爱新闻、热爱生活、珍爱生命的人生真谛。

6 月 12 日上午，我在《唐山劳动日报》文艺部主任潘石的办公室采访了刚刚从灾区归来的葛昌秋。他是唐山大地震的幸存者，河北十大爱心人物，河北十大慈善记者，河北十大青年新闻名人，全国青联委员。同时，他还是 2008 奥运火炬传递唐山段火炬手。

5 月 12 日，四川汶川大地震发生时，葛昌秋正在从外地出差赶回唐山的列车上。那一年的唐山大地震对于他来说印象太深刻了。整个城市在一瞬间成了废城，多少人流离失所，多少人失去亲人，那种场面非常痛心。他也曾经因为这场灾难而失去亲人，这种记忆是无法磨灭的。当他在手机短信里得知四川发生地震灾害后，脑子中第一个想法就是要去灾区，去那里帮助需要帮助的人们，作为曾经经历过灾难的人，他更能够理解灾民，更能够知道他们在这个时候最需要的是什么。于是他毫不犹豫地报名参加了唐山志愿者救援队。葛昌秋说："作为一名光荣的火炬手，我们在这个时候更应该顶上去，让全世界的人了解中国火炬手是什么样子的。"

13 日晚上，当他得知被批准随唐山志愿者小分队次日一起前往灾区的消息后，便开始忙碌起来。第二天清晨，他又重整行囊，在一个大大的旅行箱里一下子装了 40 袋压缩饼干、两大包方便面，又带了收录机、口香糖、漱口盐水、雨衣、雨靴、雨伞、风油精和创可贴等简单的药物和必需的衣物。同时联系北京等地的媒体朋友，以特约记者的身份深入一线，随时报道唐山人在灾区救援的行动。临行前，葛昌秋还来到年逾八旬的双亲面前，告诉老人他将赴救灾一线，母亲说："这才是我的儿子！你放心去吧，家里的事不用操心！"因为熟知他的人都知道，只要有了新闻，他都要到一线去，不论是当年林西百货大楼的特大火灾，还是唐山百年一遇的特大洪水现场，还是纪念唐山抗震等活动，只要有重大事件、重大活动，在一线，准能看到他的身影……

5月14日下午，葛昌秋与唐山的志愿者小分队一起抵达成都双流机场。此前在飞机上，因机场运输救灾物资，航班要改航线，他马上向乘务长说明情况，飞机上有抢险队、医疗队和到一线去的记者，非常紧迫，必须到灾区去！最后经机长与地面联系，航班如期降落，那一刻，机舱里响起了热烈的掌声。一下飞机后，他又马上联系灾区，安排人员以最快的速度到达目的地。当他和大家在机场等待前往重灾区的消息时，旁边一位市民得知他们是来自唐山的志愿者，主动邀来几位朋友把他们送到绵阳。

在灾区，葛昌秋记录了许多珍贵的画面，见证了无限感动。几经努力，小分队被批准前往受灾最严重地区之一的北川县展开志愿服务工作。由于天色已晚，只能在安县西苑中学做短暂停留。由于长途的奔波劳累，十几名志愿者很快钻入当地安排的帐篷中席地而卧。而因为没了"床"位，葛昌秋只好穿上羽绒服，在操场上"散步"，在蒙蒙细雨中开始了工作。

他用相机记录下忙碌的医护人员和志愿者把幸存者转移到安全地带、立即展开救治的镜头。而在这一晚，发生了两次较为强烈的余震。以后的一段时间里，不论是吃还是住，他都先把志愿者们安排好，他说："你们干了一天的活儿，挺辛苦的，有功，应该在先。"就这样，他曾和衣露宿灾区，也曾在雨中的汽车帐篷里蜷曲过夜，盖着雨衣还弄湿了衣服，雨水滴进耳朵里、眼睛里……他却笑着说："这是让人心明眼亮看灾区，洗耳恭听灾民声。"当走进北川，看到那一幕幕惨状，他一下子惊呆了，这让他想起了当年大地震的情景，他的心被揪紧，眼里涌出了泪水，沉默片刻后，他马上投入工作。拍摄了北川中学救人的场面后，他便一头扎进县城，冒着余震走过一具具尸体，绕过从山上滚下的大石块，拍摄了大量的震灾场景。第二天，北川县城不再允许救援人员以外的人员进入。

在灾区的每一天，葛昌秋都为一个个故事感动着。一位年轻的母亲在废墟下匍匐着身子，为只有三四个月大的孩子撑起一个空间，救援人员发现她们时，母亲已经离开人世，孩子却幸运地活了下来，孩子身边有一个手机，屏幕上是母亲在废墟下写给孩子的短信："亲爱的宝贝，如果你能活着，一定要记住我爱你！"正是这样一个故事，让他为自己定下了三个选题：记录百位母亲、记录百个家庭、关注灾区儿童。

在葛昌秋的采访本上，我们看到，一个个故事的记录并不像常规的采访笔记一样完整、工整，他说："开始的几个采访我都了解了每一位母亲与自己子女的故事，但到后来，我发现经历过灾难的母亲们大都有一段痛苦的回忆，所以后来我就更多地与她们说家常，用相机记录下一位位母亲与自己儿女在一起的表情。"

葛昌秋给我们讲述了一对母子的故事。一位80多岁的母亲家在茶坪，地震毁坏了她家的房屋，山体滑坡阻塞了山路，不得不从大山中转移出来。平日里山路就难行，灾后在山路上行走就更难。儿子背着老母亲走了十几个小时才转移到晓坝的安置点。在帐篷前，葛昌秋对老人家说："还是有儿子好吧！"经历了一路疲劳的老人家咧开嘴笑了起来。回过头，看着满脸汗水的憨厚的儿子，葛昌秋拍拍他的肩膀说："兄弟，好样的，我敬佩你！"他举起相机，为这对母子拍下幸福的一瞬。

"看到老人家笑的样子，我突然感觉到母爱是那样的伟大。我也想起了自己小时候趴在自己母亲背上那种美好的感觉，我想老人家在儿子后背上的感觉一定和孩子小时候在母亲后背上的感觉是一样的吧！"葛昌秋说，"记录了100多位母亲与孩子后，我感觉到，不论什么时间，不论什么地点，不论多大年龄，不分什么民族、国界，母爱都是一样的，都是那么伟大。"

在绵阳九洲体育馆，葛昌秋遇到两位胸前挂着救助证的小伙子，瘦弱的母亲坐在帐篷前，他们的父亲"失踪"了。当他们把手紧紧握在一起时，葛昌秋说："兄弟，坚强起来，你们以后就是家里的顶梁柱，记住，给妈妈一个完整的家！咱们一起握紧拳头，要相信有妈妈在你们就有家，有你们在妈妈就有了依靠，给妈妈最大的回报，就是坚强，就是幸福，把家支撑起来！"

就是这样，葛昌秋一边采访，一边讲述当年唐山大地震的情况，讲述唐山人震后的新生活，讲述党和政府的关怀。这种聊天一样的交流，让许多人心情豁然开朗，驱散了心头的阴霾。在灾区的18天时间里，葛昌秋像这样的采访和心理沟通涉及了千家人。他说当年唐山也是这样，不同姓氏、几十口人组成临时大家庭，过着共产主义的生活，相互的亲情、友情、真情，将灾难带给人们的痛苦抚平。大家庭虽然很短暂，但留给人们的记忆却是温馨的，一两个月之后，大家庭就解散了，所以，记录这一段生活非常有价值，非常有意义。据称，在这次抗震救灾中，他的这一选题在全国同行中独树一帜，被人称为思路新颖、视角独特，既有人情味儿，又有史料价值，一般人没这种想法，也下不了这么大的功夫，跑那么多地儿，拍那么多人。

在帐篷前，孩子们与来自国外的志愿者一起做着跳绳、传气球等简单的游戏。当看到游戏中的孩子们笑声依旧是那样的灿烂天真，葛昌秋不停地按动快门。那一张张笑脸、爽朗的笑声也感染着受灾的群众和参加抗震救灾的志愿者们，让人们看到了希望，走出灾难的阴影。那笑声似乎和地震发生前没什么两样，似乎也在告诉人们，只要勇敢地去面对，再大的灾害我们也能战胜！

那天，重庆的餐饮企业运来了粮食、蔬菜和炊具，人们开始搭灶做饭。灾民们无论男与女，无论老与少，自发站成两排，形成两道人链，把粮食从卡车上卸下来。据说那是一批够 7000 灾民吃 1 个月的粮食。看着已经驼了背的老人弯着腰在人链中吃力地搬运着，他感觉到一种力量，一种中华民族空前团结的力量，一种在自然灾害面前心手相连的力量。

在灾区，见到唐山志愿者的标志，不少来自广州、北京和四川的媒体同行就打听："葛昌秋在哪儿？"他们知道他肯定在一线。几天下来，葛昌秋不仅为北京、上海、重庆、广州和四川等地媒体同行提供了采访援助，还被《科技日报竞报》《重庆晨报》《成都晚报》《新闻晚报》和四川卫视、内江电视台等媒体报道了工作情况。当他看到一家受灾群众家里只剩下老两口，连一间遮风挡雨的棚子都没有，儿女们都在浙江打工，不能回家来救灾，他便找到镇里物资调配站要来帐篷，和志愿者们一起为两位老人"搭"建了一个家。老人感动得逢人便说："唐山人好！"

一些羌族老乡把这个来自唐山的记者当成朋友。几位小朋友经常拉着他的手问这问那，依依不舍。一天，一位老大妈拿出招待贵客的腊肉，切了一块非让他吃不可，这不仅是一点儿食物，也是一片真情，但他觉得不能随便吃灾民的东西，于是他便说："我是回民。"对方才不再劝他，说："尊重你们的习俗。"

5月17日下午，葛昌秋去绵阳传照片，在返回北川的半路上，朋友得到消息，称北川有紧急情况，可能有洪水险情，经与有关部门核实后，朋友劝他马上一块儿赶到成都，以免有危险，可是他果断地说："北川还有我的同事，我必须回去！无论如何我们都应该在一起！"于是，他又拦车直奔北川，路上急匆匆的人们和部队的战士们情绪十分紧张，滚滚烟尘在震后一道道裂缝的路上扬起。在离北川中学很远的地方，车不能行进了，他马上下来背着摄影包疾步向前，一边走一边给北川的志愿者负责人打电话，告诉他这一急切的消息并嘱咐："宁可信其有，不可信其无，我们应做出预案，应对一切可能出现的险情。"路上，一位素不相识的同行见他还往里走就劝告他："这个时候咋还往里走？不要命了？"他说："那儿还有我的同事！"经过1个小时的徒步行进，他终于在5时多赶到北川。此时，他已经一天没吃东西了。之后，他马上与团市委领导商量办法，提出建议。可他们却故作镇定称是谣言。一位同行的队员也急着劝他一块儿先撤，可他明确表示："我是青联的副主席，是记者，这里是一个团队，我不能先临阵脱逃！"

十几天中，他到绵阳、北川、安县、晓坝、桑枣、德阳、汉旺、绵竹、郫县、都江堰、擂鼓、富新、新都等地，瓦砾中跑坏了两双鞋，没办法，他接受了当地人给的一双绿胶鞋。忙碌中他都没有给自己留下一张工作照。最后，他跟同行要了一件印有"5·12汶川大地震抗震救灾纪念"的T恤衫，写上"多难兴邦"几个大字，并将自己的行程记在上面，留作纪念。葛昌秋觉得：灾难是一面镜子，它能映照出每个人的内心世界，看出人的追求，人的价值。救灾的现场也是一个舞台，形形色色的人，来来往往的人都有展示，真诚的、作秀的、捞资本取名利的，或悲或伤、或静或忧、或喜或乐都暴露无遗……

晓坝是当地一处较大的灾民安置点，周围受灾的群众大部分被集中安置在那里。刚开始到这个地方，葛昌秋看到，人们已经开始有序地搭建帐篷，也有序地拿着饭盆去打饭。"震后这样的一个场面让我很受感动，同时也感觉到在现场缺少点什么！"葛昌秋说，"是缺少一面国旗。如果有一面国旗，百姓的心中才会踏实，才会更有力量，因为党和政府是他们的主心骨。"

于是，葛昌秋和几个志愿者开始到处寻找，终于在乡政府和部队驻地找到了国旗。一位志愿者找来两根竹竿，临时的旗杆就这样竖在了灾民安置点内。当鲜艳的五星红旗在一片绿色的帐篷上空迎风招展，那种自豪和敬意油然而生。

5月19日，全国哀悼日。他组织志愿者和当地人员在路边听着阵阵汽笛长鸣，大家都心情沉痛。他看到一辆轿车内的人坐在车里不动，就严厉地让他们下车肃立。他说对亡者的哀悼是对生者的尊重。最后，他带领大家高呼：众志成城，勇于胜利，抗震救灾，重建家园。

当看到自发从唐山来抗震救灾的志愿者越来越多，在葛昌秋的建议下，唐山的志愿者还成立了临时的指挥部，使自发到抗震一线的志愿者有了组织，形成一种凝聚力，更有力有序地在前线开展工作，并向市委和当地抗震救灾指挥部进行汇报。他还抓时间安排他们的食宿，解决困难。那时，一有事儿，人们都不约而同地说："找葛记者。"在灾区的十几天中，他不仅拍照，帮助装卸物资，还做了大量的思想工作，协调了不少矛盾。

当看到有些境外人士搜集一些地震实物时，葛昌秋对当地媒体的记者说："唐山大地震过去30多年了，可是当年那24万遇难者，能够被历史留存下来的实物很少，后人只能记住那样简单的一个数字，正因为唐山大地震后未能及时存留民间实物，成为永久的遗憾。"葛昌秋郑重地说，"如果有可能，应该尽最大努力永久保留这次地震遇难者的遗物，如照片、书信、证书、日记等，用最鲜活的实物留存方式永久地纪念他们，以便为下一步设立地震纪念馆提供原始材料和档案。"这样的建议被当地媒体发出后，得到相关部门领导的高度认可。

作为唐山大地震的幸存者，葛昌秋多年来致力于地震史料的研究和灾难报道，被称为"地震史专家"。早在1999年，他就致信联合国秘书长安南，提出建设世界地震博物馆的建议，被国内外媒体关注，全国两会有了议案、提案。

"'这儿还有一个活的！'在十几天的采访中，这是最让我感动的话。"说到这里，葛昌秋的声音有些哽咽，"那是被废墟压了65个小时后被发现的生命啊！"在北川中学，高二（5）班的学生吴奇被救出，葛昌秋毫不犹豫地跑了过去，用镜头记录下了整个救人的过程，吴奇深情地望着解放军，他把这张照片起名《注视》。他的注视将笼罩整个世界，他的注视将穿越这个民族的漫长行程。

葛昌秋回来后写了一篇《记忆的分量》："记忆有分量吗？从地震灾区回来，我反复思考，常常自问。在灾区的 18 天里，我听到、看到、感悟到的以及记录的人、事和场景不少，存留的记忆很多，有惨烈的，有痛苦的，有感人的，有悲壮的……灾难是一面镜子，能映照出人的境界，人的追求，人的价值。疾风知劲草，大难见本色。应该说，有些记忆会随着时间的推移如尘埃般随风而逝，而沉淀珍藏下来的，必成为人生财富，相伴终生，甚至留给后人，留给历史。这种记忆有价值，可传承，有分量，更有力量。"

唐山地震孤儿张祥青

我和张祥青从小都在唐山丰南区城胥各庄长大。

小时候，我们都亲热地喊他"铁六兄弟"。后来听说他成为钢铁企业的大老板了，见面的机会就少了。在这次救灾捐款中，他创造了国内民间最大数额的捐款——1.1 亿元的纪录。

5 月 18 日晚，央视一号演播厅，中宣部等部委联合举办的"爱的奉献——2008 抗震救灾晚会"募捐现场，我看见胖乎乎的张祥青憨厚地举着写有 3000万元的牌子，当主持人走到他身边时，我们分明看见他双眼含泪，激动地说："再追加 7000 万，给灾区建震不垮的学校！"全场都被他这句话感动了。后来他的妻子告诉我们，在晚会之前他已经在老家丰南捐了款。当汶川地震发生时，张祥青看见老师和孩子们埋在废墟里，哭成了泪人，这让他想起当年姐姐带回来的两个红苹果。姐姐在唐山地震中被砸伤后被送到西安治疗，半年后，姐姐伤愈归来，在他家门口，姐姐轻轻喊道："祥青，祥青……"张祥青猛地扑了过去，紧紧抱住姐姐，激动地落泪了。姐姐从布包里缓缓掏出两个红苹果递给他，说："吃吧，这是好心人送的。"张祥青手捧着苹果，久久地望着，眼睛湿润了。姐姐的一句"好心人"，永远雕刻在他幼小的心灵里。他心想，长大了他也要做一个"好心人"。

我们知道张祥青和他的企业一直是低调的，只是在救灾捐助的时候，他情不自禁地走到前台来，人们才了解到他原来是当年唐山大地震的孤儿。他瞬间成为唐山人的骄傲，被国人称道的英雄。人们对他也投来探询的目光：他是个什么样的老板？他为什么这样慷慨？他的财富是怎样积累的？

实际上，在这之前张祥青和夫人富甲一方后，没有忘记曾经帮助过自己的乡亲，一直默默尽其所能不断捐助善款，义务修路、建桥，建希望小学，助医和助学；每逢赈灾，如洪灾和冰灾等，他也必定慷慨相助。记得我老家丰南区治理污染的煤河时，他一下就捐出 300 万。有爱心的他，事业上也得到了丰厚的回报。在 2007 年，他已凭 130 亿元身家上榜胡润百富榜第 45 位。

张祥青身材魁梧、外貌憨厚、个性乐观，爽朗的大笑随时跟随他，生活中的一切苦难都被调侃成蜜糖，你无论从他的身体还是心灵都很难找到地震的烙印。事实上，1976 年的唐山大地震，在那个恐怖的黑夜里，睡梦中的张祥青因母亲身躯支撑的空间活了下来，后来成了孤儿。失去父母的关爱，张祥青没有沉沦，他把一切苦难看成老天对自己的眷顾，捡垃圾、卖豆腐、卖废钢、建钢厂……不仅养活了自己，而且创造了百亿财富，回报社会。记得他说过，作为地震孤儿的他是少年多磨难的。15 岁，大多数人还是父母翼下的无忧少年，张祥青，这个地震孤儿，受政府照顾进入当地铁厂成为一名工人，结束了边上学边捡垃圾、割猪草、卖冰棍的日子。这是影响了他一生的转折，原因很简单，当工人收入不一定比捡垃圾多，但垃圾不是天天有，进工厂则提供了固定的生活来源。听钢厂工人们介绍说，冬天里，虎头虎脑的张祥青光着膀子，火红的钢坯出来，他身子前面汗如雨下，背后冷风刺骨，累得靠着带着余温的钢坯就能睡着。

不过，还童心未泯的他做任何事情都觉得有意思，铁厂不仅磨炼了他的毅力，他人也学乖了，学会不让人欺负，学会适应环境。这里开启了他一生的大路，或许当时他大脑中还没意识到，他的身体上已烙上铁厂永久的烙印。就在上班后的第 12 天，一块火红的钢渣迎面飞溅出来，卡在张祥青的护目镜上，烧掉了张祥青左眉一半的眉毛，落下的这个容貌上的缺陷差点影响了他的婚姻，也断送了他当兵的梦。到18岁，刚刚成年的张祥青结束了铁厂的工作，到三哥当兵的地方——石家庄学习做豆腐的手艺，期望自己能做小生意摆脱贫困的生活。学习归来，他开始一个人单过，起早贪黑做豆腐。然而，人生失败的教训也从这里开始，从南方师傅那儿学来的技术做出的豆腐并不受当地人欢迎，成本也高。张祥青在走街串巷中碰到一个同行老前辈，他恳求人家："大爷，您豆腐好吃，我学学成不？"善良淳朴的大爷吃了张祥青请的一顿饺子就收下了这个学徒。迄今，张祥青仍和师傅保持着亲人般的关系。

1991年，起早贪黑，靠磨豆腐、卖早点攒起1万元的张祥青夫妇成为万元户。听朋友说"倒腾"废钢赚钱，家里的小买卖就交给爱人张荣华一人打理，张祥青开始介入废钢生意。张祥青怀揣着自己的1万元，加上岳父、哥哥、姐姐拼凑来的共1.8万元，北上京城。没想到，第一笔生意就把自己的1万元本钱亏光了。"第一车废钢，人家说'虽然质量不好但能用，以后给你好的'。"初入商海的张祥青回到唐山一看货，立即就知道太轻信别人了。

天生不服输的张祥青说，虽然第一笔生意亏了，但更要做下去。当时做废钢生意的人很多，关系错综复杂，新加入者并不受欢迎，然而在这一行业赚到百万身家的是意志刚强的后来者张祥青。当时张祥青每星期往返北京3趟，从北京提货，傍晚出发到家已凌晨三四点，碰上大雾天气更晚，早上七八点就得起来卖货，当天夜里再赶到北京，"累到头发都是躺在炕沿上让老婆给洗"。吃苦还在其次，关键的是打通各种人脉。现在，熟悉张祥青的人都习惯叫他六哥，有人还说他"很会混"，这能力都是那时练出来的。张祥青总结说，得到人家的信任，建立人脉，还得靠真诚。当时说好合作伙伴每吨废钢分30元钱，但张祥青每吨赚100元回来，多出来的部分还是跟大家一起分。

1993年，张祥青在这个行业赚到了300万。随后国内整个钢铁市场低迷，废钢是卖给钢厂做原料的，而很多钢厂倒闭了，钢厂卖货收不回钱，工人半年开不了工资，整个行业形成三角债。坚持到1995年，张祥青开始寻找新出路。废钢生意给了张祥青享用一辈子的经验：一条路走久了肯定会死，因为市场就那么大，人越来越多，所以就要变革，寻找新路。1995年前后，张祥青自已开烧结厂，"仍然走的是捡垃圾的老路子，不过是目光从首钢垃圾山中的废钢转向烟尘中的铁泥"。这一转折，让张祥青一条腿迈进了实业的大门。到了1998年，张祥青、张荣华成立了河北的丰南冀发特种钢材有限公司；1999年又在河北成立了现在的唐山市合利钢铁厂。2001年，张祥青的"钢铁帝国梦"迎来了最大机遇，他投资2.8亿收购了天津一家倒闭的钢厂——天津渤海冶金工业有限责任公司，组建了现在的荣钢集团。从获知消息、联系洽谈到最后合同生效，只用了短短的14天，这一举动让业界目瞪口呆。未来的钢厂肯定是临海的，张祥青坚信自己的判断。迄今，我国钢铁行业正纷纷向沿海布局，铁矿石每年进口量约4亿吨，而在当时，进口量尚不足2000万吨，天津也不过刚刚确定建设铁矿石大港口的规划。19岁就嫁给张祥青的张荣华是荣钢集团的现任总经理，张祥青称妻子是自己的"守护神"。2003年，就在收购天津渤海冶金工业有限责任公司后两年，张荣华起身到京读MBA——学习企业管理的系统知识。学成归来的张荣华，开始推行企业的规范管理。

张祥青经常对别人说："企业发展要遵守规则，很费神费力，我缺乏耐性。我去打仗，后方交给老婆，是她在守护这个企业。"天生乐观幽默的张祥青说MBA就是教人系统的管理知识，而他负责的是企业的发展战略，突破企业发展的瓶颈，这不是书本能教的：随着人类的发展，需求变化，资源变化，企业发展的未来也在变化。

以前，张祥青做卖废钢生意，半夜三四点起不来，都是妻子提前醒来一遍一遍地叫他起床；他运货回来，也是张荣华在家里组织卸货、管理。因为有妻子守护企业，张祥青经常还做些"出格"的行为，比如和"发小"打牌自不必说，他有时还去蹬三轮"拉脚"。戴着帽子只要别人认不出他，他就拉，说是锻炼身体；被人认出来就不拉了，觉得不好玩了。荣钢集团的高层还介绍，董事长还做得一手好菜，尤其是红烧肉，因为张祥青一大家人住一起，在家吃饭时他会露一手。

张祥青思考的是，从2000年到现在，铁矿石价格涨了10倍，焦炭价从400元/吨涨到2700元/吨，而未来，中国的工资也会上涨到发达国家水平，社会的环境正在承受越来越大的压力，百年企业的根基到底怎么打？

目前，天津荣钢集团是一家以钢铁为主业，涉足国际贸易、园林绿化、矿业投拓、煤化工、综合利用等多领域的民营企业。

几年来，节约资源和环保一直是荣钢集团追求的目标，迄今已累计投入资金 5.18 亿元用于环保治理项目。目前荣钢集团使用的水，就是渤海湾别人排放的污水，荣钢集团投资 2.5 亿上马了世界上最先进的反渗透过滤生产线。谈及自己的理想，张祥青说，在大家都向钢铁行业下游高端产品进军时，希望自己能在上游炼铁领域节能创新上有一番作为。

2007 年，荣钢集团销售收入 285 亿元，利税 29.7 亿元，中国企业 500 强中名列第 159 位，制造业 500 强中第 77 位，天津市百强私营企业第一名。在资本层面，荣钢集团开始筹划上市的事情，因为要成为具有竞争力的企业，打破资金瓶颈势在必行。

捐款晚会结束的第二天，张祥青躲避着媒体记者的追踪，也没有去天津的企业，而是与妻子回到了家乡唐山丰南，他一个人默默来到母亲的墓碑前，点燃一炷香，烧上一点儿纸，跪了下去，泪流满面地说："妈，您儿子给地震灾区捐款了！您高兴吗？妈，您吃了不少苦，现在生活好了，您又花不着了，我就多多回报社会吧。往后啊，您儿子就以这样的方式孝敬您啦！"就这样默默地跪着，他仿佛听见母亲的声音，看见了母亲的笑脸。

汶川大地震发生后，中国企业家的社会责任感在空前的灾难下集中爆发，特别是民营富豪的善举，成为中国媒体和社会关注的焦点。张祥青是他们中间最优秀的代表，他认为，不管是捐款 1 元、10 元或捐款 1 亿元，爱心大小显然并不能仅仅用金钱来衡量，但对于从社会中得益的企业家来说，"能力越大，责任越大"却是不能回避的现实。他很赞成一个网友说的话："当我们已经拥有成功和财富时，我们还要把不幸和贫穷承担下来；当我们已经拥有幸福和快乐时，我们还要把痛苦和忧伤承担下来。"他觉得，每个人的能力有大小，但我们的爱心是一样的。

在自然灾害面前，整个人类都不是局外人，这种让人类战栗的大灾难，让我们大家的手紧紧握在一起。我们的胸中激荡着一个声音：一个美好的世界，需要我们每个人的真诚付出，奉献与付出是一种幸福，更会让人心里平安！

第三章

灾难中的生命光辉

我们都很坚强

在大地震面前，我们为脆弱的生命哭泣，我们也为生命的顽强感到震撼。

在唐山大地震中，民众表现出顽强的生存意志，生存手段多种多样。唐山大地震发生时，尽管公共应急措施在沉睡，但李玉林的及时报信为更多濒危生命抢回了时间。据震后的1250份调查样本显示：大地震发生的那一刻，11%的人处于清醒状态，14.2%的人处于半清醒状态。有幸脱险逃生的人大都采用了传统的民间应急防震方法——"大抵床几之下，门户之侧，皆可赖以免"（《地震记》）。哈尔滨工业大学教授王绍玉即是运用该知识，迅速穿好衣服，躲在桌下避难。震后，时在马家沟矿务局工作的王绍玉走出家门，放眼四望，原本熟悉的街衢变成断壁残垣，人们陆续走出、爬出或被架出。他细细观察，幸存者中，他是唯一穿着裤子的人。作为唐山大地震的亲历者及幸存者，责任感驱使王绍玉日后承担起城市灾害应急与管理的研究。他的第一课题是求生的信念和坚强。他调查了974例幸存者，其中有258人采取了避险措施，183人避险成功。王绍玉在《城市灾害应急与管理》一书中写道："震时人们并非完全无所作为。作为分为四个阶段：首先是持有一颗冷静的头脑，而后采取有效避险措施，然后根据自身能力脱险，最后是保存体力等待救援。能否完美地实施四个阶段，主要取决于人的生存能力——意志、信念、行为。"唐山大地震发生后，一中年妇女被埋压在废墟中达 13 天之久，她靠着"解放军能听到我的呼救声"的信念支撑，终于等来解放军。与此相反，一位年轻人去世时，身边存有大量葡萄糖液。他被扒出后，人们发现他的身体除手指外其余的完好，他的手指因抓挠墙壁而被磨去半截。他是死于极度绝望，死于精神崩溃。

唐山大地震以人类最为毁灭性的考验，留下了这一批普普通通的民间英雄。他们无疑是人类的骄傲。陈俊华，地震时 24 岁，二五五医院政治处干事；郝永云，地震时 24 岁，陈俊华的新婚妻子，廊坊市农村社员。从废墟中被救出的时间：1976 年 7 月 30 日，震后第 3 天。3 天，对于生命的时限来说并不算长，可是对于这样一对夫妇来说，却分外漫长而难以支持。他们的存活，对于他们自己是一个奇迹。唐山大地震发生时，他们刚刚结婚。7 月 28 日的强大震波，击中了所有的目标，也毫不留情地粉碎了这对夫妇的小小新房。一些幸存者就被埋在这样的建筑物中。那一刻，屋子里亮极了，明晃晃的，就像开了电灯，就觉得四面墙壁像包饺子一样卷塌下来。他们的屋子在宿舍楼的底层，上面的天花板已经倾塌，离他们的头只有几寸远，侥幸得很，那块板没落下来，他们俩紧紧地抱在一起，周围只剩下了比一张单人沙发大不了多少的空间。最初被砸下去的时候，这对夫妇也曾经呼救过，但竭尽全力的呼喊，对于偌大的废墟显然无济于事。

为寻求生之路，他们也曾和千千万万遇难者一样，拼命地推梁木，砸钢筋，搬石头。有一扇纱门压在他们身上，他硬是用手撕扯开纱窗铁丝，出来后女人见他满手是血。四周很黑，谁也看不见谁，只觉得闷，呛得难受，嘴和鼻孔像被灰尘堵塞了。余震时，楼板几乎贴到了脑门。他们发疯一样地叫喊。热极了，也渴极了。妻子哭喊，男人让她别喊了，说里面氧气少，一喊就喊没了。渴得受不了，伸手胡乱地摸着。天太黑，只摸到一只瓶子。"是醋"，他高兴得没法说，抓起来就往嘴里倒，却是花生油。他喝了两口，哇地全吐了。后来他昏睡过去时，老是看见一个军用水壶，死死抓住它，就是不放手！他想起屋里还有西瓜、桃子和半盆凉水，水里还冰着一罐中药，是为她煎的。他四下去摸，什么也摸不着，都压碎了。失望之中，意外地摸到了一把菜刀。他对她说，这下好了，我们用菜刀砍出去。

菜刀卷刃了，变成了一块三角铁。他一共凿开了七个窟窿，全都是死路。他们也不知道究竟过去了多长时间，他们感觉那个可怕时刻来临了。太闷太热了，满额头鼓起了大肿包，妻子只穿着一件背心和短裤，哭喊着，死死拽着他的手。他挪近她，她已经开始一阵阵地透不过气，一阵阵神志不清。他摸到一顶草帽，给她扇着风；只要她一睁开眼，她就哭，就问他还能回家吗？会不会有人来救啊？他心里也很难受。周围一点儿声音也没有，头顶上偶尔传来轰隆轰隆的响声，也不见人声。他看着她昏昏沉沉地躺在身边，刚刚结婚，刚刚建立起这个家，妻子从农村到部队来度蜜月，还没有到头，就这么完了。新房碎了毕竟还是新房。不远处的那对枕头，图案是两条金鱼，就是妻子一针一针绣的。那会儿，他也开始绝望。他觉得自己被埋得那么深，那么深，没有希望了。这会儿他忽然想把砖块抽去，任楼板压下来，两人一块儿死算了。不远处的什么地方，传来一个婴儿渐渐弱下去的哭泣声，还有一个孩子喊着"渴"的抽泣声。这是邻居王庆海一家。陈俊华只要稍一动弹，妻子于昏迷中就紧张得一抽搐。她的手使劲地抓住丈夫的手，紧极了。"见天了吗？"她问。她仍在幻觉中，听着那一声声菜刀砍击硬物的"当当"声。尽管那每一声"当当"都显得那么勉强、机械、单调、无力，可是她却实实在在地听出了生的希望。30 日下午 6点多钟，微弱而顽强的敲击声终于传出了废墟，解放军听见了他们微弱的敲击声，一场军民大营救开始了。他们获救了。

夫妻俩闯过这道生死关，更加恩爱了，今天生活得很幸福。汶川大地震以后，他们夫妻惦念着埋在废墟里的人们，默默地为他们鼓劲，之后他们踊跃捐款。

在这次汶川大地震中，一名 3 岁的北川女孩获得父母的肉身保护，在与死神抗争 43 个小时后，奇迹般获救，但她的父母却早已断气。她叫宋欣宜，她可以清楚地用词语指出自己姓名中的每一个字。

救护人员是在北川县城一个严重损毁的屋角处看到眨着大眼睛的宋欣宜的，而为她顶住瓦砾的就是已经身亡的双亲。

进行救援的红军师装甲团的官兵说，其实他们在前天早上8时就发现这名女孩了，但整个移位的墙壁压在小女孩和大人身上，他们没有合适的工具，无法将人救出。不巧当地又下雨，救援人员只能暂时拉起遮雨布帮女孩遮雨，并拿来牛奶、方便面等食品放到小女孩身边。天无绝人之路，来自辽宁的救援队员带来了切割机等专用设备，并已经在墙壁上打开了一个口子。倾斜的墙壁摇摇欲坠，救援队员一方面紧张地撬动砖头，一方面还要用木头支撑危墙，防止墙壁倒塌伤到小女孩和周围的人们。

救援过程中，宋欣宜不时发出阵阵哭声更是让人揪心，因为不知道撬动砖头是否影响到了小女孩的腿，救援人员不敢不用力，又不敢太用力。

到了早上9时40分，救援队员在人们的欢呼声中，终于将小女孩从危墙下面抱了出来。在熬过了雨夜和余震，历经40多个小时的搏斗后，小女孩战胜了死神。宋欣宜被抱出来的时候，周围的人都哭了。她已故去的年轻父母脸对着脸，胳膊搭着胳膊，用自己的身体搭成了一个拱形，在地震发生的一瞬，双双挡住了倒塌下来的沉重的墙体，用血肉之躯为孩子构筑了一道生命的围墙。求生是人的本能，而在生死的一瞬，伟大的父爱和母爱却神圣地超越了这种本能。

被救出的小女孩梳着两条小辫子，除了右额上一块已经结痂的硬币大小的伤疤外，脸上只有一些灰尘，清秀的面容惹人喜爱。但因为她的右腿长期受到压迫，已经严重坏疽。解放军将女孩放到担架上，由军人负责抬担架，将女孩送到城外的救护车上。

在运送途中，小女孩的思维非常清晰，她告诉当地媒体她的名字和岁数。她还说，自己已经上幼儿园，平时喜欢看电视和画画。

在被抬上救护车之前，宋欣宜先后遇上医疗兵、医生和总理温家宝。医疗兵和医生为她的腿做了简单的治疗，温家宝总理则是来到小女孩身边进行了慰问。宋欣宜的救出，给救援人员带来了欢欣和鼓舞。

5月14日14时，都江堰市向峨乡向峨中学，援救工作进行了48个小时，一块块混凝土预制板被搬开，一具具遇难学生的遗体不时从废墟中被抬到附近的操场上。每当这时，周围几百名焦急等待的家长便纷拥上前，辨认是否是自家的孩子。在一声撕心裂肺的哭喊声传出后，其他更多的人则静静地散开，继续默默地等待。由于 13 日下了一天的雨，加上 14 日半天的暴晒，空气中弥漫着一种令人痛彻心扉的味道。人们仿佛被看不见的针刺入了眼睛，又像被无形的手扼住了喉咙，喘不过气，说不出话，只有泪水模糊了视线……

"请家长们来辨认一下遗体，如果是您的孩子，请告诉我姓名和班级！"一个沙哑又带着点稚嫩的声音响起。循声望去，一个略显单薄的背影映入眼帘，他一边帮着整理遗体，安慰悲痛欲绝的家长，一边一丝不苟地履行他的"职责"——核实、登记遇难学生的信息。他的名字叫作梁强。梁强今年 16 岁，是都江堰中学高一的学生。5 月 12 日下午地震发生时，梁强和同学们及时撤离到了都江堰中学的操场上。虽然暂时安全了，但梁强放心不下家里的父母和两个姐姐，在征得老师同意后，他从都江堰市区步行近 4 个小时，赶回了向峨乡的家中。家里的房子已经完全垮塌，幸运的是父母和姐姐们都安然无恙。

"我要回学校看看李老师。"帮父母匆匆搭建起一个简易棚子后，梁强扔下一句话，头也不回地向山坡下的母校向峨中学跑去。昔日美丽的母校已经成为一片废墟，梁强顾不上惊愕和难过，立即和闻讯赶来的乡亲们投入到了救援当中。他亲手救活了几个同学。开始的时候没有工具，更没有吊车，他就和乡亲们一起用手刨。他用找到的一根木棒在那些水泥板上敲，一边敲一边喊，下面醒着的同学听到以后就会求救。后来，他又用木棒从每一个缝隙里往下捅，慢慢地仔细地一点儿一点儿向下探，如果碰到了柔软的物体，就说明可能是已经昏迷的同学，他就会趴在那里喊，然后叫乡亲们来营救。后来，解放军赶来了，乡亲们被替换下来，他就开始负责登记遇难同学的名单。

跟尸体打交道，让梁强有些恐惧。他第一次觉得害怕是在从都江堰走回向峨乡的路上。他一边走一边想，如果爸爸妈妈、大姐二姐死了，自己该怎么办？父母都已经快 60 岁了，两个姐姐对他也特别好，家里没有钱，她们就不上学，赚钱供他一个人念书，她们的成绩都比他好……如果他们不在了，自己还能上学吗？他简直不敢往下想了。等快到家的时候他就不怕了，他想好了，如果他们都不在了，他会好好地安葬他们，然后自己也要好好活下去。

望着一片尸体，梁强没有恐惧，他看他们年纪那么小就不在了，只觉得他们真的特别可怜，一想自己真的特别幸运，所以就不怕了。更重要的是，废墟里已经开始传出断断续续的哭喊声。梁强之所以会承担登记遇难者名单的任务，除了开始时救援人员不足的原因之外，还有一个重要的原因就是他曾经是向峨中学学生会的主席，是当地小伙伴的领袖。因为都是附近村子的同学，学校里差不多一半的人他都认识。清理废墟的时候，他看见了他最爱的李轩老师的尸体，还有李老师刚满7个月的儿子的尸体。梁强心里一阵绞痛。李老师是他初中时候的班主任，对他特别好。他们村与他同龄的十几个小伙伴也已经不在了。每一次的统计，他都很难过，每一个人都会让他想起他们的很多事，但这两天，他一直忍着没有哭过，因为他如果哭的话就不能好好地统计了，那么这个活儿谁来干？梁强想，我不哭。就让泪水化为一片片祥云吧，在家乡遭受磨难的天空中，映照出一片新家园。这个时候，梁强已经饿得不行了，他拿出了一碗方便面，由于没有热水，他只能吃干的方便面。

这个时候，一个志愿者掏出随身携带的巧克力送给他。梁强到最后还是坚持没有收下巧克力，他说他是大人了，吃干的方便面就可以，把巧克力送给更小的孩子吧，他们更需要……

《士兵突击》是一部热播的电视剧，但人们也许想不到，"许三多"作为新时期解放军的一个感人形象，竟成为被困在废墟里的孩子们的呼唤对象。5位女同学被压在了天花板底下，她们呼唤着"许班长"的名字，被埋了48个小时，凭借一种信念，等来了解放军，最终得以生还。

在广元市的木鱼镇，13岁的初中女孩何翠青，她在第一时刻发现了地震险情，飞快地跑出了寝室，原本已经逃离了危险，但为了唤醒全寝室的同学，她又返回宿舍。何翠青喊叫出了一部分同学，天花板瞬间坍塌，她和另外四个同学被压在了天花板底下。几个被砸伤的孩子在黑暗的废墟里被挤压得不能动弹。何翠青和同学们在废墟里坚持着，相互鼓励着。有个同学含着眼泪说："翠青，你已经跑出去了，为什么还要回来啊？"何翠青咬着牙说："我能丢下你们不管吗？我们是好姐妹！"同学们感激地望着她。有人绝望地说："可能是都塌了，没有人来救我们啦！"何翠青劝慰同学："我们要挺住，一定会有人来救我们的！"一个同学问："你说谁会来啊？"何翠青坚定地说："解放军叔叔一定会来！"有了她的鼓劲，几个孩子憋足了劲在那里狂喊。喊累了，外面没有一点儿动静，几个同学都没有勇气活下去了，一个个都沮丧地垂下了脑袋。实际上，何翠青的腿伤极为严重，她的头被一个大石头压着，身子上面有个床把子，还有铁床，把她压得死死的，再缩也缩不过去。何翠青没有退缩，继续说："你们一定要坚持，我们几个都一定要活着出去，都答应我好吗？"几个同学点头答应着。何翠青忽然想起了刚刚热播的电视剧《士兵突击》，她大声说："你们不是都看过电视剧《士兵突击》吗？里面最坚强的战士是谁？"同学们回答说："看过！是许三多，许班长！"何翠青说："好，我们要向许三多学习！来，我们一起喊许三多，只要喊出来你们就不疼了！"于是，废墟里的孩子们齐声喊着："许三多！许三多！许三多！"喊累了的时候，何翠青让同学们停下来保存体力。

地震发生十余个小时后，北川3岁的男孩郎铮从废墟中被救出。就在武警官兵准备把他转移到安全地带时，满脸是血的郎铮艰难地举起沾满泥土的右手，虚弱而又标准地敬了一个少先队队礼。担架上的小郎铮不忘向援救他的官兵叔叔敬礼感恩的举动，让无数的人深受感动，就像一个凝固的雕像深深刻在我们的脑海里。

面对早已超出了其年龄所能承受的地震，3岁的郎铮从废墟中被救出时，竟然不忘向救援人员敬上一个标准的少先队队礼。也许他敬的是一个军礼，因为他的父亲是一个警察，从小他就崇尚警察和军人，渴望长大成为他们中的一员。他不仅仅是感恩，而是孩子的理想获得了实现。倘若在平时，人们或许就会意地一笑，称之为聪明顽皮，然而此时从其敬礼中分明让人读出了坚强和勇敢。有了这份感动，有了这份坚强，无论是大人还是小孩，天灾大难已经不足畏了。一名3岁的孩子，一名不谙世事的娇小子，他本该在父母的怀里撒娇。但无情的天灾让他的童年变得深沉而成熟，他以一个"小男人"的阳刚之气解读了人性的坚韧不拔。地震可以摧毁我们的房屋，毁坏我们的家园，但永远摧不垮我们的意志，众志成城、万众一心，中华民族钢铁般的血性在此得到了最完美、最真切的展现和诠释。

我们都会动容地感慨：地震中孩子们的表现最坚强。

汶川县映秀镇渔子溪小学9岁的林浩在倒塌的校舍中自救后，马上用弱小的身体将一名昏迷的同学背了出来。随后，他又重返已倒塌的校舍并背出来另一名昏迷的同学。开始爬出来的时候，他身上并没有伤，是后来爬进去背他们的时候才受伤的。据悉，林浩就读的渔子溪小学只有31名学生，在地震中有10多人逃生，这当中就包括林浩背出来的两个同学。幼儿园小朋友任思雨双腿被卡，鲜血直流，救援人员怕她痛苦而救援缓慢，任思雨竟高声地唱起《两只老虎》来安慰救援人员；12岁的女孩李月必须双腿截肢才能救出，截肢中李月咬破嘴皮也没有哼一声，还问救援人员："我是不是最勇敢的？"是的，孩子们，那片碎城并不可怕，过去的不过是一场灾难，不论它有多大，也大不过人类不屈的精神。我们自豪地说：钢铁就是这样炼成的……

在灾难面前，人的生命或许是脆弱的。但人的精神，一种永不屈服、永不放弃的精神，却是充满力量，坚韧而伟岸的。从这些孩子们的身上，我们分明感受到了一种永不屈服的民族精神，感受到了一种顶天立地的英雄气概。自古以来，我们历经了无数的灾难，然而正因为有了这种临危不惧、坚韧不拔的毅力，我们才战胜了一次又一次的艰难险阻。

从这些孩子们的身上，我们深深地懂得，人的血肉之躯远远不如钢筋混凝土坚硬，但我们的心比什么都坚强。我们因为坚强而喊出了"中国不哭""汶川不哭"的口号，这是信心，这是希望，这是我们中华民族的脊梁。

勇敢与牺牲，我们寻找那颗星

《唐山劳动日报》记者王伊明写过一篇文章《我在寻找那颗星》，实际上他写的是唐山抗震中军人与民众共同的勇敢，文中展示的那种勇敢的精神，包括王伊明对勇敢和牺牲的追念，让我们感动。

地震幸存者王伊明在文章中说：唐山大地震，是人类生存史上最浓烈而惨重的一笔；抗震救灾，则是这浓重而惨烈的篇章。2万驻军、10万援军，在如潮的绿色中托起颗颗红星，也托起了唐山人生命的希望和重建家园的决心。唐山人永远地记住了他们的功德，却难以记住他们每一个人的名字，特别是在与灾难的抗争中献出生命的年轻战士。我受唐山人的感情之托，用几个月的时间追踪寻觅着他们的英灵，写下了那些最可爱的人的鲜为人知又可歌可泣的英雄事迹。

7月28日，每年这个时候，薛建国都要烧几张冥钞给早逝的亲人，还一个铭心刻骨的愿。燃烧着的冥钞随风悠悠地飞升着、舞蹈着。他的眼圈又红了。这个也曾当过兵、坐过机关、下了海的小老板，人近中年时，还的是一个城市的愿⋯⋯

30年前的那个灾难日，15岁的薛建国睁开眼睛时，看到阴霾的天空偶尔有一两颗星星在头顶闪烁，他不知道发生了什么事，睡在三楼的家里，怎么到了外面？

在很静的一刻过后，城市像突然惊醒似的发出了哭喊声。他听到了母亲和妹妹的呼救，声音像是来自地下。高大的楼房倒塌成一片废墟，水泥的预制板成为生命的保障，他还稚嫩的双手实在撑不起那生命的希望时，他看到了亲人解放军的身影。一年后，迟浩田将军曾在他的文章里记录了最先进入灾区的部队，时间是7月28日当天的下午。但事实上，人民子弟兵的援救和牺牲，都比将军所说的早得多，那里有90多名某部防化连的官兵。薛建国是在这次灾难中最先感受到亲人解放军的帮助，他是立即向赶来的战士求救的，他的母亲和两个妹妹都还在废墟里。在战士们动手清理废墟时，他又看到了几名战士正在周围扒人。那时，天刚刚蒙蒙亮。也许是一种自然的依托，他至今还记得四周的那些战士有二三十个，后来他才听说，那几乎就是废墟中走出的警卫连的全部人员。薛建国的母亲被压在废墟中，她的下肢被水管卡住了，水管又被水泥板压住，十几个战士齐心合力才将他母亲救出来，那时已到中午了。薛建国的一个妹妹也被救出，而另一个已经不幸遇难了。

午时落起了小雨，母亲被抬进院里唯一的一处帐篷里。帐篷一边搭在一辆卡车车厢上，一边斜拖在地上，像山西人的半坡房。只是帐篷小人多，陆续脱险的人们很快挤满了帐篷。因为这里曾是篮球场，平坦一些，被救出的受重伤的战士也一个个被抬进来，但他们都没有被抬进帐篷，帐篷挤不下，他们也不愿进去，就在雨中淋着。后来不知谁弄来一些塑料布，人们就用木棍支起些三脚架来，挡在了战士身上。雨停时，太阳就冒出来了，天又热得难耐。现在想起，那些伤员一定很需要帮助，可大家都在忙，忙得有许多该做的都没能做。

傍晚的时候，掀开塑料布，有的战士已经遇难了。

王伊明曾查过一些资料，证实当年人民解放军共救出被埋压群众1.64万人，而城市当年驻军的2万官兵中，遇难者近千人。这座城市曾将这次灾难的死亡人数精确到个位数，而那些异乡的战士，我们却说不上一个名字。王伊明和他的朋友都很想对那些年轻、如流星般倏然滑过的生命表达一份敬意，都很想为那些遥远的如今已进入耄耋之年的父母道一声珍重，这些日子，他与我们寻遍了我所能够达到的领域后，得到的结论是一个，逝者如斯，找不到了。

找不到了，白所长摇着头说，近30年了，部队几经整编，原来那支部队已没有了，就是上一级部队，也不可能再保留你想找的那些资料了。王伊明说，至少我还能找到他们的墓地吧，前几年，他曾到过唐山许鑫的墓地，寻找遇难军人的归宿，但他仅仅发现两处，那么多遇难的军人，应该会有一大片的墓地吧？准确的位置又在哪儿呢？白所长说，和地震中所有的遇难者一样，战士们的遗体都自然安葬了，在那些埋葬遇难群众的地方，也许就有我们的战士。在那些墓地里，没有人能分清哪是军人，哪是百姓，哪是本地人，哪是外地人。只是我们的那些战士，没有人去祭奠……不，王伊明真诚地说，我认识一个朋友，他就是在这个大院长大的，他每次祭奠亲人时都没有忘了子弟兵……

几天前的一个午后，在乙酉初冬的太阳下，王伊明站在唐山人引以为自豪的唐山抗震纪念碑广场，读着那镂刻在纪念碑上的碑文"二十四万城乡居民殁于瓦砾……"他的眼睛湿润了。公祭的242419名逝者，也许并没有我们的子弟兵。那以后，他曾翻阅了几乎能找到的所有的公开刊物，没有谁能自豪地说起，他曾经帮助过一个遇险战士……像我的那些朋友说的，可惜我们没有救出一个战士，哪怕在战士们负载很重的身上撤下一片砖瓦。

沧海桑田，32年过去了，鲜花已遮掩了墓地，白骨已化为泥土。当这座城市曾以万人空巷欢送子弟兵离唐，当这座城市曾一次又一次获得双拥模范城称号，王伊明想念那情感的真挚，那真挚是欢笑，也有泪水。

当我们走过这些思念的时候，我们的眼睛被泪水模糊了。初夏的夜晚，星光灿烂，我们知道每一颗星都有自己的名字，自己的轨迹，自己的故事，不论别人知道还是不知道。唐山人民永远不会忘记解放军的。今天汶川地震的时候，王伊明和众多唐山人一样，充分表达了自己的感恩情怀。这种情怀的迸发，与唐山人对当年逝去的解放军的追念有关。

我们从王伊明追寻解放军牺牲英雄的故事中，可以感受到解放军的勇敢，还有追寻者的勇敢。最后，我们懂得了一个道理：我们苦苦追寻的东西往往就在我们身边。他觉得自己的情感升华了，好好爱我们身边的人吧！

王伊明的追踪也让我们反思，那个时候，媒体对英雄的报道远远不如今天，遥祭亲人解放军的人们，还要像王伊明那样去执着地寻找。我们的时代进步了！如今在汶川抗震中，一切都是那么透明，那些为了救灾牺牲的英雄们，在第一时间，已是家喻户晓。

我在汶川大地震中同样见到了用生命书写勇敢的人。

在突如其来的地震中，平武和青川的通信、交通全部中断，成为"孤岛"。按照上级指令，四川移动通信公司迅速组建"青年突击队"，全力打通两地与外界的通信联系。

5月13日9时，装载着"四川移动青年突击队"队员的空军飞机冒着滂沱大雨起飞了。两小时后，青年突击队员彭海峰和他的队友冒险空降至平武和青川，迅速展开通信抢险工作。40多分钟后，与外界隔绝长达22小时的平武与青川首次通过卫星电话和外界取得了联系，为上级准确做出抗震救灾部署提供了有力保障。

5月17日，在理县附近进行通信光缆抢修任务的中国移动公司青年突击队员刘建秋，因突然遭遇余震引发的山体滑坡，身受重伤于5月18日壮烈牺牲。刘建秋用年轻的生命，将超越时空的大爱永久地书写在鲜红的青年突击队队旗上。

5月16日中午13时24分左右，为了接通"马尔康－理县－汶川"生命通信线，成都移动职工刘建秋和他的队友们，正在距离理县 4 公里的高家庄附近拼尽全力抢修光缆，此时他们已在这里奋战了 3 个昼夜，抢修工作接近尾声。忽然间，余震来了，一阵阵闷雷般的炸响从头上传来，烟雾腾腾中工程车被震得左右摇摆。此时，工友们几乎都是背对着山坡弯腰施工，看不到从背后滚下来的石头。队长刘建秋大喊："快撤！快往安全的地方跑！"队友李维祥过来拉他一起跑，来不及言语交流，刘建秋向前推了他一把，自己留在了最后。就在这时，从背后杂谷脑河对面的 300 多米高的山上飞下来的石头砸在他们身上……5 分钟后，队友们才发现李维祥和刘建秋被砸晕在地，刘建秋的右后背被砸出一个大洞，鲜血直流。此时，前后的路都已被堵死，他们被困在了这里。同时被困的还有一队解放军官兵和一辆运送医生的车，第三军医大的几名医生正在车上，医生们迅速抢救伤员。队友们哭着把刘建秋抬进帐篷里救治，45分钟后，刘建秋的血止住了。但由于失血过多，刘建秋越来越虚弱。在到达医院两个小时之后，年仅 37 岁的刘建秋闭上了眼睛。

　　而另一名受伤的突击队员李维祥，至今还在医院的重症监护室，尚未脱离生命危险。当我在电视上听到这个消息的时候，愣了好长时间。刘建秋是个什么样的人呢？滑坡的山体是有声响的，牺牲也是有声响的，于是灵魂也便有了声响。我仿佛听到了刘建秋高尚灵魂的声音。灵魂的声音有其特有的节奏，是那么安静而缓慢，让时间一步也无法挪动。我们会永远记住刘建秋这个抗击冰雪和汶川抗震的英雄。

　　北京市优秀青年突击队、北京住总集团魏育涛青年突击队，在地震发生后，第一时间进驻成都市万年场实验学校开展抢修工作。由成都铁路局、四川电力公司等单位青年职工组成的突击队，积极活跃在各重灾区，为抢险救人、抢修公共设施、恢复灾区的通电、通路、通信和供水日夜奋战着；贵州卫生系统100 余名青年技术骨干组成两支医疗救护队，在第一时间赶赴四川灾区；湖北华中电网有限公司团委组织的 1500 人的青年突击队，也在 5 月 14 日赶往四川灾区。

　　地震发生后，四川、重庆、甘肃、陕西、贵州、河南、湖北等地团组织迅速组建各类青年突击队，第一时间投入到抗震救灾工作中。目前，灾区第一线已有各类青年突击队 533 支，青年突击队员近两万人。

尤其令我们感动的是上万的"80 后""90 后"在冲锋。

"你们怕死不怕？"

"怕！"

"怎么办？"

"我们再快点！"

"再快还有风险呢？"

"那就认账啦！"

这是"90 后"简短而富有个性的回答。一群年轻人从五楼抬着担架走楼梯，是那样轻缓，那样小心，时刻注意不能颠簸到伤员的筋骨。年轻的胡俊峰和同伴们兼顾速度与平稳，个个累得呼呼直喘。胡俊峰还是志愿者指挥员，他得比别人忙一些。事实上，胡俊峰只是个 16 岁的孩子，他和伙伴们的平均年龄也只有 16 岁。从接到余震预报起，胡俊峰和他的"敢死队"队员就一刻不停地将德阳市人民医院二至五楼的伤员往外抬运。一趟一趟，从楼上到楼下，再从楼下到楼上，每个人都累得双腿发抖，但没有人停下来。

最让胡俊峰和伙伴们累的不是身体，而是随时可能发生的余震。只要进入楼里，余震的恐慌就在伙伴们的眼睛里传递，他们只能加快脚步。

但胡俊峰不许自己害怕，他愿意"用自己的半条命去换医院里的每一条命"。

5 月 12 日地震，住在罗江县的胡俊峰安然无恙。第二天一大早他就来到德阳市人民医院，在那里看到了从来都不曾看到的景象。从绵竹、什邡等地来的伤员一卡车一卡车地被送到医院，重伤的人躺在卡车中间，伤势稍轻些的围坐在卡车四周。医生、护士根本不够用，每个人都忙得像是在打仗。

没有选择，胡俊峰立即加入抢救的队伍，他帮着将伤员抬下卡车，送进手术室，再根据医生的安排抬着伤员去做各种检查。胡俊峰忘了自己只有 16 岁，面对这样的抢险，他一夜间长大成人。灾难给我们上了人生大课。

医院人手奇缺，胡俊峰很快组织了自己的志愿者队伍，他把它叫作"敢死队"。每个进入"敢死队"的队员都要经过胡俊峰的两道"面试题"："我们的工作很累,你怕不怕吃苦?"回答是不怕!"我们的工作有危险,你怕不怕死?"回答是不怕!

"敢死队"成立后,每天都有很多事做。第一天下来,胡俊峰躺在光地上睡了一夜后,身体累得像是不属于自己。但一想到伤员需要他帮助、队员们需要他指挥,他就打起十二分的精神强迫自己上阵。

据不完全统计,此次到彭州参加抗震救灾的志愿者,仅在团市委接待处留名的就已经超过 1.5 万人,其中"80 后"成为绝对主力。团市委想尽可能多地搜集这些志愿者的资料,但坦率地说,难度很大,因为大多数志愿者都不愿意留名,他们到这里来报到,第一句话几乎都是"我们是来冲锋的"!我们曾经对他们有些担心,他们有的个性强,有的在家里是小皇帝,有的是啃老族。但是,今天的实战终于让我们看明白了,他们同样有爱心,爱我们的祖国,爱他的同胞!

这些"80 后"的志愿者,几乎都有一个共同特点,就是团队作战。从灾情发生后,记者几乎每天都会在彭州各个村镇遇到成群结队的青春面孔,他们少的三五成群,多的竟然达到 30 余人。每个团队的成员都根据各自的专长有明确的协作分工,比如医院的护士就担任护理员,幼儿园的阿姨就担任心理辅导员,身体素质好的就协助搬运或疏通阻断的道路。

在龙门山镇宝山村,活动着一个 17 人组成的搜救队,他们是一群非常可爱的成都"80 后"。他们中有的是医院护士,有的是在校博士生,还有的是自主创业的老板。在灾情发生前,他们原本都是一群素不相识的人,因为听到广播而响应拯救生命的召唤,不约而同地从四面八方走到一起来。他们特别能战斗,看到他们,就看到了我们祖国的希望!

我们记录了一个普通救灾志愿者的经历,她叫周红令。普通志愿者的行动同样让我们体会到勇敢者的内心境界。

5 月 13 日上午 7 时,周红令和丈夫以及丈夫单位里的两名同事(到现在我们仍不知道他们的名字),开车在都江堰通往汶川的公路 213 国道上行驶。道路被地震损毁严重,碎石挡住了去路,滚石还在不停地落着。周红令一行不得不弃车步行。从都江堰至汶川一共 94 公里，计划步行两天左右。他们看见路上很多人在走路，手机只是个时间工具，信号全无。行人间还传递着各种关于地震的传言，山坡上不时飞沙走石，对岸还有巨石垮塌掉进岷江之中，发出"噼里啪啦"的像爆炸似的声音。雨在不停地下，迎面碰到不少劫后余生的灾民往外走，有人劝周红令他们返回，因为路上太危险。在隧道和有泥石流的路段，惊恐的人们都是跑着过去的。

周红令拉着老公的手，说我们可能走不到汶川了。这个时间，周红令和老公都还不是志愿者，他们是想去汶川看望老人和孩子。她们都在成都工作，家人却在汶川县城。老公考虑到面临的危险，劝周红令先回成都去，周红令说我不回，生死都要在一起。于是，他们找了一处比较平坦的地方休息时，老公理了理满是稀泥的头发，问周红令说："老婆，你说我帅不帅？"周红令今天看老公真是很帅，夸奖他说："帅呆了！"周红令问他："我漂亮不？"丈夫苦笑了一下说："你是我最漂亮的'叫花子'老婆！"周红令知道老公是在缓解气氛，就都笑了一下，缓解了一下余震带来的恐惧。过后，他们表决了，结果是勇敢地走下去。

5 月 13 日晚上 7 点，周红令一行几人像泥人一样地爬到了映秀镇，夜幕下望去，这个以往秀丽的小镇已经是一片废墟。

第二天上午，他们开始工作了。镇政府和镇领导都被埋了，当时在映秀视察工作的汶川县副县长张云安组织成立了现场工作组。周红令老公负责伤员排号，就是按照受伤程度的轻重排好顺序，等着直升机来接走。望着伤员在地上疼痛地呻吟，周红令的泪水一直在眼眶里打转。她又想家人了，他们是被埋在废墟下了，还是成了伤员？抑或侥幸逃脱灾难？周红令强迫自己停止了想象，帮着搬东西，记录文案，发放食品。这时候，周红令看见飞机空投食品了，空投下来的食品是有限的，有些还被灾民一抢而空。一个小女孩没有吃的，周红令就悄悄走过去，把一个面包递给了她。小女孩睁着大眼睛望着周红令，接了面包大口吃着。周红令感到从没有过的安慰。

5 月 14 日上午 10 时，解放军部队陆陆续续跑步进来，看见他们真的像是看见了亲人。为了轻装前进，他们扔掉了背负的物资，很多战士到达时已经一天一夜没有吃东西了。周红令上去给解放军吃的东西,没有一个解放军接食品。一个饿晕跌倒的小战士说:"让乡亲们吃吧,我们不饿!"周红令很感动,她看见直升机降落下来,她开始跟丈夫一起负责在外围接送重伤员,再由战士送到直升机上。接送伤员要从尸体上迈过去,周红令这个时候已经不怕尸体了,因为他们很安静,但是她害怕缠满绷带、鼻青脸肿的伤员。站在废墟中,周红令感觉像是站在地狱里。

5月14日中午12时,周红令终于知道在汶川的父母兄妹和女儿都平安无事。谢天谢地了,老天爷开恩了,周红令高兴得哭了一场。这个时候,她看见丈夫跟着军人开始扒废墟了。废墟下还有很多活着的人,身边随时有战士抬着幸存者出来,虽然他们中的许多人都已经缺胳膊断腿,但已经是万幸了。在几个连战士的配合下,周红令老公和当地干部对镇里的银行、粮站以及派出所等进行营救,救出了5个幸存者。周红令给丈夫鼓劲说:"你真行,多救人就是积德了。"丈夫没有说话,却紧紧地抱住了她。

5月16日早上,两边的路已经逐渐在修复,再过几天,周红令就能见到汶川的父母和女儿了,说不定他们已经回到成都等她了。她自己也和成都、昆明的亲人失去联系整整5天了,他们肯定要急疯了。这个早上,在老公的一再要求下,周红令离开了映秀镇,老公说这里需要我,我还留在这里救灾。周红令感觉老公从没有过的可爱,临走前,周红令把自己的护身符留给了他。周红令说:"让它祝福老公,保佑老公!"老公挥了一下拳头:"感谢老婆,在成都等我的好消息吧!"周红令默默地走了,心中十分惦念丈夫。后来,周红令老公圆满完成了任务,平安地返回成都了,一个普通的小家庭开始了温馨的生活。他们没有豪言壮语,却有着普通人高尚的情怀。在这英雄辈出的现场,没有人来表扬他们,没有人采访他们,但是,他们的爱心,他们的坚强,永远留在我们温暖的记忆里了。

我再讲一个消防员的感人故事。徐俊(化名)经历了这辈子最难忘的一天。一天来,他和战士们一样,丝毫没有感受到徒步在山区跋涉的劳顿,只有心灵的震颤和不由自主涌出来的泪水。进入北川县城的7个小时转眼就过去了,他感受到了人在自然灾害面前的脆弱和无助,见到了被爱和信念驱使着的人们的坚韧和执着，以及战士们最无私无畏的付出。

　　他们是步行3个小时挺进北川的。他跟随的江苏首批消防救援队先是到达四川北部城市绵阳，然后，将要前往北川县。那里是此次大地震受灾最严重的县之一。救援队的消防官兵决定徒步进入北川县城，5公里的山路他们足足走了3个小时。下午1时，他们来到一个收费站，这儿就是北川县城的入口，救助人员搭起了几个帐篷，收治伤员，转移群众，也为救援人员提供服务。

　　江苏消防支队特勤大队的消防战士被分成了几个小队，进入县城后很快分散开，各自行动起来，而救援队里的20名医护人员也立即进入了临时医疗点开展工作。小县城满眼是瓦砾，已被夷为平地。他跟随的小分队有20名消防官兵。小分队没走多远，一个老乡冲过来，几乎是在喊："那儿有个幼儿园倒了，里面还有活着的孩子！"分队指挥员决定立即前往救援。老乡救人心切，带着他们绕开了大路，抄小路直奔现场。

　　途经一个水库时，救援队员刚走上去，突然听到远远有人在喊："停下，退回去！"顺着声音看过去，几个同样身着救援服的人在挥着手大喊："水库堤坝有裂缝，危险！"指挥员决定立即回撤，这让带路的老乡非常失望："救救我的娃，我的孙子在里面啊！"他拍拍自己背着的包，"里面全是水，要去救他们啊！"指挥员改变了主意，决定冒险通过水库去营救孩子们。消防战士们轻手轻脚地走，终于平安过了这段路。幼儿园位于金罗巷，这是一大片废墟，3幢楼房呈3个角度严重倾斜，但都朝幼儿园所在的废墟压去。

　　他和战士们走近时发现，几个孩子躺在瓦砾下面，都是五六岁的孩子，有的被压住了胳膊，有的被压住了腿。一个半躺着的女孩还能说话，她在哭喊："爸爸，怎么还不来救我？"消防战士上前安慰她："不要哭，你们马上就能出来了。"女孩停止了啼哭，其他孩子也都停止了挣扎，看着忙碌着的陌生叔叔们。

　　战士们立即用手动破拆器开始切割，用手掏石块，以避免孩子们因为救援而再次受伤。救援进行时，发生了3次能明显感觉到的余震，最后一次余震时，倾斜的楼房上不时掉下砖块。战士们没有一个人停下手头的工作，现场除了指挥员偶尔发出的口令，只有破拆器的轰鸣声。

　　到了下午4点多，第一个孩子被消防战士小心地托了出来，是个女孩。看着她的身体完全离开地面后，战士们泪流满面，徐俊的鼻子也酸了一下，泪水不知不觉流了出来。

打开了通道，下面的救援就顺了。陆续又有 3 个孩子被救出，两个女孩，一个男孩。随队的医生现场抢救后，把他们立即运往医疗点急救。消防战士们又来到了一个庞大的废墟边。老乡说，这个地方原来是一排门面房，里面还有人活着。战士们贴近一个小洞口，向里面喊话："有人吗？"里面马上有人回答："有！救救我们！"

战士们不知道废墟下面是什么结构，怕剧烈的切割反而会造成坍塌。战士们用手把小洞慢慢扒大，再用脸盆运走泥石。

战士们挖出能容一个人的洞，钻进了瓦砾，发现下面是一个厢式货车，支住了倒下的墙体。经过确认，废墟下至少有两个人还活着。

"谁有水？"一个战士回头大声喊。战士们这时才发现手里只剩下了少许橙汁饮料。徐俊只有半瓶矿泉水，战士接过水，递给了被埋的群众。

"把眼睛都闭起来，不能睁开。"随队的军医对着里面喊，他递过去几个口罩，让被埋的人遮住眼睛，以避免强光刺激。现场情况太过复杂，救援进展缓慢。当被困群众被救出的一刹那，他哭了。

地震发生之后，蓉城通信中断。成都市公安局第一时间通过 350 兆对讲通信系统下令 1.7 万名警察全警出动。这是一场没有硝烟的战争。面对灾情，成都警察冲在最前面。成都市公安局局长李昆学和其他 10 名党委成员全部亲临一线指挥；基层派出所民警，在失去亲人之后，擦干泪水，迅即投入到抗震救人的战斗中，用双手在废墟中刨出一个又一个生命；生死关头，民警张健用双手救出百余群众，然而，他的妻子永远在倒塌的楼房中睡着了；民警徐锐，和所有同事一道，用 4 柄菜刀劈出 60 多名重伤员的生路。

一辆警用摩托停放在路上，路边站着神情疲惫的张健。张健与群众交流时，总是神色镇定，而内心的痛苦只有他自己知道，因为他的妻子在此次地震中遇难。张健告诉我们，12 日下午发生地震时，他正在二王庙一带值勤。灾难袭来，受伤游客不计其数。张健立刻拦截路上一些车辆，陆续将伤者抱上车。警服上、手上、脸上都是鲜血，他用自己的一双手救援了 100 多名受伤群众。

天黑，山静。这时，张健获知噩耗，他的妻子死了。记得当时他的脑海里一片空白，巨大的悲痛立刻笼罩了他。张健的妻子肖素莲在位于都江堰蒲阳路的中国银行营业部上班，地震发生之后，银行大楼顷刻间全部塌陷，肖素莲及多名同事同时遇难。

当晚 9 点钟，张健一个人站在塌陷的大楼前，那一时刻，妻子的面容在他脑海里时隐时现，想哭也哭不出来。张健擦干眼泪，点燃一支香烟。看着手中的打火机，再次勾起他对妻子的思念。打火机是几年前张健过生日时，妻子赠送的生日礼物。如今，它已成为永久的纪念。

13 日下午，张健返回古堰景区派出所上班，出现在救灾一线。到岗之后，张健即刻转入维护灾区治安的工作中。

14 日下午，张健第二次来到蒲阳路看看妻子。15 日，妻子的尸体被火化了。他伤感地说，妻子被埋时间太长了，有时间就来陪陪她，今天是最后为她送行。张健话音未落，他腰间的对讲机响了，前方又出现险情，要求他马上支援。

"我得走了。"勇敢的张健驾驶着摩托车消失在大山腰。

张健仅仅是都江堰公安局警察队伍中的一个缩影。该局有 1 名民警死亡，1 名民警重伤，12 名民警不同程度受伤，还有 12 名民警的家属死亡，不少民警至今未能与家属取得联系。

当地人都把他们称为"英雄"，哪里有灾难，哪里就有警察的身影。

彭州龙门山镇白水河大桥旁，白水河派出所副所长徐锐像钉子一样站在路中。此时，他快要撑不下去了，但还得撑下去。"我得等到银厂沟那边的同事们回来。"徐锐就这样一边告诉自己，一边不安地张望着。在过去的 100 多个小时内，徐锐来回在龙门山镇的废墟中救人，在场镇医院平坝上安慰伤员，在山体滑坡的公路边指挥车辆通行。最关键的是，他在强震突袭之后，和所里同事一道，用 4 把菜刀劈开了上下山的唯一通道，挽救了 60 多名重伤员的生命。回想起用菜刀劈山路的情景，连他们自己都惊讶为什么会那么勇敢。

5 月 12 日下午。地震之后，与汶川直线距离仅 10 公里的龙门山镇顿成一片废墟，难以计数的居民在残垣碎瓦下呻吟挣扎，救出的伤员也浑身是伤。山上药品匮乏，但上下山的道路早已被巨石和大树阻断。如不迅速将伤员运送下山，后果难以想象。此时，徐锐在街边一家倒掉的卤菜铺子边捡起一把菜刀，大踏步往山下跑去。那已是当晚7点。地震之后的龙门山镇上空黑云密布，阴冷的山风扬起豆大的雨点。徐锐对身边的4名民警说："没有别的法子啦，我们只有劈开一条生命通道！"一个警察问："劈？怎么劈啊？"徐锐挥动着一把菜刀，勇敢地说："就用这个劈！"民警们终于明白了，这是一场艰难的生死决战。他们拿着菜刀跟着徐锐去了，斩劈横亘在泥路中间的大树。在山上生长了数十年的树木粗大坚韧，他用力猛抽，菜刀弹起，重重地砸在胸口……渐渐地，泥路上的人越来越多，帮忙抬树、抬石头；在地震中轻微擦伤的一位居民也从家中操起了菜刀，一阵狂舞乱劈。

漆黑中不知劈斩搬抬了多久，眼前豁然开朗。原本被阻断了半里多的道路与通往山下的道路连接在了一起。

13日上午，镇上的所有重伤员都沿着这条"生命通道"被送下了山。

他们有个美丽的名字：守护天使

天灾无情人有情，白衣天使来了。抢救生命，救治伤员，转运伤员，就像一个个阴霾的夜晚，以心点燃温暖，为灾区伤员造就一条生命的彩流。

尽管是那么不情愿，我们还是要闪回唐山大地震。这是中国乃至人类历史上绝无仅有的一次紧急动员和生命大拯救。唐山大地震发生后，中央紧急动员救灾部队、空运系统、铁路系统以及全国十三个省、市的医疗资源，先后动用各种型号的飞机474架次，紧急修复京山线，开通尚未正式投入使用的货运专线通坨线、唐遵线，千方百计组织铁路卫生列车159次，向外省市运送重伤员十多万人。转运重伤员的人数之多、规模之大，在古今中外历史上都是空前的。

伤员大转运：26秒，起飞！降落！

外运！重伤员必须立即外运！这与从废墟中抢救伤员一样急迫。

解放军301医院副院长刘珍是32年前唐山抗震救灾前线总指挥部（以下简称"总前指"）伤员转运组负责人。

1976 年的 7 月 28 日凌晨，时任北京军区卫生部副部长、正在石家庄组织抢救一位部队高级干部的刘珍把听诊器一甩："地震，马上回北京！"刘珍当天中午便受命赶往唐山。为尽快赶到唐山，刘珍曾乘坐火车经过了一条从未走过的线路"通坨线"：通县（今北京通州区）至坨子岭。几天之后，正是这条尚未正式通车的货运专线铁路最早修通运行，在京山线（北京至山海关）紧张抢修的过程中，成了伤员大转运的一条"生命线"。

初到唐山，交通不畅、通信不畅、组织不畅，地震中心腹地也缺医少药。刘珍把团级以上干部不准乘摩托车的安全条例丢在脑后，坐着一辆三轮挎斗摩托跑遍了整个唐山。在 255 医院原址，他痛心地发现，这座自己当年亲自参与创办、精心修建的军用医院"全平了"——整个唐山，医疗设施全部被毁，医护人员伤亡近三分之一。最初的两天时间，刘珍只做了一件事，就是对唐山境内全部医疗资源"实施军管"。"每一支外来医疗队，每一名本地医护人员或赤脚医生，不论来自何地，不论原属部队还是地方，都立即挂靠最近的救灾部队，然后通过救灾部队的通信设备，实现总前指实时指挥和同步药械供给。"到 7 月 30 日晚，两万医疗救护人员通过十万救灾部队的通信设备和运输设备，实现了在唐山市及各县的合理配置，保障了信息沟通，为接下来的伤员大转运提供了可能。

差不多就是在这天晚上的总前指"碰头会"上，刘珍向总前指最高领导、河北省委书记刘子厚提出：外运重伤员！1 个医生 1 天能做多少个手术？30个？40 个？100 个？就算我们的医生都是铁打的，这么多重伤员的伤势能拖那么长时间吗？伤员在不断死去。我们的军民从废墟里抢救出来一个亲人多不容易啊！再者，只要一个家庭有一个重伤员，所有的家庭成员就全拴住了，怎么恢复重建？刘子厚书记认为他提的建议非常好，马上召开了关于伤员外运的碰头会。

7 月 31 日，中央抗震救灾指挥部电话回复唐山总前指："中央已经通知辽宁、吉林、山东、河南、江苏、安徽、湖北等省，接待唐山地区的重伤员。你们向每省各疏散 1 万名受重伤的人，请你们立即安排外运。"当日，总前指成立伤员转运组，刘珍为负责人。

起飞！所有飞机载满伤员立即起飞！

这是人类历史上罕见的医疗抢险行动。一周内，10万名重伤员通过空中和铁路转送到全国各地救治。这在中国乃至世界医学史和运输史上都是空前的。

大地震发生在人们熟睡的后半夜，大多数人都被埋压在废墟里，伤势严重。仅唐山市就有重伤员13万多人。颅脑外伤，内脏损伤，脊椎受伤，严重骨折……死神盘旋在人们身边。仅仅6天时间，283个医疗队，近两万医护人员，从全国各地奔赴唐山。唐山机场，医疗队员刚下飞机就投入抢救，开颅、开胸、截肢……都是一般医院少见的大手术。一位曾在总前指工作过的领导回忆说，当时曾设想在唐山周边建立临时野战医院，集中收治伤员。10多万重伤员每天都在死亡线上挣扎。

铁路正在抢修中，先期转运伤员任务只好由飞机来承担。登记飞机型号，确定各机型运载伤员数量，安排重伤登机，确定随机护送人员数量……人们一起卸下座位，在机舱地板上铺上被子、单子。断了3根肋骨、出现"气胸"的铁路工人张长利，被家人用一张破门板抬上了去石家庄的飞机。大夫用圆珠笔在一张胶布上写好"病历"，给他缠在了手臂上。

伊尔-18，图-104，三叉戟，波音，安-12，直-5……各种机型的飞机都统一派上了运送伤员的用场。有报道说，连周恩来总理20世纪60年代的座机——苏联伊留申航空设计局生产的编号为222的IL-18D飞机，也载着86名伤员，担当起往西安转送伤员的任务。

一边是成千上万等待用飞机转往外地的重伤员，一边是刚刚卸下、要分流到各个救灾站的物资，遭受重创的唐山机场承受着空前的压力。唐山人都记得李升堂。他和4名调度员面临的困难更大了：无法控制外来飞机的数量，来多少机场就得接多少。没有航行预报，没有起飞通报，飞机数量、机型全不知道，加上机场电台、通信设备、雷达指挥系统全被摧毁，指挥上是"一摸黑"，只能用耳听、眼看，加上大脑分析、经验判断来解决这个问题。

李升堂毕业于东北第三航空学校，当时已有15年调度经验。他修过飞机，也开过飞机，曾多次指挥救灾抢险，是5个人中的技术权威。

"一般大型客机、运输机听声音，空中飞行员一报高度，我们大概就有了谱儿。用 300 米、500 米、700 米，400 米、600 米、800 米调开高度差进入机场上空，用目视按先后顺序指挥加入起落航线，依次降落。我们还采取同一时间，使用左右两条航线落地和双向起降等办法，增大了机场吞吐量。"他说。

这样的场景几乎每天都在上演：一架由上海运送药品的三叉戟刚刚接地，调度员便命令起飞线上一架大型运输机滑进跑道，紧紧尾随着三叉戟腾空而起。同时，指挥跑道另一端刚卸完救灾物资的小型飞机滑进跑道向北起飞。小飞机刚上升到正常高度，就指挥它避让由北向南正在下滑的安-24 大型运输机。与此同时，指挥上空盘旋的另一架运输机，紧跟在安-24 后面。安-24 落地不到 40 秒，这架飞机就平稳着陆了……

机场上，拉救灾物资的汽车，运送伤员的拖拉机、马车、排子车，川流不息。为保障飞机安全，李升堂、赵彦彬、于振兴、苏悦林和刘体友轮流在塔台指挥，在地面引导。他们手持红绿旗，每天在上千米的跑道上要跑几十个来回。后来他们找来一辆自行车，蹬着车子一手扶把，一手摆旗引导飞机。

那些日子调度员们嗓子喊哑了，眼睛熬红了，每天要在烫人的水泥地上来回来去地跑，承受着精神、体力的双重压力。有一天飞机一落地，李升堂一个跟头栽在地上晕倒了。他的妻子周华婷说："哪架飞机掉下来都不得了啊。10多天后他回到家，吓了我一大跳，又黑又瘦，整个人都没模样了！"

狂风暴雨中指挥紧急救援飞机着陆，起落航线正常飞行飞机中穿插直升机起降，地面拥挤情况下指挥"一号专机"降落……一个又一个从来不敢想、更不敢做的事在调度员手下变成现实。凭着最简单的通信工具，用最原始的方法，李升堂和战友们成功指挥了 13 种机型、3000 多架次救灾飞机在唐山机场起降。仅 7 月 30 日这一天就有 356 架次，平均每两分钟就有一架飞机起降，最短的起飞间隔只有 26 秒——秒针转不到半圈。后来统计，震后 10 天，唐山机场空运转出伤员 2 万多人，运进救灾物资数千吨。更让人惊叹的是，这期间没有发生过任何差错和事故，李升堂和战友们因此被中央军委荣记集体一等功。

在这样简陋的条件下指挥高密度飞行，在世界航空史上也实属罕见！

8 月中旬，铁路、桥梁修复，火车成了运送伤员的主要交通工具。这些"卫生列车"，享受专列待遇，最多的一趟车上，配有交通指挥、生活保障、转送指挥、医疗护理、担架转送人员 200 多人。

24 岁的刘锦纷，当时是上海第二医学院附属新华医院心胸外科住院医师。地震后不久，他上了"卫生列车"。那是 20 节硬卧车厢组成的特殊列车，由上海市 40 名医护人员和 40 名乘务员值乘，负责将唐山重伤员转往陕西西安、兴平等地。第一次到唐山接伤员，他们在车站外等了好长时间。太阳炙烤着铁轨，地面升腾的热气中混杂着枕木上的沥青味。水土不服，许多人拉肚子。随后开始漫漫旅程。

当时医务、乘务两班倒，刘锦纷和一个护士搭伴儿，12 个小时换一个班，吃住在火车上。"卫生列车"上没法做手术，为避免伤员感染，途中医护人员要不停地清创、消炎、包扎。他记得有个伤员腹部受伤，车上没有麻醉药，换药时伤员硬是挺着没叫一声。

转运伤员的列车是特快，所有的客货车都要让路。尽管如此，仍有一些重伤员熬不到终点。一列去山东枣庄的"卫生列车"途中就有 5 名重伤员陆续死去。医务人员都很伤感，他们把死去的人的面容整理好，送到下一站。

每趟列车的伤员都相当于一个中等医院的容量，沿途大站随时供给，补充药品、器材和食品等。每个车站都挤满前来慰问唐山伤员的群众，不停地把食物、水果递进车窗。一位在"卫生专列"参加过救护的医生回忆，在丰台车站，摆成一排的桌子上放着一个个大西瓜，每个西瓜上都刻着字："向灾区人民学习，向灾区人民致敬"，"团结奋斗、众志成城、自力更生、重建家园"。

后来统计，震后有 7 万多名伤员是由列车转送的，创造了中国和世界铁路运输史上的又一奇迹。

截至 8 月 25 日，共动用飞机 470 架次，开出专列 159 列（次），将 10 万名重伤员转送到上海、辽宁、吉林、山东、山西、河南、江苏、安徽、陕西等省（市）和石家庄地区。仅安徽一省就接收伤员 1.6 万多人。

8 月的一天，唐山第六中学操场上，唐山第一抗震医院建成。苇席做墙，油毡盖顶，虽然简陋，这里却是震后七八所临时野战医院之一，云集了上海市卫生局所属第一医院、第六医院的知名专家。

曾担任第一抗震医院副院长的张忠祥，在回忆中写道：当时"秋老虎"依然很毒，烤得房顶的油毡都融化了。手术室里，消毒水气味中掺杂着一股沥青味。下午的温度高达 30 多摄氏度，待上一会儿就被蒸得头晕目眩。医生做完一台手术，衣服都能拧出水来。

就在这样简陋的环境下，医疗队一名姓蒋的年轻医生，靠着从上海带来的一台显微镜，成功完成一例当时属于顶尖技术的断手再植手术。"抗震棚里接断手"，上海专家的高超医术被广为传颂。

而更早一些，在距市区只有几十里路的丰润区，原人民医院前面的一片高粱地里，上海第二医学院的医疗队队员，砍掉高粱，搭起帐篷，竖起"上海第二医学院"红十字旗，开始抢救伤员。这是 7 月 30 日，震后第三天。提起上海医疗队，唐山人有着特殊的情感，他们永远难忘那些可敬的白衣天使。

20 年后的 1996 年，徐建中作为当年上海医疗队一员重返唐山。他又一次见到当年被救助的小女孩，她已经是一名全国著名的残疾人运动员了。

大地震后，上海市先后派出 56 支医疗队、2000 多人次参加唐山抗震救灾。1976 年 10 月以后，其他医疗队相继离唐，上海医疗队和南京军区医疗队仍留在唐山，帮助防疫灭病、培训医生、重建医院，直到任务彻底完成。上海市共派出 4 批医疗队，在唐持续两年时间。

30 年过去了，上海第二医学院已更名为上海第二医科大学，并于 2005 年与原上海交通大学医学院合并，组建成上海交通大学医学院。震后仅这所医学院就有 500 人次的医疗队员参加抗震救灾，占上海医疗队总数的四分之一，救治伤员 1 万多人次。当年正值青壮年的医疗队员，而今已两鬓斑白，但他们的心依然年轻，记挂着曾倾注过一片爱心的唐山。

这是当时发生在"大后方"的一段经历：

1976 年 7 月 28 日上午，卫生部紧急通知上海市组织医疗队，准备奔赴灾区参加抗震救灾。上午 9 时 30 分，上海召开紧急会议，决定由市卫生局组建 13 个医疗队，各区县组建 30 个医疗队。

会上要求，每支医疗队至少包括 3 个骨科（外科）医生、1 个内科医生、1 个麻醉医生、1 个药剂师、1 个检验员和 3 个护士，配备 1 名指导员（党政干部），强调医疗队队长、副队长一定由医生兼任。

下午，上海第二医学院布置任务，决定首批派 8 支医疗队、127 人奔赴灾区。

当时，大家还不知道震中在哪里，灾情有多重。下午 4 时，照例是中央人民广播电台播报重大新闻的时候，他们在火车上听到，河北省唐山一带发生强烈地震，"震中地区遭到不同程度的损失"。

30 日早 4 时 12 分，火车到达天津杨村车站，前面铁轨拧成麻花，铁路中断。11 时 30 分，"二医"医疗队乘小飞机到唐山机场，留下一部分人在机场抢救伤员，其他队员陆续坐卡车到了丰润区。

经过唐山这样一个特殊环境锻炼，医疗队员们不少人成为业务骨干。徐建中 2005 年做过初步统计，仅"二医"赴唐山的医疗队员中，后来就出了 4 位正厅级领导、4 位副厅级领导和 1 位中国工程院院士。处级干部、专家教授就更多了。

余贤如后来担任上海第二医科大学党委书记兼校务委员会主任，1997 年底退休。他说，地震前上海缺煤，照明都成问题，是唐山人民提供了优质煤炭，救了急。"如果没有唐山对上海的支持，也就没有上海的今天，两个城市血浓于水啊。"

1996 年 7 月 9 日到 16 日，余贤如率当年"二医"医疗队部分队员重返唐山，并在唐山抗震纪念碑广场举行义诊。如今，返唐的医疗队员中，仁济医院的黄定九教授、瑞金医院的张沪生教授等，都到了退休年龄，但仍在值专家门诊。而当年的"小医生"刘锦纷，已成为上海交通大学医学院附属新华医院副院长、上海儿童医学中心院长，著名小儿心胸外科专家。

汶川大地震在救护和转运伤员的规模和数量上超过了唐山大地震，在那里产生了许多可歌可泣的英雄事迹。震后不到 5 分钟，成都军区总医院就紧急部署，迅速设立了 4 个临时救助点，震后 7 分钟就收治了首例伤员。5 月 12 日晚 8 点，由武警总医院 22 名专家组成的救援医疗队，搭乘专机由首都北京飞赴灾区。与此同时，从成都到北京，从上海到广州，从哈尔滨到乌鲁木齐，从唐山到石家庄，一支支医疗队从全国各地紧急飞往灾区。

大地震发生后，成都、德阳、绵阳、广元等地医院伤员爆满，医疗资源紧缺，医生超负荷运转。根据唐山大地震的救援经验，党中央国务院果断决策：统筹全国医疗资源，适度分流、转运，收治受伤群众。截止到 5 月 31 日，四川地震灾区累计向全国 20 个省区市的 340 多家医院转送地震伤员 10015 人，为此动用了 21 次专列，99 架包机以及万余次救护车和 5000 多名医务人员。

这一天，四川地震灾区首批 77 名伤员抵达河北省石家庄市。他们将在省会 6 所医院接受"一对一"的护理和治疗。

人民的生命高于一切，抗震救灾的核心是以人为本，救人是第一任务，是抗震救灾的重中之重。石家庄为伤员提供了良好的救治条件，6 所收治四川地震灾区伤员的医院在生活保障方面做到了"八个一"的要求：一套新的病号服，一套新被褥，一套新内衣内裤，一束鲜花，一套洗漱、洗涤用品和餐具，一份慰问金，为伤员及家属做一次全面的体检，为伤员及家属做一次心理疏导。每名伤员补助 500 元，还特意安排了川菜厨师以及"一对一"的人性化护理。

6 月 15 日，在河北医大二院接受治疗的 11 名四川地震伤员康复出院。当天 15 时 11 分他们乘坐 K117 次列车踏上归程。据悉，这是河北医大二院收治的伤员第一次集体返乡。

"妈妈，再抱我一次吧，回家后我想你，就给你打电话。"7 岁的邱彦铭哭着扑向护士沈倩的怀里喊着。

沈倩紧紧地抱住邱彦铭，哽咽着："好孩子！"

就要开车了，可哭红了双眼的小彦铭仍不肯松手。

"这个孩子刚来时，我就觉得我们很有缘。"护士沈倩说，小彦铭在这里很受欢迎，既聪明又懂事。有一次她告诉小彦铭，她有一个和他一样大的孩子时，没想到，机灵的小彦铭张口就喊了她一声："妈妈。"正是这一声充满童稚的呼唤，让沈倩的内心为之一颤。

"好的，以后我就是你的临时妈妈了，你可要听话啊！"虽然沈倩不是小彦铭的分管护士，可沈倩常抽出一些时间来看他，给他买一些玩具和食品。"没想到，这么快小彦铭就要走了。"说着，沈倩转过身去抹起了眼泪。

一踏上河北的土地，小彦铭的妈妈郑学梅就感受到一股暖流。她激动地说："20天来，总有人来看望我们母子，有送玩具、书本的，也有送食品的，医生护士不断带来礼物。还有和平西路小学和机场路小学的师生们总过来看他……"说起这些，郑学梅也禁不住热泪盈眶，她告诉记者心中的一个遗憾，本来她想给帮助过她们母子的人写一封感谢信，可由于并不认识多少字而没能如愿。临行时，她一再嘱托沈倩，一定要替她把感谢转达给每个好心的河北人。在这里，她向医生护士们深深鞠了一躬。

在11名伤愈出院者中，9岁的施杰是另一个焦点人物。作为第二批来河北救治的伤员，施杰在地震中被砸伤了盆骨，同时也造成左侧锁骨骨折。经过医护人员的精心治疗和护理，施杰很快痊愈并达到了出院标准。

在送别仪式上，当医院工作人员把鲜花、食品、卧铺车票，以及200元零用钱放到每个出院者手里时，含着泪水的孩子坚持要把鲜花献给在场的一位年长的医生："我要感谢伯伯们，是他们治好了我的伤。"

卢世璧是我们唐山人尊敬的白衣天使，当年他抢救了无数唐山地震中的伤员。他是中国工程院院士、解放军总医院骨科教授。如今已经79岁的卢世璧，又出现在汶川地震的救护现场。

这位老人的步履有些蹒跚，目光有些疲惫。但他一刻不停地在病房间奔走，他的出现，总能让饱经创伤的人们安静下来。自5月14日随解放军总医院专家医疗队进入灾区，卢世璧已检查、救治了600多名伤员。但他还总埋怨自己行动太慢："我走得快一点儿，或许就能多救一个人。"几天的奔波，使他的脚上磨出了大大的血泡，这让卢世璧的步伐变得一瘸一拐。

卢世璧是主动请战到灾区的。这位中国著名的骨科专家先后参加了1966年邢台大地震、1975年营口大地震、1976年唐山大地震的抗震救灾工作，救人不计其数。尽管领导知道他有着丰富的抢救经验，但还是犹豫了。他的年纪太大了，汶川灾区情况极为复杂，生活条件也差，他能吃得消吗？卢世璧看出领导的为难，自己的身体自己最清楚，他发誓一定坚持住。他动情地说："我在家里看电视一直流眼泪，常常彻夜难眠，与其这样，我还不如上前线，那里的伤员需要我啊！"领导被他的勇敢感动了，只好无奈地答应了。15日上午，卢世璧院士在灾区一线为伤员做手术时，看到一位刚接受过截肢手术的伤员截肢内又出现积液坏死，这是很危险的。他果断地说："不要犹豫了，现在就处理！"来不及上手术台，卢世璧戴上手套、穿上手术服，直接在病房里开始做二次打开清创手术。汗水顺着卢世璧的额头一串串流了下来。

一个人有再大的能力，如果不用来为人民服务，也是没有价值的。最快的速度，最精湛的技术，最深的爱心，卢院士以他的行为，诠释了院士"不仅是知识的权威，更是道德的良心"的真义。

地震发生时，都江堰人民医院的5名医护人员，正在为一名病人做阑尾切除手术。面对强震、断电，他们在短暂的惊慌之后，没有放弃病人逃生，而是不约而同地选择了留下。在应急灯的照耀下，他们大约用了半小时，为病人完成了手术，并抬着病人走出了大楼，成为这栋楼里最后逃生的人。如果大楼倒塌了，他们毫无疑问，就是埋在废墟里的人了。

医生邹建文介绍了当时的情景。下午2时30分左右，一名护士，一名麻醉师，医生曾令春、易勇和邹建文，正在四楼手术室，为64岁的病人杨某做阑尾切除手术，并已经成功切下了阑尾。突然，地面强烈震动起来，连手术室的空调机都砰的一声倒在地上，手术室的灯也突然熄灭了。一片漆黑中，出于本能，医护们伏在手术台上，空气中弥漫着令人窒息的紧张气息，但没有人丢下病人独自逃生。等震感过去，医生们站起身来，没有人提出终止手术，也没有人逃生，出于医生的天职，他们不约而同地选择了留在手术台前。

此刻，手术室外，正在该院庆祝护士节的200多名护士，全院的病人，都感到了强烈的地震。护士们集体蹲下，等强烈的震感过去后，迅速下楼帮助病人们转移。病人们惊慌失措，女人的尖叫声、孩子的哭声四处响起。能走的病人在家属的陪伴下走出去，行动不便或是病情严重的病人，由医护人员搀扶着下楼，病情更重的，则由医护人员抬下楼去。新生儿、产妇、刚做了手术的病人、重症监护室内的病人，一个都不少地被安全转移了。

只有这手术室仿佛成为隔绝一切的一个小世界。黑暗中，护士打开了手术室内备用的应急灯，这温暖的灯光照亮了手术室，曾令春医生主刀，邹建文医生做助手，凝神专注。手术像平时任何一个手术一样，有条不紊地进行着：缝扎、冲洗、缝口……特殊的是，手术中，能不时听到屋顶上瓦片掉落的声音，地面在余震中不时波动，在给病人缝合时，又再次发生余震，医生缝合的手也随之微微晃动起来。曾令春医生说："大家镇静！"他握刀的手没有一丝颤抖。

这台特别的手术，还有一个特别的探视者。邹医生说，或许是害怕医生们丢下病人自己逃生，这名病人的儿子，几次不顾危险来到手术室探望。时间一分一秒地过去，大约半小时后，手术终于做完。医护人员们抬着病人走出手术室，走出了大楼，看到外面倒塌的楼房，邹建文的心底突然升起一阵后怕。而病人的儿子则万分感动地对他们说："真的很感谢你们，困难时刻就靠你们医生了。"

白衣天使们，成为最后撤出大楼的人。余震不断，这里成了危房，当天夜里，病人被连夜转移到了成都的医院。

我们称医生是守护天使，这是由衷的赞美。在日常生活中，他们是再普通不过的平常人，虽然生活在同一个城市、同一条街道，他们也只是你身边的陌生人。在突如其来的重大灾难面前，他们的生命同样脆弱，但也正是面对这样的灾难，他们征服了恐惧，击退了犹豫，或者毫不退缩地挺身而出帮助他人，或者毫不动摇地坚守岗位服务公众……不仅仅是卢院士，不仅仅是张瑛，还有四川大学华西医院的张教授，他累倒在手术台前，心脏停止跳动近1分钟，仅仅休息了一个晚上，74岁的老人又重新站在了手术台旁。像他们这样的医生很多。在这一刻，他们原本普通的面孔，因为勇敢坚毅而熠熠生辉。于是在这一刻，他们不再是与我们毫不相干的陌生人，而是与我们生死与共的亲人。只有超脱生死的境界才会做到处事不惊。请记住他们的面孔，记住那一颗颗勇敢的心……

校园里的英雄花

唐山大地震发生在夜间，校园里的英雄故事不算突出，但是我们也找到了一些校园里的人和故事，其中之一就是学生杨百成经历唐山大地震并在废墟下苦苦求生了几个小时。

1976 年 7 月 27 日夜间，为建校劳累了一天的同学们正在酣睡。然而，灾难正悄悄地向人们袭来。突然间地声隆隆，地光闪闪，地动山摇，房倒屋塌。这就是骇人听闻的唐山大地震。当杨百成清醒之后已被深深地埋在废墟之中。当时他脑海里闪现的第一个念头是：大雨浇塌了房屋。当大地又一阵剧烈地颤抖后，杨百成才猛然意识到：地震了！杨百成活动了一下上身，发现还没有被砸伤，再活动下身时已经不能动了，下肢被倒塌的木檩、瓦砾压住了。杨百成想用力将腿拔出来，但越动压得越紧，便不敢再动了。

这时，杨百成又想到了家，想到了父亲、母亲、哥哥、姐姐、妹妹，又想到了朝夕相处的同学们，一起读书，一起讨论问题，一起下乡支农，还用学到的一些医学知识为房东看病；他还想起了那次和县防疫站的医生们一起下乡搞防疫，自己写的那篇广播稿，还得到了大家的好评。杨百成思绪万千，往事历历在目，萦绕脑际⋯⋯

突然又是一阵颤动，杨百成下意识地用双手抱住头，大约半分钟的时间，颤动停止了，一切又恢复了暂时的宁静。突然废墟上有了人踩踏的声音，求生的欲望使杨百成顾不得呛咳、顾不得嗓子痛，又拼命地叫喊起来。然而，脚步声却渐渐地远去了，不知上面的人是没有听见，还是去救别人了，刚燃起的一线希望又泯灭了。不能就此罢休，于是杨百成又敲起了铁盆，大约过了十几分钟，头上的废墟又响起了踩踏声，接着又隐约听到了说话的声音："就在这儿，从这儿下手刨，注意别伤着别人⋯⋯"随着废墟不断被清理，上边说话的声音越来越清晰，而且听出是班长等几个人正在奋力抢救。突然大地又传来隆隆的声音，这时班长喊了一声"快撤，这墙要倒！"余震随声而至，而且震动比前几次厉害，大约持续了 1 分钟时间才停止。没等杨百成再喊，就听班长说："咱们先用绳子将这堵残墙向没人的方向拉倒，消除隐患再去救人。"大家异口同声说："好！"过了一会儿只听见一声闷响，大约是残墙被拉倒了，接着杨百成头上的废墟又传来刨挖声。突然，一束光线射了进来，而且越来越大，杨百成终于看到了外面正在施救的人们，看到他们一身泥土，一道道焦急的目光和一双双带血的手，杨百成喊了一声班长的名字便激动得晕过去了。当杨百成清醒过来的时候，已经躺在离废墟不远的砖道上，身下铺着满是泥土的凉席。几位同学围在杨百成身边，有的在给他测血压，有的在给他清除鼻孔、嘴里的泥土，有的在给他包扎伤口。看到这一切，杨百成的热泪止不住地流下来，他觉得眼前的同学都是英雄。

这时班长宣布："全班共有 7 名同学遇难，1 名女同学腰部重伤，老师全都幸免于难。"

接下来，老师及班长又组织没有受伤的同学搭建临时帐篷，此时，杨百成已经能站起来了，也帮着大家干些力所能及的事。

天终于亮了，同学和老师们陆续走出帐篷，然后聚在一起商量如何处理 7 位同学的遗体，大家七嘴八舌，意见不统一，最后由班主任决定，先掩埋尸体，然后待通信恢复，道路畅通，再和其家人联系。说完，大家一齐动手，找来一些木板和被褥、衣服等，由女同学负责给每位遇难的同学整容、穿戴衣服，然后搭上木板，由男同学抬着，经过操场，穿过学校后门，爬上蓟运河堤，又向东走了 100 米左右，将遗体停放在河堤上。一些先来的同学已经在选好的墓地上挖坑了。由于人多，半个小时后，7 个坑陆续挖好了，然后大家小心翼翼地将遗体逐个向坑里安放。当放下 4 具遗体后，有位同学建议，将小李和小傅的遗体放在一个坑吧！班主任问为什么，那位同学答道："因为他们俩生前很要好，可能在谈恋爱，生不能同床，但死可同穴，也算是成就他俩阴间的一段好姻缘吧！"班长马上站出来制止，说："别听他的，死者同穴要征求双方家长意见，否则会闹出事来。"这时杨百成打了个圆场："把他俩葬在相邻的两个坑，让他们在地下也有个照应吧！"刚说完，几个女同学便抽抽搭搭地哭了起来。"葬礼"举行完了，大家凝望着 7 座新坟，眼泪再一次滚落下来。大家不约而同地向河堤的 7 座新坟鞠了 3 个躬，然后转身默默地离去……

　　与解放军英勇救人的壮举相比，幼儿园阿姨郭云亭的故事显得很平凡，却也感人至深。30 年后，72 岁的郭云亭满脸慈祥、柔声细语地说起那段经历。她一再讲，她只不过是尽了一名教师的职责而已，换到今天，她还会那么做！放到现在，学校的老师们会做得更好。这次汶川大地震校园的英雄故事真的验证了她这句话，特别是老师的光辉形象，永远雕刻在我们心中了，会成为我们永久的精神财富。

　　郭云亭当时是唐山市第一幼儿园的副主任。地震那天本来不该她值班，为了第二天带放暑假的大儿子去丰润区奶奶家，她特意换了一个夜班。当时跟她一起值班的还有保育员张艳梅和临时工张大姐。

　　她家与幼儿园只有一墙之隔。晚上，6 岁的小儿子三儿，拉着哥哥小海的手来幼儿园玩，孩子们高高兴兴地玩滑梯，玩转椅。爸爸在丰润农药厂上班，晚上不回来。三儿想留下来跟妈妈在幼儿园睡。郭云亭说，妈妈值班你不能留下来。孩子哭了。她生气地说："不许哭，快回家！"

　　小海赶紧把弟弟拉走。老远，郭云亭还能听到孩子的哭声。

　　幼儿园正在放暑假，只剩下 30 个孩子，郭云亭陪着小班孩子睡。大地震突然袭来的时候，孩子们的哭闹声、尖叫声响成一片。她一边往里屋摸索一边喊："孩子们别害怕，老师来救你们！"

　　黑暗中，郭云亭摸到一个孩子就攥住不撒手，然后又接着摸。最后她和张艳梅一起把孩子们接到操场上，她照看着这些孩子们，又派张老师去接中班、大班的孩子。幼儿园平房的墙壁倒了，但屋顶没有散。七八个孩子顺着老师的引导，从碎裂的窗户钻了出来。

　　操场上，郭云亭清点人数。30 个孩子，一个都没少！

　　天刚蒙蒙亮，下着小雨。孩子们打着哆嗦，睁着恐惧的眼睛。郭云亭让他们拢在一起，用体温取暖，又把毛巾被给孩子们盖上。"别害怕，听老师的话，一会儿爸爸、妈妈就来接你们了。"

　　她没注意到，自己右大腿不知什么时候划出了一个大口子，肉翻着，血已凝固。张艳梅头部也受了伤。

等临时工张大姐的儿子来看母亲，告诉她家里没事时，郭云亭的脑袋轰然一响，是啊，家里的亲人怎么样啦？当她急忙安顿好孩子们，跌跌撞撞地摸到家时，猛然吓呆了：房子全趴架了！母亲在哪儿，儿子、女儿又在哪儿？

郭云亭双腿一软，跌坐在地上，呜呜地哭起来。

小海被扒出来时，还有轻微的脉搏，脸憋得发青，可做了半天人工呼吸还是没醒过来。女儿被扒出来时，已经死了。三儿也是。3个孩子身上没有一点儿伤，全是在废墟中埋的时间太长闷死的。

老母亲的尸体两天后才被扒出来，盖上被子被拉走了。

郭云亭的精神崩溃了！很长时间，她耳边老响着三儿的哭声。别的孩子叫妈，她总是情不自禁地答应。

后来，同事们都遗憾地说，如果当天晚上她带小海回奶奶家；如果让三儿和她睡在幼儿园；如果震后她早点儿回家喊人扒孩子……这些"如果"只要有一个成立，都有可能为她留下哪怕一个孩子！

让郭云亭感到宽慰的是，这30个幼小的生命，虽然不在父母、亲人身边，却在她们的呵护下躲过了大地震的一劫。震后几天，他们陆续被亲人领走，最后剩下的两个去了石家庄育红学校，有了新的归宿。

郭云亭思念孩子。震后第三年，她在产房挣扎了3天3夜，生下了一个女儿。此时她已经45岁，属于高龄产妇。

郭云亭救出的30个孩子，现在最小的也有33岁了。32年后，他们会对自己的孩子讲起这段经历吗？他们还记得那位为了照看他们失去了3个孩子的阿姨吗？恐怕连一般的唐山人都不知道郭云亭这位老人了。

在汶川大地震中，人民教师的英雄之举是最引人瞩目的。

在绵阳市平武县南坝小学救援现场，当救援人员撬起一根钢筋水泥横梁时，眼前的一幕震撼了在场的每一个人：一位死去多时的女老师趴在瓦砾里，头朝着门的方向，双手紧紧地各拉着一个年幼的孩子，胸前还护着3个幼小的生命。

她叫杜正香，是南坝小学学前班中班的代课老师，同学们平时更喜欢打闹着将她叫作"杜婆婆"，其实今年她才48岁。看得出，她是要把这些孩子们带出即将倒塌的教学楼，她用自己的肩背为孩子们挡住了坠落的横梁。参与搜救的解放军战士说，杜老师以生命守护的5个孩子最终没能生还，这可能是她唯一的遗憾。

据事发当日的目击者杨女士说，5月12日地震发生时，杨女士连滚带爬地跑到操场上时，正好看见杜正香一把将送小孙子上学的严明君老太太祖孙俩推出了教学楼，转身冲进一楼的教室，连抱带拉救出了几个孩子之后又冲进了已是烟尘滚滚、不停摆动中的教学楼。这是杨女士和其他人最后一次看到杜正香老师的身影……

杜正香对孩子好是出了名的，她已经在南坝小学代课20多年了，对自己的学生，犹如父母对待自己的儿女。作为一名共产党员，她还是附近落河盖的社长，为人和善真诚。杜老师的丈夫严正明回忆起自己的妻子时，哽咽地说："这没有疑问，她是那样的人，我就知道她一定会那样做！"

相信传说，相信漫长的一生有些事可能遗忘。但至少有一个细节将会永远流传：谭千秋老师的坚硬而有力的手臂。14日的早上，在德阳市的汉旺镇，设在学校操场上的临时停尸场上，人们在遗体登记册里查到了这位英雄教师的名字——谭千秋。他的遗体是13日22时12分从废墟中被扒出来的。救援者发现谭千秋老师的时候，他双臂张开着趴在课桌上，身下死死地护着4个学生，4个学生都活了！

谭千秋的妻子张关蓉扑到丈夫的遗体上放声恸哭。然后，张关蓉仔细地擦拭着丈夫的遗体，脸上的每一粒沙尘都被轻轻拭去，又细细梳理着谭老师蓬乱的头发，梳成他生前习惯的发型。谭老师的后脑被楼板砸得深凹下去。当张关蓉拉起谭千秋的手臂，要给他擦去血迹时，丈夫僵硬的手指再次触痛了她脆弱的神经："昨天抬过来的时候还是软软的，咋就变得这么硬啊！"张关蓉轻揉着丈夫的手臂，恸哭失声："那天早上他还跟平常一样，6点就起来了，给我们的小女儿洗漱穿戴好，带着她出去散步，然后早早地赶到学校上班了。这一走就再也没回来。女儿还在家里喊着爸爸啊！"

　　被救学生刘红丽回忆当时的情景：地震袭来之后，谭老师大喊："同学们，地震了，快跟着我往楼下跑！"同学们在他的指挥下，沿着楼梯蜂拥而下。这时,有学生喊："教室里还有几个人！"谭老师一听,立即转身从三楼返回四楼。这时，他看到高二（1）班的教室里，刘红丽等4个同学正吓得直哭，不知所措，连忙冲着他们大喊："不要哭了，快跟着我下楼。"就在此时，已经被剧烈震动摇了约1分钟的大楼中间突然裂开一条长长的缝，楼体刹那间裂成两半，而这道裂缝，正好在楼梯边。逃生的路被堵死了！谭老师见状，急忙叫孩子们躲到课桌下面。由于太惊慌了，孩子们躲进桌子下面时，将课桌挤翻了。随着震动，水泥天花板发出可怕的"嘎嘎"声，眼看就要砸向孩子们的头顶，谭老师奋不顾身地扑了过去，扶正课桌，用自己的身体护住了孩子们，就在这时，水泥板塌了下来，砸在谭老师的身上……

　　"不要喊，也不要哭！哭喊只会增添恐怖！"不知过了多久，刘红丽听到了谭老师梦呓般的声音，"不要哭，男同学要坚强，女同学要坚韧。"谭老师艰难地说着。坚强，坚持，是成功获救的基本条件，在无法自救的情况下，保存体力、等待救援是最佳且唯一的求生之道。听了谭老师的话，孩子们不再哭喊了。

　　天色渐渐暗了下来，被深埋在废墟里的谭千秋和4个学生努力地坚持着。从绝望和恐惧中渐渐平静下来的刘红丽这才发现，谭老师用手臂护着他们，课桌没有倒，水泥板和烂砖没有伤到他们，但谭老师的手却被压住了。幸运的是，两个水泥板呈三角形挤在一起，形成了一个小小的空间，谭老师才能够跟他们说话，给他们打气。

　　没多久谭老师就要虚脱了，他很困，很渴。担心自己失去知觉后学生们更恐惧，他努力坚持着。怕孩子们坚持不住，谭千秋时不时地鼓励他们，给他们打气。但几个学生发现，老师的声音越来越弱了，田刚感觉到，一股热热的、黏黏的液体从什么地方流下来，滴在他的脸上。谭千秋越来越虚弱了，声音也越来越小。刘红丽说："老师,您困的话就睡一会儿吧,睡一会儿精力会好些！"但谭千秋却说不能睡，他要坚持，要与他们一起跟恐惧战斗，等待救援。为了不睡着,他还让刘红丽、田刚他们几个不时地叫他一声，以赶跑"瞌睡虫"。然而，谭千秋的精力越来越差了,声音也渐渐听不到了。刘红丽和田刚哭出了声："谭老师啊，您一定要坚持啊！"见老师没有回答，他们便用手敲击课桌，直到老师发出声音。天黑了，暴雨，寒冷，残垣断壁不停地坍塌、断裂……"孩子们，你们没事的，放心……"谭千秋努力地回答着，"你们要坚持！记住我的话！如果老师有什么意外，这权当是老师给你们上的最后一课吧！"

又一次大的余震发生了，又一块水泥板砸向了他们，随着一声沉闷的巨响，他们再次惊慌地哭喊起来。待他们停止哭喊之后，却突然发现，谭老师没有安慰大家。他们大喊："谭老师！谭老师！"然而，谭老师再也没有回答他们……

"同学们，别哭了，谭老师为了保护我们已经牺牲了，他用自己的生命换来了我们的生命！"哭喊了好一阵子，田刚强忍悲痛，对另外 3 个同学说，"谭老师让我们坚强、坚持，我们一定要听他的话，努力坚持，保存精力，等来援救！我们一定要活着走出废墟，把谭老师的故事告诉天下人！"

5 月 13 日晚 9 时许，当救援人员挪开一块断裂的预制板时，他们看到一个头发花白、后脑内凹、被砸得血肉模糊的汉子，趴在一张已被砸得变了形的课桌上，而课桌下，是 4 个已经昏迷、尚有生命迹象的学生。他们连忙将孩子们救出，迅速送往临时医院抢救。这 4 个学生，就是谭千秋用身体保护而逃脱死神之手的刘红丽、田刚、付强和余建，那个趴在课桌上的汉子就是谭千秋老师。

谭老师的尸体被抬走的时候，操场上聚集了好多人，默默地给他送行。学生家长们按当地习俗为谭老师燃起了一串鞭炮。在这死寂的废墟上，鞭炮声传得很远很远……

下面我们记述严蓉老师和她家人的故事。

"救……妈妈！救……爸爸！"小女孩雯欣张大嘴巴不停地哭着，双手死死抓住抱着她的邻居的肩膀。泪水，鼻涕，全部流了出来。她只有一岁半，说话还不清晰。地震之后，4 天里，她再也没有听到过爸爸妈妈的声音。没有人告诉她，她的妈妈严蓉，这位映秀小学年轻的女老师在救下了 13 个学生后，再也不会回来了，地震发生的时候，为了尽快疏散学生，严老师留在最后，等第 13 个孩子刚跑出教室，教学楼就全部塌了下来。现在雯欣的爸爸，依然音讯全无。

　　小雯欣是震后第 4 天被救出来的。她的家，位于震中映秀镇，房屋全部垮塌下来。救援人员抱出她来的时候，她的奶奶怀里抱着小雯欣。这天早上，一位村民跑到武警驻地求救，说一个孩子和一个老人还被压在交警大队的楼下面，还在喊救命。武警立即前往施救。早上 7 点 30 分，15 个武警战士和 4 个医生开始设法营救。很快，小女孩雯欣被救了出来，但奶奶还在里面。武警战士发现小雯欣时，她奶奶正双手抱着她。因倒塌的楼板和墙体形成了一个三角空间，小雯欣丝毫没有受伤，只是被压得有点紧。为了顺利救出雯欣，武警决定解下她的衣服，把她慢慢挪出来。半小时后，雯欣被救，当时她还光着屁股。邻居很快给她找来一件红色毛衣和一件棉袄。

　　不过，她的奶奶还压在里面，坚硬的楼板压着老奶奶的身体，她身上的血还在流。没有大型工程机械，战士和医生徒手刨开断砖残渣。两个战士趴在地上，俯身钻进楼板，用手小心抽出砖块递给外面的战士，接力送到楼前的空地上。1 个多小时后，楼板下的空间大了，老人的大部分身体得以看见。现场勘查的战士发现，老人上半身没有受伤，她还能说话，有救！不过，她下半身被一块巨大的木板压住了，已流了不少血。得知这一情况，一位 40 岁的女医生上去了。女医生趴下身子劝慰老奶奶："您要坚持住，一定。外面您的孙女还等着您呢！""我会坚持下来的，下面有点疼。"老人不断地喘气，脸开始发紫。女医生又继续劝说："一定要坚持下来，不然，您的孙女就要成为孤儿了。"老奶奶的脸，惨白，她微笑一下点点头。

　　救援仍在继续。老人的呻吟声也不时传出来。受交通影响，急救药品一直未能到达映秀镇。很多医生说，没有办法给病人止血止痛，只能眼睁睁看着他们挣扎。3 个武警官兵跑了出去，一眨眼工夫，搬来手斧和手工铲，他们要凿开老人身下的水泥地板，给老人腾出生的空间。电台记者来了，记者告知现场救援人员一个消息，被抢救的老奶奶是牺牲的优秀教师严蓉的婆婆，小孩儿雯欣是严蓉的女儿。女医生对着话筒说，我们在施救老奶奶，不过，太困难了。老人很勇敢，震后 4 天了她还能说话。女医生对废墟里的老奶奶说："您要坚持，您的儿媳更了不起，为了救学生，她牺牲了，您儿媳是英雄！既然这样您更要活着，为了孩子也要好好活着！"老奶奶点点头流泪了，轻轻呼唤着自己的儿子。她的儿子，也就是雯欣的爸爸，叫鹏祥，原来是交警直属大队的民警，后因工作调动去了九黄机场公安分局。所以，小雯欣一直由奶奶带着，住在直属大队的宿舍。见到这样的惨景，在场的记者、村民、交警、武警和医生都流泪了。救援还在紧张地进行。老奶奶忽然哽咽着说："我不行了，我真的不行了。"女医生俯下身子还是那句话："一定坚持啊，为了您的孙女啊。"上午10时33分，老人慢慢低下了头，再也没有抬起来。

女医生泪流满面地走了下来说："老人走了，她孙女可能真的成了孤儿。"小雯欣哭得更厉害了。女医生一把紧紧抱住了小雯欣，脸靠着脸。谁能忍心看她刚刚起步的人生就遭遇了这样巨大的不幸？在场的武警战士含泪说，小雯欣是英雄的后代，党和政府会管她的。

我们还不能忘记的是蒲斌老师和他的家人。

聚源中学所有幸存老师都被眼前的一个事实震撼了，刚从外校轮岗来的蒲斌，为了营救更多的孩子，当教学楼坍塌下来时，他距离门外只有1米。有老师说，如果蒲斌不管学生或者少救一个学生，他完全可以一步跨出教室，那样他就没事了。

当人们找到蒲斌时，发现他和他身下的5个学生已经没有呼吸了。不过，蒲斌用来保护孩子的双臂怎么也分不开。

蒲斌今年27岁，去年9月从都江堰市崇义中学轮岗到聚源中学，教初二地理课。在幸存学生蒲林轩的眼中，蒲斌是一个严格要求但从不体罚学生的老师，有的学生不愿听课，他也只是让这个同学站两分钟，然后坐下来好好听。课间，蒲斌喜欢给同学们讲一些课外知识。让蒲林轩记忆深刻的是，蒲老师有一次讲到喜马拉雅山时，还找来了一张喜马拉雅山的三维地形图。蒲斌只用了一句话就让同学们明白了三维图的与众不同：三维图除了有长宽，还有厚度，跟看电视差不多。地震那天，蒲斌在讲上一届的地理试卷，开始前，他还给同学们讲了环航世界的故事，很多同学听得入了迷。

当时刚刚上课不久，他正在讲地理试卷，突然感觉整栋教学楼开始左右摇晃，正站在讲台上的蒲斌险些被摔倒，他一把抓住讲桌才稳住了身子。蒲林轩同学说，他还没有完全站稳，就听到蒲老师大喊："地震了，快跑！快跑！"
那一刻，教室里炸开了窝。座位靠前的同学很快撤离了教室，跑到了操场上，
蒲林轩便是其中一个。不过，他清晰地记得，在同学们跑出教室的时候，蒲斌
老师一直站在讲台上，一边大喊快跑，一边不断地挥动手臂，叫同学们迅速撤离。

　　一阵冲天的黑色粉尘过后，教室塌了，蒲斌老师再也没有出来。

　　那天晚上 10 时，救援武警战士从聚源中学的废墟中挖出了一个男人，他
倚靠着教室前门的门框边，双臂张开，呈一个保护、拥抱的姿势。当武警战士
扒开瓦砾时，发现此人的身下还有 5 个孩子，不过，都已停止了呼吸。坚持救
援 3 天 3 夜没有合眼的聚源中学体育老师覃斌，一眼就认出这个男人就是蒲斌。
从他遇难的位置看，他正处在教室前门边，如果他早跨出一步，就安全了。最
后一个被蒲老师推出门外的学生王茜说，当时教室很混乱，同学们吓得大叫不
止，她在逃生时被人踩了一脚，鞋子也不知了去向。靠近门边时，只感觉背后
有人猛地推了一把。后来有同学告诉她，正是蒲斌老师的这一掌，她才得救了。
全班 76 名学生，这次地震有 56 人逃生，逃生者的座次均分布在前中部，无论
地震速度来得怎么快，从蒲斌的位置看，他都应该能生还。

　　蒲斌的遗体被抬到学校临时在操场上搭建的棚子里，他和那些他曾经教过
的学生们又躺在了一起。新婚妻子杨琴从彭州赶到都江堰后，再也没有听到丈
夫的声音。杨琴默默地抱着他的尸体。张树生老师哽咽着说，蒲斌被发现时，
他的眼睛、鼻孔、耳朵和嘴巴里全被泥沙填满了，但他的双手却一直呈保护状
态张开着。由于挤压过久，蒲斌的手臂无法伸直。

　　蒲斌父亲蒲雪忠老人得知儿子遇难的消息后，连夜赶到学校。在一群家长
的面前，他听到的最多的一句话是"我的孩子是你儿子救的"。蒲雪忠老人点
点头，没掉一滴眼泪："他是老师，应该这样做！"老人的胸怀感动了许多人。
不久，有一家红十字会给蒲雪忠老人捐款 5000 元。蒲雪忠再次赶回伤心地，
找到了学校校长。他说，现在儿子不在了，他和老伴退休在家，也不需要钱，
他坚持把钱留给学校，捐给最需要的学生。

　　校长谷胜聪接过捐款，他哭了，在场的很多老师也哭了。

　　和蒲雪忠一起到学校的，还有蒲斌的母亲。她手里捧着儿子送的母亲节礼

物，那是一套暗红的新外套，到现在，老人都舍不得打开。

我们被这一家人感动着，我想用流传在灾区的一首小诗献给蒲斌老师的母亲："妈妈，如果我走了，你就看花，那满山遍野的花儿，就是我对你不舍的守望……"

强震袭来，危在旦夕。是谁为营救学生奔走来回，是谁为转移学生跋山涉水，是谁用自己的身躯完成对学生生命的接力？是我们的老师啊！这些看似平凡的教师，谱写了一首首崇高而伟大的生命之曲。对不起了！对于你们的壮举，我今天真的失语了！

我们心疼你们失踪了的笑脸和破碎了的梦幻。在这一瞬间的抉择，历史把你们刻成了雕像。望着你们圣洁的灵魂，浸泡在灾难和痛苦中的我们成熟了。此刻无数的街灯不眠，无数的蜡烛向你们遥祭。我们默默念着逝者的名字，泪水化成热血，沉浸在岁月的瞳孔，我们获取了无穷的精神力量！这就叫"汶川力量"！

第四章　感恩之情慷慨奔涌

"浪漫"的新婚旅行

　　生命总是精彩的，因而总会有历险；爱情总是甜蜜的，因而总会有考验。男人最辉煌的一瞬，是被心爱的女人当作偶像崇拜的时候。历宁就经历了这样的一瞬。

　　5月12日，唐钢股份金恒公司环保设备厂青年职工历宁与爱妻么佳，新婚旅行在赴九寨沟风景区的路上。车过汶川刚达茂县，一瞬间地动山摇，震惊世界的大地震发生了！

　　"是地震！"从小就听父母讲述过唐山大地震的历宁一边喊，一边下意识地把新婚妻子揽在怀中。大家慌乱起来，有人开始大哭，有人浑身发抖，恐惧地望着远方……历宁找到导游说："我是唐山人，快告诉大家，保持冷静。"

　　游客们听说这里有唐山人，仿佛有了依靠，一下子都来到历宁和么佳的身边。历宁尽量轻描淡写地介绍着有关地震的知识，以减轻大家的恐慌。下午3时左右，当地一位老乡骑着摩托车从前方探路回来说："前边路都塌了，有一辆帕萨特轿车被沙石砸扁了，里面有几个人，不知道还活着没有，得赶快去救人。"许多游客听到这个消息，都被吓蒙了。

　　历宁一个箭步冲到前面，随当地几名村干部往前边跑。现场很惨，历宁他们扒开沙石，从被砸扁的车里一点儿一点儿地往外拉人，车里的4个人，只有一名妇女还有呼吸。历宁将浑身血迹的妇女从车里抱出来，大家一路奔跑将这名妇女送到了附近的医务室。就在这时候，又有人报告，后方还有一辆大轿车被埋住了。浑身沾满伤者血污的历宁又赶紧跟着当地村干部跑向后边的大轿车。车中的几十个人中只有坐在前排的一名妇女能够动，正在一个狭小的空间里一边呼喊救命，一边努力向外爬。大家用石头将车窗玻璃砸碎。历宁说："我力气大，我来。"话音未落，他就钻进那个狭窄的空间，用力将妇女拖了出来。这名妇女的双腿已经被砸断，只有皮肉连在一起，随时都有生命危险。历宁和另外3名当地的村干部找到一块白布，迅速做成一个简易的担架，抬着妇女跑了一个半小时，将她送到医务室。

当天晚上，历宁志愿加入到清理山路的队伍中。他手握风镐，一直冲在最前面。次日凌晨3时许，又一次余震袭来，刚刚清理的山路再一次塌方，他顾不上休息，和赶来救援的武警战士再次投入战斗。

接着，历宁参加了开辟新路、输送给养的队伍。一个羌族的寨子无法与外界取得联系，伤亡和其他情况都不清楚，当地领导心急如焚。此时余震依然不断，那些被震得摇摇欲坠的巨石就悬在历宁他们的头顶。"我当时背着竹篓，里面有3箱矿泉水，腋下各夹着一箱方便面。武警官兵在前面冒死开路，我们这些负责运输的人紧紧跟着。那实际上根本就不是一条路，是我们硬闯出来的！"历宁后来回忆说。

依靠着几支手电，冒着余震塌方的危险，在海拔数千米的高山上，历宁与大家每人背负着数十斤的给养和通信器材，经过数小时的强行挺进，终于艰难到达羌族村寨。救援队员和羌族同胞的手紧紧握在一起，一个救援的盲点就此消除！

在救灾的路上，历宁和队员们碰到了一个上小学的羌族孩子。地震发生时，孩子凑巧在村外，因此躲过一场劫难。惊慌的孩子此时非常想知道爸爸、妈妈、爷爷、奶奶在村子里的情况，历宁和战友们决定送孩子回家。可就在去往村子的路上，噩耗传来，这个孩子已经成了孤儿！"我们大家当时都沉默了，大家抱着孩子什么都说不出来……"历宁哽咽了，他掏出身上剩下的800多元钱，用纸包好，想了想还是不够，又搞到一点儿牛肉干，塞进了孩子的小书包……

一旁的军人敬佩地望着历宁，问他为什么这样慷慨。

历宁说："啥也别说了，我是唐山人！"

历宁还想对妻子么佳说："记住吧，我们的新婚旅行。有了这段不平凡的经历，我们会永远相爱！"

皇甫志友：建成第一批钢构校舍

5月19日上午，随着青年企业家皇甫志友援建的第一批5间钢构校舍的完工，四川省都江堰市聚源镇中学七年级130余名学生走进崭新的教室。

琅琅的读书声再次回荡在巴蜀大地。这不仅是灾区震后第一所开课的学校，也是外地捐建的第一所校舍。灾区孩子们上的第一课是：感恩。

至此，皇甫志友的志愿者小分队引起人们的高度关注。

33岁的皇甫志友是唐山市丰润区杨官林镇黄家屯村人，唐山宏旺等4个铁粉精选厂和黄家屯医院的法人代表。5月12日下午，四川汶川地震发生后，皇甫志友心情十分沉重："当年唐山大地震时，是全国人民帮我们渡过了难关。现在，四川人民也遇到了同样的灾难，作为唐山人理应尽一份力。"他立即决定捐款100万元，并在企业员工和黄家屯医院医护人员中发出了"尽己所能，向灾区人民伸出救援之手"的倡议。倡议得到热烈响应，40名企业员工和黄家屯医院12名医护人员组成了抗震救灾志愿者小分队。因南方降雨，皇甫志友包机南下未果。5月12日晚11时20分，皇甫志友包了一辆大巴车，并动用自家一辆商务车。就这样，抗震救灾志愿者小分队在其他5位厂领导的带领下，携带着价值3万余元的药品连夜南下四川。

13日凌晨4时，皇甫志友出资30多万元，派人购买了100顶军用帐篷、100个高压喷雾器等救灾物资和治疗外伤用的药品。上午9时30分，两辆装满救灾物资的货车出发了。随后，皇甫志友把工厂的业务进行料理后，告别年迈多病的父母，告别病后需要照顾的妻子，直奔灾区。

14日上午7时，志愿者小分队到达成都，被分配到都江堰市参加抗震救灾。

此时，都江堰村老君庙灾情十分严重，需紧急救援。由于山路被毁，志愿者小分队冒着余震和山体滑坡的危险，徒步十几里，历时两个多小时到达老君庙，协助部队官兵迅速转移了两位伤者。晚上 6 时 30 分至夜间 11 时，志愿者小分队在都江堰市区的一条商业街上抢出了 8 具遇难者遗体。

15 日凌晨 6 时，志愿者小分队奉命赴虹口镇救助受灾群众。当时公路还没有打通，必须翻过两座大山。志愿者小分队用木棍做支撑，拽着山上的树枝，顺着盘山小路艰难前行。途中路遇一对儿女背着一位 70 多岁的受伤老太太，志愿者小分队的成员主动背起老人，经过 4 个多小时的艰难跋涉，将老人安全地送到救助站。在虹口镇，他们成功运送伤员达 20 人，为当地群众捐款 1500 元。

皇甫志友和小分队志愿者们每天只休息 4 个多小时。困了，就睡在公路上和废墟旁；饿了，就用凉水泡方便面。小分队的医护人员在都江堰市第二人民医院的帮助下，在幸福道上设立了医疗救助点，不分昼夜地给伤者包扎、消毒，救助伤者 2600 多例，共为灾区群众分发了 10 多类、价值数万元的药品。在把都江堰市的伤员大部分转移到成都地区以后，他们又把主要力量转移到受灾较重的绵阳地区。就在救援队伍撤出灾区前两分钟，医护人员还在为一名肚子痛的小朋友诊治。

在赴川的途中，技术厂长张景庆接到电话：岳父因病突然去世。他却对妻子说："父亲的后事，请你多操点儿心。灾区人民更需要我，回家后我到老人的坟上赔礼！"黄家屯医院护士许俊荣的丈夫因车祸昏迷不醒，她强忍悲痛，在出色地完成了医疗救护工作后才赶回去。

"我要读书！"这是灾区孩子最震撼人心的一句话。这句话，同样震撼着皇甫志友的心。他看见，无论置身于什么环境中，孩子们都不舍得放下手里的书本，无论在灾民安置点、在简易帐篷旁的路边灯光下、在帐篷学校，甚至在病床上。还有那个邓清清，在废墟里打着手电筒看书的小女孩儿，感动了无数人。她家境贫困，但刻苦努力，常常在回家的路上还打着手电筒看书。在孤寂一片的废墟里，读书成了她抵御饥饿、寒冷，缓解心理紧张的最好方式。邓清清的故事经媒体传播后，她废墟下读书的身影定格在很多人心中。从她身上，我们看到了一个民族的希望和未来。

6月4日下午，温家宝总理看望地震伤员。中学生段志秀因气管切开无法说话，她在纸上写下了"我想读书"4个大字。温家宝随即在纸上写下一段话——"昂起倔强的头，挺起不屈的脊梁，向前，向着未来，坚强地活下去"。"我想读书"是地震中所有幸存孩子的心声，它感动了总理，感动了全中国，也感动了皇甫志友。灾区最先恢复的应该是课堂，绝不能让孩子们荒废学业，要让他们早点儿搬进敞亮的教室！这个时候，皇甫志友听说，有一位领导要到聚源镇检查救灾工作，镇上一名干部想表现自己的成绩，想让孩子们到一所危楼复课。皇甫志友一听就火了，火急火燎地找到那位干部吼道："谁敢让孩子们在这危楼里上课，我这个唐山人一百个不答应！"就从这一刻起，他决定出资援建都江堰市聚源镇中学。

16日下午，皇甫志友带着志愿者小分队来到聚源镇，投入到新校址的基建工作中。经过他们的努力，18日上午，彩钢板正式运抵聚源镇中学。经过昼夜奋战，到19日凌晨，5间钢构校舍建成。当天上午9时，经过简短的入学仪式后，七年级的130多名学生步入崭新的教室。"能这么快回到宽敞明亮的教室里读书，我们真高兴。我们这辈子都要感谢皇甫叔叔！"李嫣瑶同学脸上露出了久违的笑容，短短的几句话代表了所有孩子的共同心声。

由于过度劳累，皇甫志友从20日开始发高烧，嗓子肿痛得不能说话。他一边输液，一边在现场指导大家施工。23日，聚源镇中学的18间教室顺利完工。这种钢构房屋坚固、耐用，浑然一体，孩子们在里面上课，再也不用担心地震的袭击了。

聚源中学全体学生震后重返课堂。一年级（2）班的刘老师说，他们震后复课上的第一节课就是"学会感恩"，并激励同学们好好学习，将来回报社会。

为了让更多的孩子走入课堂，皇甫志友决定在绵阳市再建一所校舍。当看到来自北川县、安县的孩子们居住在绵阳驻军某部操场上的帐篷里时，他与有关部门协商，决定把新校址选在当地驻军某部的操场上，援建八一帐篷小学。在当地驻军官兵的协助下，几百人的施工队伍砸地基、卸材料、快施工……仅用了4天时间，22间钢构校舍搭建完毕。看到被安置在帐篷里居住的1000多个孩子坐到了宽敞明亮的教室里，皇甫志友的脸上露出了欣慰的笑容。当人们追问援建两所学校的花费时，皇甫志友感慨地说："听着孩子们的读书声，感觉真好，钱，只有花在这里才算是钱了。"

皇甫志友在抗震救灾中彰显的大爱不是偶然的。唐山大地震时，皇甫志友才 10 个月大，在他儿时的记忆里，家里的暖水瓶、茶缸、雨衣都是全国各地支援唐山的救灾物资。抚养他的奶奶经常教育皇甫志友：要懂得感恩回报，要为国家和社会多做好事。富裕起来的皇甫志友，回报社会从不吝惜。2006 年 3 月，他开始资助 21 名贫困学生，而且每逢儿童节，黄家屯小学 800 多名学生都能收到他送来的学习用具；2006 年 7 月，皇甫志友给杨官林镇敬老院的 42 位老人量身定做了一套衣服；当年冬季，他又给敬老院送去了价值 2 万元的块煤，让老人们过了个暖冬；2007 年，他为村里安装了 360 盏路灯，自己还包下了照明电费，村里修路，他捐资 6 万元；今年 5 月初，他捐资 2 万元为黄家屯小学整饬环境，听说黄家屯幼儿园扩建，他主动送去 10 万元。他是丰润区第一届十杰青年企业家、第三届十大杰出青年，被选为区第一届、第二届人大代表，经营的企业曾荣获丰润区青年企业家协会会员单位、五四红旗团委标兵等称号。

皇甫志友他们就要离开都江堰了。

也许风雨，正是一种缘。让我们彼此感受着温暖，你挽住我蹒跚的脚步，我为你撑开一把遮雨的伞。心手相牵，胜过万语千言。乡亲们听说后都来送他们。震后饮水是灾区最大的难题，当地居民为了感谢救援人员的深情厚谊，徒步几里路到山上接来干净的山泉水，并从自己家中拿出新鲜蔬菜和米面，做好了饭答谢救援队员们。临时学校建好的前一天，一位当地妇女还为救灾人员送来几瓶酒以示感谢。

"谢谢皇甫先生！谢谢唐山人民！唐山人民与聚源人民的友谊地久天长！"聚源中学的学生们用如潮的掌声欢送为他们重建校舍的救援队伍。

一个老大娘哭了，紧紧地抱住了皇甫志友："我不让你走，我舍不得你们！"

"乡亲们，不要哭，我还会回来看望你们的，回去吧！回去吧！"皇甫志友对同学们和乡亲们说。

聚源中学校长谷胜聪更是与皇甫志友久久拥抱，不愿松手。谷校长哽咽了："唐山人，我们永远记住了你们！"

"我们还会再来的。"皇甫志友说着，抹了一下眼泪。

两个人的泪水感动着在场的数千名前来送行的群众。

26日上午9时，皇甫志友和他的志愿者小分队面对前来欢迎他们凯旋的家乡人民，心久久不能平静。他表示："对灾区的援建刚刚开始。我们将在绵阳市建设一家生产过渡安置房原材料的企业，无利润提供建房材料，直接服务灾区重建。"

村支书李国华

四川地震的当天夜里，唐山迁安市太平庄村党支部书记李国华找到本村的两名支委和另外两名党员，对他们说，我们都经过唐山大地震，得到过好多人的帮助，他们帮咱们救灾、盖房子、收割庄稼。如今四川也遭遇了地震灾害，那么多人还被压在废墟中，人命关天，咱们应该快去救人。大家说："中！"没有豪言壮语，只一个字，却是发自肺腑，铿锵誓言。临走时，李国华本想和老母亲说一声，可又一想，母亲这么多年来身体一直不太好，听说去抗震，怕她着急，还是不告诉她老人家吧，反正家里有媳妇照看。就这样，他们5个人放下地里的活计，在13日晚上挤上了火车。5月15日晚上，他们找到绵竹市东方汽轮机厂抗震指挥部，第二天一大早就加入到抢险救灾工作中。

先是给遇难者遗体消毒。当时天气特别热，气味儿很难闻，他们戴着3层口罩，背着消毒用具，冒着余震，往来于危楼和废墟之间。后来，按照指派在空地上搭建帐篷。这样的活儿他们以前没干过，就照着图纸边看边干，半天下来，5个人一口气搭了35顶，累得腰酸腿痛，汗水湿透了衣服，但没有一个人叫苦叫累。他们忙着救灾，顾不上洗脸，胡子长得老长，头发上也沾满了灰土。当地一位老大爷说："孩子们，快歇歇吧，收拾收拾。"李国华说："大爷，我们是来救灾的，还讲究那么多干啥。"

有一天半夜，一阵隆隆的雷声把李国华惊醒，"不好，下雨了。"他一下子想到，露天地里还有一堆食品和药品，天亮就得运走，可不能让雨淋坏了！他大喊道："快起来，快去苫东西！"其余几个人迅速起来，冲进雨中，找来雨布和石头，七手八脚地把救灾物资严严实实地盖好压实。回到帐篷里，他们全身都淋湿了，冷得直哆嗦，可他们想到这些物资没有受到损失，心里热乎乎的。在一次搬运消毒液的时候，同来的张文茹左脚不小心被车轮轧伤了，脚面肿起老高。大家劝他歇一会儿，他咬着牙说"不用不用"，继续坚持着一瘸一拐地干活。接下来的日子里，搬运物资、清理垃圾，哪里需要他们，他们就出现在哪里；哪里有困难，他们就冲向哪里。当地的一位救灾干部拉着他们的手说："你们这么远赶来帮助我们，真是太谢谢你们了。"在离开家的第三天，李国华的手机突然响了。一听，是老母亲打来的，她哭着打听情况，李国华鼻子一酸，眼泪一下子流了下来，说："妈，儿子不孝，还让您惦记着，您总有病，出来时怕您着急，一直瞒着您老。"母亲说："这点儿道理妈还懂，你不用惦记我，国家有难了，好好救灾吧，为国尽忠就是大孝。"

李国华干劲儿更足了，大声说："妈，您儿子不会给您丢脸，更不会给咱唐山人抹黑！灾区需要我们，我们就干到底啦！"说完，又投入到了救灾工作中。

杨占宇：善意的谎言

生命的挽歌和颂歌在废墟中交替唱响。

杨占宇经历过唐山大地震，倾听过这样的交响。他是第三军医大学西南医院肝胆科医生，全程参与了对映秀镇沈培云的抢救工作。

他冒着生命危险曾经两次钻进危楼，鼓励和帮助着沈培云，并在第一时间给沈培云进行最基本的营养补充。可以说，因为他，沈培云才在被埋145小时之后还能够挺住，并以最快的速度被送到了成都的医院。

5月15日，杨占宇站在了映秀的土地上，他的心情是那么伤感。他经历过唐山大地震，模糊了的伤口重新被撕开了。他是唐山人，要去灾区救人。就是这样简单而朴素的感恩之情，让他在12日地震发生后就向医院领导表示希望去重灾区。3天后，杨占宇终于如愿以偿。"你们都不会理解沈培云的感受，只有我理解，我知道他在想什么。"在医院里，望着病床上的沈培云，杨占宇轻轻地说道。

是命运又让杨占宇陪在沈培云的身边，因为他有过被埋的经历。原来，在唐山大地震时，当时才10岁的他，被房子压在了下面。他有切身的体会，压在里面是什么感觉，被救出时是什么样的感觉以及该施以什么样的救助。杨占宇现在还清楚地记得当时的感受，埋在废墟里呼吸非常困难，吸进去的都是灰尘，嘴巴、耳朵里都是土。沈培云也是一样的，他被救出来时全身都是灰土，特别脏，杨占宇给他进行了清洗。

余震到来的时候，杨占宇没有恐惧。他在下去救沈培云的时候，根本没有想过自己有没有危险，就是一心想要把他抢救出来，一定要让他好好活着。

救援是从17日中午开始的，在中国地震局救援中心联合江西消防队的努力下，经过10个小时的奋斗，已经打开了一个小洞，人能够下到底部，大体看见沈培云了。

现场挖通道。由于怕再次塌落，每次只能进去两个人，工作强度非常大，非常辛苦。杨占宇主动要求下去看望沈培云，他第一次下到了洞里，第一次与沈培云亲密接触了。这时候，沈培云已经被埋了140个小时。没有水喝，没有东西吃。

"我埋了多久了？"沈培云的声音很微弱。

"两天！"杨占宇撒了一个善意的谎。他怕沈培云接受不了这个事实，他在里面是没有白天黑夜交替意识的，并不知道被埋了多久，他没有这个概念，因此不能告诉他实话。如果实话实说，沈培云的精神会崩溃的。杨占宇问："你的脚能动吗？"

沈培云呻吟了一声："我，下面麻了，不能动，只有手能动。"

杨占宇心里很难受，他发现沈培云的脸上、眼睛上、头发上、嘴里已经满是泥土。杨站宇帮他把嘴里的泥土抠出来，说了一大堆鼓励他的话："我是唐山人，经历过大地震，而且像你一样被埋，凭我的经验，我看你现在情况很好，又没有什么出血的地方，我们有这么多人都在为救你出来努力着，你也没埋多久，一定要坚持住。"接着，杨占宇为他输送电解质溶液。一滴滴营养液顺着一根 4 米长的软管，流进了沈培云的嘴里。

"我还能活吗？"沈培云轻声问。

"你挺住啊，一定能活的！"杨占宇一边鼓励他，一边输送溶液。这是他进来前就配好了的溶液，加入了葡萄糖还有钠等微量元素。令人高兴的是，沈培云能够喝到。沈培云的精神一点点儿好了起来，说话的声音也很有力了。这时，沈培云的身体露了出来，在场的人都沸腾了。救援人员加快了双手的速度，一块块水泥块被掏了出来，沈培云被成功救出。随后，沈培云被直升机送往成都军区总医院接受抢救。当他被送到医院时，还能对身边的医生说话，思路清晰。

沈培云创造了生命的奇迹，这一切得益于杨占宇富有经验的护理。

救一个人，等于救了整个世界。世界会因这个瞬间更加爱护每个人，每个人也会因这个瞬间更加珍惜这个世界。

我替姐姐报恩来了

四川大地震发生时，李长江医生正在唐山市人民医院住院部查房。对每一个唐山人来说，"大地震"都是一个刺激性很强的词语。听见这个词汇，李长江心头颤了一下，他再也干不了工作了，心早已飞向了四川地震灾区。

听说医院要组织医疗队赶往灾区，李长江第一个向院领导报名，掏出了自己那颗火热的心。下班后，他把这个消息告诉了姐姐。姐姐是唐山大地震中幸存下来的截瘫病人。32 年前，姐姐本来马上就要组建一个温暖幸福的家庭了，但大地震击碎了她的梦想。每年的 7 月 28 日，姐姐都会一遍又一遍地告诉李长江和李长江的子女：没有解放军医护人员的精心治疗，没有党和政府多年来的照顾，她就没有今天快乐幸福的生活。李长江红着眼睛对姐姐说："姐，我想参加去灾区的医疗队！"姐姐点点头道："好，好，姐姐支持你！我们唐山人应该去！"临行前，姐姐哭着跟李长江说："长江啊，姐姐不能去，你替姐姐去报恩吧！"

李长江和姐姐的感情最好，他非常理解姐姐的心情。当年上医学院、学骨科，就是幻想有一天自己能亲手治好姐姐的病，让她重新站起来。后来才知道，让姐姐重新站起来基本是不可能的了。姐姐说，当时知道腰被砸了，但直到上飞机去外地治疗前，双腿还有知觉、能活动。如果早一点儿手术，如果医疗技术条件再好一些，或许不会是现在这样。为了不让发生在姐姐身上的悲剧重演，李长江发誓要拼命工作。

13 日，李长江随唐山医疗救援队开赴灾区。一路上，李长江和大家的心情一样，希望飞机能飞得再快一些，汽车能开得再快一点儿。能早到一分钟，病人就能早一分钟得到救治。到了新都 47 医院，医疗队和当地医院领导接洽后马上进入骨科病房。看着眼前 170 余名骨科伤员，医疗队当即决定，留下一组人查房，另外一组人马上开始手术。很多伤员由于被埋时间较长，伤口污染严重，不立即手术清理，将会造成更多的截肢、截瘫，有的甚至危及生命。

为了不让发生在姐姐身上的一幕在这里重演，李长江不知疲倦地工作着，一天半的时间，李长江做了 11 台手术。夜晚休息的时候，他给远在唐山的姐姐打了电话："姐姐，我今天又做了几个成功的手术！"姐姐在电话里说："你要尽心尽力，把病人当成咱的亲人，家里都好，安心工作，等回来姐姐请你吃海鲜！"李长江高兴地答应着，一天的疲劳都消散了。

这一天，一个男孩儿的伤情让李长江绞尽了脑汁。他的双腿和右手都被砸伤了，由于只经过了简单的包扎处理，加上天气较热，他的右腿已经溃烂。为了保住孩子的生命，医生不得不截掉了他的右腿。孩子的右手拇指和食指伤得更为严重，两个手指几乎完全折断，无力地垂了下来。

本来，通常的方案就是给孩子的右手实施截指术，但李长江觉得孩子已经失去了右腿，如果再失去右手，那他将来怎么生活呀？后来，经过仔细的冲洗、检查，发现有一根很细的血管还能保证两根手指的血运行，保住孩子的手还有一线希望。经过全体医务人员的努力，孩子的右手终于保住了。

在这里做每一台手术，李长江的心里都是既高兴又伤心。高兴的是，又救活了一条生命；伤心的是，因为大多都是截肢的伤员，看到他们哀伤的眼神，听他们嘴里不住地说"医生，我不要截肢，我不要截肢……"李长江的心情无比沉痛，强忍着落下来的泪水，因为这个时刻他都会想起瘫痪的姐姐。

5 月 16 日上午，47 医院一位姓林的主任挨个向伤员和家属介绍李长江：

"这是从唐山来的专家，两天来，是他们顾不上吃饭睡觉，为你们做了手术。"
伤员们连连称谢。面对伤员们的感谢，李长江告诉他们："32 年前，我们唐山
人民同样经受过这样的痛苦，也是全国人民帮我们渡过了难关。我的姐姐就是
地震瘫痪的，我是替她报恩而来。只要你们康复了，我们累点儿苦点儿都不算
个啥！"一个受伤的老太太听了很感动，她对着照看她的孙子说："你看看唐
山来的叔叔，他替姐姐报恩，等你长大了也替奶奶报恩啊！"小孙子当即答应
了奶奶。

宋得忠：以打工为名瞒妻赴灾区

生命变成一粒粒灰尘，吹进我们一双双再也不能平静的眼睛。感受灾难并
为其痛苦的人，都是忠诚的人。

经历过 1976 年唐山大地震的唐山市民宋得忠，花 4 个多月的工资买了一
张飞机票赶到成都参与救灾。他们都是普通市民，但却有着共同的心愿：因为
当年唐山大地震，全国人民向我们伸出了热情之手，作为唐山人，现在我要去
报恩。

宋得忠当过兵，是唐山市开平区双桥乡大马家岭村的民兵连长。唐山大地
震时，10 岁的宋得忠看到家园破碎，在开滦煤矿干活儿的父亲和在家睡觉的
家人都在地震中受伤。在汶川地震后的第二天，通过新闻得知灾区上万人因灾
死亡后，宋得忠再也坐不住了。可是，他比一般志愿者多一个难题。怎么过妻
子这一关呢？妻子是一个严重的糖尿病患者，家境不好，妻子治病也急需钱。
可是，宋得忠不是大款，没有挣来更多的钱，如果妻子知道他要自费救灾，会
不会答应呢。于是，他想出了瞒住妻子的招数。他对妻子说："你看，家里需
要钱，我要出去打工，挣点儿钱回来！"妻子说："去哪儿？"宋得忠说："去
保定，不太远！"妻子信以为真，因为宋得忠每月 310 元的工资实在太少了，
即使加上蹬三轮帮人拉货，他每月的收入也就五六百元。妻子答应了，临出门
还叮嘱说："别跑远了，南方地震呢！"宋得忠应付着答应一句就匆匆走了。

13 日晚上 11 时许，宋得忠到了北京，马上买好了到成都的火车票。但是，

地震灾害导致进川的铁路不畅，火车无法正常到达成都。在车站等了 45 个小时之后，15 日晚上 8 时左右，火车站通知，去成都的火车要改道，无法通过广元、绵阳等灾区。虽然工作人员同时透露，铁路可能在凌晨就能通畅，但宋得忠觉得不能再等下去了。于是，宋得忠花掉自己 4 个多月的工资，买了一张飞往成都的机票，这是他平生第一次坐飞机。

宋得忠在飞机上遇到了中国红十字会的人，他们是从北京赶到四川灾区救援的。很快，通过他们的帮助，宋得忠跟成都红十字会接上了头，到成都之后，听候他们的调遣，"如果不是他们，我自己一个人人生地不熟，根本不知道去哪里帮忙。"他感激地说。当红十字会安排给宋得忠任务的时候，他主动提出要到重灾区去，理由很充分，"我当过兵，这么多年还是民兵连长，身体素质好，而且以前经过地震时的应急训练，应该能派上用场"。从他们口中得知，绵竹的汉旺镇灾情严重。到成都时已经是 15 日的夜里，16 日中午他便赶到了汉旺镇。

在小学校的废墟上，宋得忠专挑危险的活儿干，他跟解放军战士一起，把一面断墙给拉了下来，以免危墙伤及群众。这两天里，他看到很多尸体，这个学校死的孩子太多了，看着在警戒线外等待的家长，宋得忠叹了口气，心里默默地说："这些家长太可怜了，在这里个个都等了好几天，这两天我看他们都已经不会哭了。我老宋来得太晚了，太晚了，不应该在北京等那么长时间的火车！"宋得忠看着许多学生的尸体从废墟中抬了出来，心都碎了，他默默地自责着。

宋得忠不是专业的救援人员，他只能帮忙搭搭帐篷，搬运货物。有一天，他被安排在从唐山来的救援小组帮忙。宋得忠对老乡们说，不管是做什么，只要在这个时候来到这里，与灾区人民站在一起，他就觉得心里踏实多了。宋得忠笑了笑，然后马上又变得沉默起来，这么多天了，他也没跟家人联系过，希望他们不要知道自己在这里，否则肯定要担心的。他只有一部小灵通，到了这里已经不能用了，忙起来之后，他也没有时间打电话，索性就准备将隐瞒进行到底。

宋得忠说，他在灾区还看到几个开着农用车赶来救援的唐山人，他与他们擦肩而过。他很感动。在宋得忠看来，身为唐山人，到灾区来当志愿者是应该的，甚至是义不容辞的。因为唐山当年受过全国人民的恩惠，现在他们应该来报恩。其实，他来的动机也很简单，"当年唐山地震发生后，是全国人民帮我们重建起了家园。一方有难，八方支援。现在四川兄弟遭难了，该是我们唐山人来帮忙的时候了，这也算是报恩吧"。

李柯勇：感受脆弱与力量

汶川地震发生后，李柯勇被新华社抗震救灾报道前方指挥中心派往震中映秀镇，在那里采访了4天。4天的经历给李柯勇的震撼却是前所未有的。李柯勇参加汶川地震报道，其实有一种特殊的情愫在里边，因为李柯勇是唐山人。1976年唐山大地震时，李柯勇就是被人从废墟下抱出来的，李柯勇的奶奶则是当时24万遇难者之一。当时李柯勇只有2岁，对地震的记忆都是周围的亲友告诉他的，李柯勇自己几乎没有任何印象。汶川地震发生时，李柯勇刚参加完奥运火炬登顶珠峰的报道，正在拉萨休整。李柯勇立即向新华社国内部领导请求赶赴震区，但一开始未获批准。看到不断增长的伤亡数字，李柯勇坐立不安，再次向领导请战，最后请求批准他到成都"休假"，领导勉强同意。5月15日，李柯勇从拉萨直接飞往四川，第二天上午就和同事蔡国兆被派往震中映秀镇。

置身于映秀镇的断壁残垣之间，看着那一具具了无生机的躯体，看着那一张张被灾难惊呆了的面孔，仿佛有一条跨越32年时空的记忆通道突然打通了，李柯勇的心被一只巨大而无形的手攥住，越攥越紧，痛楚难当。

在大自然面前，人类是何等脆弱！有着千年历史的羌寨，眨眼就被抹平了。一千年，对于一个人来说几乎漫长得茫无尽头，而在宇宙间却连一瞬间也算不上。那些在李柯勇看来似乎坚不可摧的钢筋水泥结构，在大自然面前却像孩子手中的泥巴一样绵软，轻而易举就扭曲了形状，摔倒在地上。一同毁灭的，还有成千上万人的喜怒哀乐、幸福梦想和雄心壮志。李柯勇颓然地坐在散落的砖石上，一种幻灭感油然而生：李柯勇平日精心爱护、为之奋斗甚至争斗的一切，原来是这样微不足道。

　　然而，有一种疼痛却让李柯勇无法释怀。在 260 余人遇难的映秀小学，李柯勇在废墟间看到一只孩子穿过的橘红色的轮滑鞋，上面沾满了灰尘，被压在几块石头下。而就在几米之外，救援队员们从探洞里又抬出了一具小学生的尸体。他想，鞋子的主人是个怎样的孩子呢？应该像一朵带露的朝花吧？一种锐利的疼痛忽然划伤了李柯勇的心。

　　到映秀镇不久，李柯勇还听到这样一件事：5 月 16 日，幸存者李科在被埋 4 天 4 夜之后获救。此前，他的一只脚已经坏死，医生下到探洞里为他做了截肢手术。他周围全是腐烂的尸体，气味非常难闻。就在手术即将做完、他的脚和腿还有部分筋肉没割断时，医生实在忍不住了，说："我出去透口气。"几分钟后，医生重新下到洞里，惊骇地发现，李科已经自己用力把脚从腿上扯了下来！

　　"这样快一点儿，省得耽误时间。"李科笑着对医生说。

　　听着部队战士的讲述，尽管没有亲眼见到此情此景，李柯勇的惊骇仍不亚于其他所有人。李柯勇想，生命本身就是宇宙间的奇迹，而对生命的关爱就是生命的意义。正是这种关爱，才让李科这种脆弱渺小的生物有了活下去的理由，并且具有了超越自身的强大力量。

　　在映秀镇的 4 天，李柯勇几乎不曾合眼。我们的希望在哪里呢？他看到，希望在为了抢救一个微弱的生命不惜流血流汗的搜救队员们身上，在强忍失去亲人的悲伤、奋力营救他人的人们身上，在李科那样面对死神却从不放弃生的希望的幸存者身上。李柯勇强烈地感到了这种力量的存在。也正是人类的这种力量，鼓舞着他履行一个记者的职责，克服一切困难，观察、记录和传播他了解到的一切。16 日接近午夜的时候，李柯勇沿着到处是巴掌宽裂缝的破损公路徒步来到离映秀 5 公里的一个地方，半山腰有个房屋已大半倒塌的铝厂。李柯勇实在走不动了，决定在一间仓库外面的开阔地上休息。

　　为了轻装简行，白天李柯勇把帐篷和睡袋都丢在了汽车上，现在只好和衣睡在露天地里了。好在仓库门开着，里面有一堆装着某种零件的扁扁的纸箱，不太重，李柯勇冒着余震的危险冲进去，一个一个搬出来摆在地上，5 个纸箱一排，能睡一个人。这样，就有了一张隔湿隔凉的"床铺"，往上面一躺，简直可以说是幸福了。刚躺下半个小时，他突然听见隆隆的声音，接着地面就摇摆起来。余震来了！李柯勇急忙跳起来往远处跑。后来知道，这次余震有 6.1 级。整个晚上就是这么心惊胆战地度过的，不过实在太困了，看着仓库没倒，李柯勇又返回来躺在"床"上睡着了。山间夜露很重，下半夜气温只有 10 来摄氏度，李柯勇的衣服很快变得又潮又凉。凌晨 3 时 30 分，李柯勇被冻醒了。实在忍不下去，他就到附近的废墟里捡些木柴，生起一堆篝火。

17 日到达映秀镇后，李柯勇结束采访已是夜里 10 时 30 分，硕大的雨点劈头盖脸地砸下来，眼看一场暴雨就要来了，而李柯勇仍然没有一个栖身之所。最可爱的人还是军人。千里迢迢赶来灾区参加救援的武警山东消防总队官兵发现了他的困境，安排他到战士们休息的简易窝棚里。刚进窝棚，大雨就倾泻下来。狭小的空间里挤了大约 40 名疲惫的战士，蔡国兆容身的角落在漏水，而李柯勇躺在 3 袋大米上，他们都没有被子盖。但李柯勇很知足，毕竟不用在露天淋雨了。他想，脆弱与力量的展现，在当年的唐山地震中也是一样的。他除了采访的收获，还改变了某种人生态度。在天边，他看见一轮月亮已经升起，死去的亡灵安心上路吧，活下来的人点燃心灯，已经点亮了满天的繁星。

唐山人从灾区认回一位"妈妈"

6 月 4 日，滦县老城的刘春江、王守政等 6 位志愿者回到了自己的家乡。

对于刘春江来说，两次奔赴灾区的最大收获，除了近 20 天的紧张的救灾经历之外，他还从灾区认回了一个"妈妈"。

6 月 6 日，在王守政的冷食厂院内，我们见到了来自四川绵阳市安县桑枣镇的"妈妈"钟小英。她的脸上依稀可见灾难过后的疲惫，和她一起从灾区来到滦县的，还有儿子刘雨。今年 14 岁的刘雨，脸上带着微微笑意，好像早已融入了这个新的家庭。王守政向我们讲述了在救灾途中的认亲经过。

汶川大地震发生的时候，王守政震惊了。他马上回忆起唐山大地震的情景，他被砸成了重伤，是外地医疗队挽救了他的生命。王守政从小就常听母亲讲，人在难处拉一把。灾区那边的人肯定非常需要帮助。5 月 13 日，他果断做出决定，赶赴灾区尽自己的绵薄之力。他的哥哥王守庭、弟弟王守忠以及李林、杜春喜、刘春江也跟着响应。自 5 月 14 日凌晨 4 时，王守政自费购买了 3100 公斤消毒液、20 个喷雾器、250 箱方便面以及 400 箱矿泉水等价值近 7 万元的灾区急需品奔赴灾区。6 人两次往返灾区，辗转于北川县城、小坝，江油市雁门镇，绵阳市安县沸水镇、高川乡等地，夜以继日地奋战在抗灾一线上。

　　5 月 28 日，王守政等人挨家挨户地为绵阳市安县沸水镇的灾民分发消毒液，这时与钟小英相遇了。钟小英被唐山人感动了，她说："他们那么辛苦，吃方便面，喝矿泉水，睡自己的车。我很想为他们做些什么，哪怕只是请他们吃一顿家常便饭也好。"5 月 30 日晚上，王守政等人在钟小英家度过了最难忘的时光，大家都体验到了一种久违的快乐，一种家的感觉。刚刚 17 岁的刘春江远离家乡来抗震救灾，在救援时碰伤了胳膊，钟小英倍加感动，找来药水给刘春江擦上。王守政一个玩笑，钟小英当场认刘春江为自己的干儿子，并将自己最钟爱的绿松石项链送给刘春江作为纪念，刘春江也留下了雁门镇政府发给他的"唐山爱心小分队"的袖标给钟小英。

　　6 月 1 日儿童节那天，王守政他们 6 人即将返程。钟小英开始落泪了，情绪十分低落，她舍不得这些义气、善良的汉子，请他们多住几天。看着钟小英恋恋不舍的样子，王守政忽然冒出一个念头，为了安抚钟小英失去家园的伤痛，帮她找回生活的信念，几个人一合计，请钟小英跟他们到唐山，要让她从唐山的重生中找到生活的希望。钟小英犹豫了："你们回去肯定有好多的事情，我们不能再给你们这些好心人添乱了。"

　　王守政眼睛红了，动情地说："有这场地震，我们唐山跟汶川就是手足兄弟了！你千万别客气！跟我们走吧，房子倒了，你们孤儿寡母的一定会有很多难处。到那边我有工厂，还可以挣钱，孩子一样可以上学！往后我们就是亲戚啦！"

　　钟小英被唐山好汉的话打动了，抬手抹着眼睛。王守政瞅了瞅愣着的刘春江："傻孩子，愣着干啥，赶紧叫妈呀！"

　　刘春江扑通一声跪下了，哽咽地叫了声："妈，跟我们走吧！"

　　钟小英再也挺不住了，泪流满面："好，妈跟你们去，跟你们去！"

钟小英母子来到唐山滦县，生活渐渐适应了，感受到了家的温暖。王守政把钟小英安排在自己的工厂工作，把孩子送到学校就读，学费、生活费都由他承担。

唐山人经受了凤凰被烈焰焚烧的痛苦，她哀啼，她重生。必须让灾区人感受一下新唐山。一天，风和日丽，王守政让刘春江陪同钟小英母子到唐山观光。从纪念碑广场到商业大楼，从大理路生活区到南湖公园，钟小英点点滴滴看个仔细。钟小英逢人便说："新唐山多好哇！城市好，人更好！我们母子要好好活着，等将来孩子长大了，要像你们唐山男子汉一样，报效国家，服务社会！"

地震孤儿的爱心行动

张有路没有想到，自己在网上发的一个"爱心帖"竟然得到如此热烈的响应。5 月 20 日上午 9 时，唐山抗震纪念碑广场，近 300 人从四面八方赶来，一条条黄飘带迎风飞扬，一张张早已准备好的善款被放进捐款箱，少则几百元，多则上万元。他们排起长队，在写有"山川同在，血脉相连"的条幅上，郑重签下名字，不少人还领取了志愿者登记表，要求奔赴灾区。地震孤儿刘远平动情地说："我们有着一个共同的名字——唐山孤儿，我们体会过失去亲人的悲痛，更体会过'一方有难，八方支援'的温情，大家都有一颗报恩的心，想为孤儿们尽绵薄之力，把爱心传递下去。"

张有路是唐山"汲古书店"的店主，32 年前的唐山大地震，让他和姐姐成了孤儿。5 月 12 日下午，四川汶川发生大地震的消息传来，张有路的心一下子揪紧了，"看着那些在地震中成为孤儿的孩子，就像看到了当年的自己，那种痛苦刻骨铭心！"5 月 14 日晚，他在环渤海论坛上发出了"唐山孤儿向四川孤儿献爱心"的帖子："忆昔 32 年前，24 万人殁于瓦砾，4204 人顿成孤儿，无依无傍。是全国人民伸出救援之手，救死扶伤，捐款赠物。今四川又遭重创，唐山人当知感恩图报，特别是震后遗孤，最知失亲之痛，倍感灭门之苦……望诸位量己之力，伸爱心之手，解羸弱之难。无多有少，多多益善，让四川的孤儿们有一点儿温暖，让我们的心灵不再发生余震。"

　　张有路得到了姐姐和朋友的全力支持，这几天，他们分头联系曾在石家庄育红学校、邢台育红学校、唐山育红学校等就读过的震后遗孤，号召大家参与活动。"唐山孤儿"的爱心义举也感染了不少市民。当天，活动共筹得善款近10万元。

　　张有路计划组成"唐山孤儿志愿队"，希望能去灾区，用亲身经历安慰那些震后失去双亲的孩子。在活动现场，一首署名为"唐山孤儿"的诗作，代表了他们共同的心声："孩子，我们和你一样，都是从废墟里爬出来，又从瓦砾上站起来的人……我要告诉你，坚持住！坚持住！"

　　张有路的帖子在全国引起震动。在贵阳市人民广场红十字募捐现场，一名自称"唐山人"的中年男子第4次出现在募捐现场，他往募捐箱中投入5万元人民币后离去。据了解，这位自称"唐山人"的中年男子说自己是当年唐山大地震的一个幸存者，地震使他一夜之间失去了父母和亲人，成为一名孤儿。多年来，他一直得到党和政府以及社会各界的关心，汶川地震又有许多孩子成为孤儿，他感同身受。他看了网上张有路的帖子，开始了在汶川地震发生后的第4次捐款。此次他将5万元人民币投入募捐箱，但仍然不愿透露姓名和通讯地址，也不愿透露其4次捐款的总数。他对工作人员说："你们知道我是一个唐山地震孤儿就够了！"

　　杨震生今年32岁，1976年7月28日唐山大地震当天，他在抗震救灾医疗队的帐篷里出生了。从懂事起，他就知道自己生日和名字里的特殊的含义。大学毕业后，杨震生主动要求到唐山市截瘫疗养院，做了一名工作人员。母亲叮嘱他："那些截瘫的人，都是地震的受害者，你到那里要好好帮助他们！"他记住了，每天都尽心尽力地为截瘫病人服务。当得知四川汶川遭受重大地震灾害后，这位朴实的小伙子拿出了自己近一年的工资1万元捐给四川地震灾区。杨震生说："我虽不是孤儿，但我和长辈们都体会过'一方有难，八方支援'的温暖。"因此，他希望尽自己的微薄之力，支援灾区。

　　"四川地震之后，我一直不敢看新闻，连网也不敢上。这勾起了我对自己经历的回忆。过了两天才敢看，看完了我整整两宿没睡。"虽然时隔32年，汶川发生的这场灾难依然让唐山地震孤儿吴庆彻夜难眠。唐山地震时，吴庆跟父母还有即将上学的 8 岁的弟弟、3 岁的妹妹正躺在一张炕上，一两分钟内，这些亲人的生命就消逝而去了。那一年，吴庆仅仅 13 岁，灾难对他的打击太大了。

吴庆现在是开滦矿宣传部宣传科科长，地震时他住的地方叫西工业新村六街，开滦煤矿的工房，现在是新唐山最繁华的商场所在地。1979 年 8 月，吴庆被送到开滦技校，和一批年龄差不多的大概 200 个地震孤儿一起学习。1980 年 9 月，孤儿们再回到单位，重新分配工作。回到单位后，当时团支部找老团员跟孤儿们结对子，一起干活，交流思想。老团员告诉吴庆，一定要要求进步，积极入团。1982 年，吴庆担任了矿团支部书记。1984 年，矿上招聘管理干部，吴庆通过文化考试、面试之后，应聘到党委宣传部工作。组织上发现他积极上进，又介绍他入了党。吴庆自豪地说，当年一起学习的很多孤儿，都在一些重要岗位上发挥着作用。吴庆动情地说："今天汶川地震了，有那么多的跟我们当年一样的孤儿，我们应该为孤儿做点儿什么。"他积极到单位捐款，还到纪念碑广场捐款。吴庆的儿子今年 22 岁，要读大三了。儿子打电话回家说要给四川捐款时，吴庆告诉儿子，根据你的能力，尽可能多捐点儿，捐得越多越好！

田金芳：一个癌症患者奔赴灾区

人生总有难测的风雨，经历几番磨难才真正懂得爱的内涵。

32 年前的唐山大地震，让田金芳痛失双亲。作为唐山大地震孤儿的她，知道失去亲人的痛苦，被从废墟中救起时，她第一眼看到的，就是绿色的军装。为回馈恩情，32 年来，田金芳倾情拥军，成了战士口中的"田妈妈"。

当她得知汶川发生了大地震，毅然决定去灾区做点儿事。5 月 13 日一大早，她购买了价值近 4 万元的物资，紧急赶往青川县灾区。后来，她听说灾区急需学生文具，又买来价值 2.7 万元的文具交到红十字会。

19 日中午 1 时 28 分，K386 次列车停靠在石家庄火车站，救护车早已等候在 4 号车厢的门口。田金芳抱着 4 个氧气袋下车后，立即被送上救护车。她发烧，咳嗽，本以为可以坚持到秦皇岛，可是，路上感觉憋闷越来越厉害，她才决定先到石家庄接受治疗。19 日下午，在石家庄白求恩国际和平医院的病房里，田金芳身穿印有红色心形、写有"I Love You"的志愿者T恤，躺在医院的重症监护室内，戴着氧气面罩，不时地咳嗽着。她说呼气困难、憋闷、嗓子疼痛。

从田金芳艰难的话语中，我们得知，5月12日汶川大地震发生后，她急忙购买了价值近4万元的救灾物资，其中就包括"送给最可爱的人"的T恤衫。13日，田金芳租车将赈灾物资从秦皇岛运送到北京火车站，并托运到了都江堰。当天，田金芳还带着2万多元现金，坐上了从北京开往灾区的火车。15日，到达都江堰后，她与成都某部队的官兵通过水路来到青川县，她看见那里的惨烈场面，马上加入到赈灾的队伍中。她与战士们一起，集体从船上向下传送物资。

田金芳看到，到处是坍塌的房屋，到处是受难的群众。她在青川赈灾的过程中，遇到了一位在十几天前刚生下一个女婴的产妇，她身体很虚弱，穿得也很少。天下着雨，产妇冻得哆嗦起来。更让她揪心的是，这位产妇的丈夫身负重伤，他从废墟中扒出妻子女儿后，却永远地离开了这个世界。看到这样的场景，田金芳脱下自己的外套，给产后虚弱的产妇穿上。

天气寒冷，田金芳着凉感冒了。

有谁知道，田金芳还是个癌症病人。这些年来，乳腺癌、胃癌一直困扰着田金芳，她曾做过6次手术，身体比较虚弱。但30多年来，田金芳一直坚持拥军优属，以此报答救命之恩。

"我在付出的同时，也得到了来自社会各界的爱。"田金芳眼睛湿润地说，"列车上的工作人员一直在为我忙碌着，车上没有氧气袋，列车长一路上都在联系，每到一站，立即有装满氧气的氧气袋送上来，我先后用了4个氧气袋。"

在得知田金芳的情况后，石家庄这边也在紧锣密鼓地准备着，省公安边防总队的民警紧急联系医院、救护车……

白求恩国际和平医院的医生马登峰说，田金芳刚刚下火车时显得很疲惫，嘴唇干紫。从救护车上下来，医院多个科室的医生给她进行了会诊，她是肺部间质感染。大家都由衷地希望她能尽快好起来。

"灾难中人们最渴望援手，我要去灾区，帮他们做点儿事。"田金芳道出了720万唐山人民的心声。

孙景荣：一个普通女人的情怀

血依然在流，大地依然在震动。无数家园坍塌，无数生命被埋。

几千里之外的孙景荣，此刻是心如刀绞，泪眼蒙眬。5月13日，汶川大地震进入了第二天。中午时分，身为京秦高速滦县服务区会计的孙景荣，心情久久不能平静。此刻，1976年唐山大地震时的情景一幕幕涌现在她的脑海里。天灾啊！既然灾难无法回避，那么就让我们坦然面对吧！这个时候，她忽然想主动请缨去灾区救灾。

突然，一阵手机铃声打断了她的思绪，拿出手机一看，原来是丈夫打来的。丈夫侯林说，他们33名兄弟组成了救援队，已经向四川灾区出发了，告诉她不要惦记他，要照顾好老妈和儿子！

"喂、喂，什么……"还没等孙景荣说点儿什么，电话断了。唉，这家伙抢在前面了。

时间就是生命，凡经历过唐山大地震的人们都有着这样的常识。刚才她在网上都看见了，唐山儿女都动员起来了，就像要上前线打一场战役。她猛然想起孙犁《荷花淀》里的水生嫂，她也只能当支援前线的水生嫂了。孙景荣后来才知道，丈夫侯林是带头的一个，是他组织起救援队伍并第一个赶赴重灾区。

于是，孙景荣的心里在有些不安的同时，一种敬意油然而生，她给丈夫发了一条短信："放心地去吧，家里有我呢！"

孙景荣心里明白，那里余震不断，泥石流和悬湖还在威胁着灾区百姓。救灾是有风险的。侯林70多岁的老母亲患有心脏病，如果让她知道，她会惦记儿子整天睡不着觉的，非犯病不可。不能告诉婆婆，也不能告诉儿子，就让所有的压力都压在自己一个人身上吧。

一连好几天，丈夫音信皆无。孙景荣彻夜难眠。

京秦高速公路是北京奥运会通往沈阳、秦皇岛两个分赛场的重要交通干线，滦县服务区承担着"迎奥保暑"的繁重接待任务。"坚守岗位、服务奥运、决战暑期"正在变成广大职工干部的诺言和行动。孙景荣牢记交通人的责任，始终在岗位上勤奋工作，用实际行动支援着灾区。服务区的捐款开始了，她主动捐款。全区共捐款 9750 元，捐献衣物 280 多件。共产党员、滦县服务区经理梁金才带头捐款 1200 元，客房领班侯秀娟把自己所珍藏的崭新的新婚被褥捐了出来。唐山人的感恩劲头真不含糊。

这天，忽然传来一个消息，说侯林开的车不幸被滑坡的石块砸中。孙景荣心里打了个哆嗦，急忙给侯林打电话，手机忙音打不进去。她更慌了，偷偷地抹眼泪。她知道侯林的抢险队一直战斗在绵竹市汉旺镇这个重灾区，如果丈夫走了，谁来照顾这个家？谁来陪伴着她过往后的日子？她不敢再往下想了。后来她否定了，如果真是那样，电视上一定会报道的。不会的，老天爷啊，不会的！她心里默默地为丈夫祈祷。

又过了几天，随着通信线路的恢复，孙景荣终于与丈夫通上了电话，那边"喂"的一声后就断了。侯林也许在忙，他没有在意这个简短的通话，但她这边双手颤抖，泪水淌下面颊。

5 月 23 日上午 10 时，温家宝总理来到绵竹市汉旺镇慰问了侯林他们。当总理问到他们"是哪里来的志愿者"的时候，侯林大声回答："我们是唐山来的抢险队员！"总理紧紧握住了侯林的双手，连声说："你们辛苦了！"侯林激动地回答："总理您辛苦了！"当时，侯林看到总理眼中含着的泪花，心想，我们的总理太辛苦了。同时也有一种欣慰，过去都是在电视上看总理，今天就在眼前了。自己只有把事情做好，才能让总理放心、人民满意。

这个画面电视台播放了，报纸也登了。孙景荣看见后异常兴奋，仿佛丈夫那边激动人心的场面就在她眼前发生的。她破例请了一次特殊事假，回家把一张刊登侯林抢险救灾照片的报纸递给了儿子。儿子拿过报纸一看，惊讶地问："这不是我爸爸吗？""是啊，你爸已经走了 10 天了，还受到总理接见了呢。"孙景荣满以为儿子会高兴，没想到儿子一听却急了："这么大的事，为什么要瞒着我呀，如果真出现了意外，怎么向我奶奶交代呀？"孙景荣难过地说："儿啊！妈不是怕你奶奶犯病、怕耽误你考试嘛！"听了妈妈的话，懂事的儿子哭了，泪水的背后是坚毅，他却反过来安慰起妈妈："我怕你一个人挺不住啊！"

儿子立刻给爸爸发了一条短信："爸爸，如果不是考试，我都想跟您一起去！您放心，我会以一个男子汉的气概支撑起这个家，解除您的后顾之忧。祝您在那里全力、全心、安全抢险，注意安全，保重身体，儿盼您凯旋！"他在内心为前线的爸爸祈祷，为灾区的孩子们祈祷。

突然间，孙景荣的心里涌起一股暖流，感到儿子长大了，也懂事了。这个敏感的女人有一种感觉，汶川地震改变了家人的观念和生活。

这些天来，孙景荣一边瞒着婆婆，一边上班、做家务。每到晚上，她的精神和体力都疲乏到极点。婆婆还经常催问她侯林的去向。最让人担心的还是老婆婆，她说侯林去外地开一个重要的会议，老人家将信将疑。她疑惑儿子为啥不来一个电话呢？平常可不是这样的啊！一扯到儿子的话题，孙景荣就急忙把话题绕开。一句谎言要用无数个谎言去圆。所以她每天陪婆婆到很晚，说一些让老婆婆高兴的话。有一天，在给婆婆熬药时她却晕倒了。她的心累啊！这些天服务区的同事们发现，孙景荣的脸黑了，人也瘦了整整一圈儿。就这样坚持着、守候着。孙景荣用一个普通唐山女人的美德照亮了我们的双眼！生活啊，有时的感动，并不一定源自轰轰烈烈！

京秦高速公路滦县服务区的员工们都称赞孙景荣，说孙景荣全力支持丈夫去前线救灾，是后方的一颗星。我望着天空的星星想，有这样的照亮，有这样的守候，有这样的凝聚，还有什么可以阻挡我们中国前进的脚步？汶川的兄弟，你们看见了吗？全国有千千万万个孙景荣，你们的明天何愁不繁荣？！

张振海：娃，唐山的亲人等你回家

唐山市政协委员、民营企业家张振海内心有一个慈善计划，他希望政府帮助他实现这个计划。他的慈善计划是什么？对于救灾，该捐的钱早就捐了，而且数目非常可观。该捐的物，也早就捐了，公司的东西已经派车送到了灾区。经过催问，张振海终于透露了自己的心声：他要领养汶川地震孤儿，不是 1 名，而是 10 名。

张振海内心真诚地呼唤着：娃！唐山的亲人等你回家。远方的孩子，你们听到了吗?

集中领养 10 名地震孤儿,作为一名民营企业家,经济上可能不成问题,但是如何保证让这些孩子过正常的生活,如何给他们一个美好的未来?一些温暖的细节需要张振海给出自己的答案。

苦难有时也是一笔财富。张振海经历过唐山大地震,是被人从废墟里拽出来的。那悲凉、那伤痛是透骨的。5 月 28 日,再有 3 天就是六一儿童节了。对于仍处于余震不断的环境中的儿童来说,这个儿童节注定少了许多鲜艳的色彩。最近几天,张振海总是感觉灾区孩子们那一双双不再清澈的双眼就在自己眼前晃动,眼神中既饱含了对亲人的思念,更有对未来的迷茫。他亲历过大自然的疯狂带来的苦难,因此,他知道以后的生活应该怎样一步一步走下去。这是唐山和其他地区收养孩子的最大区别,也是最大优势。河北唐山与四川汶川虽然远隔千里,是这场大灾难让山川相望、手足相连。地震灾区的孩子时刻牵动着张振海的心,他在电视里看见温家宝总理拉着一个孩子的手说:"你们幸运地活了下来,就要好好地活下去。"这不仅是对这个孩子说的,也是送给所有孩子的祈愿。要让地震孤儿们活得好,就要全社会的人来献爱心。

张振海说:"就是企业垮了,孩子的生活也会有保障。只要有孩子的姓名、年龄等资料,即使人还没到,公司会给每个孩子上 50 万元的终身保险,这样,这些孩子还可以有保险这个社会保障。如果孩子身体和智力出现问题,失去劳动能力,公司会负责供养;如果孩子能出国深造,我们一定资助他直到学业结束。"对于这件事,他们一直是谨慎对待,还邀请了清华总裁俱乐部的朋友帮助研究,设计出了几套预测方案,有些工作已经开始做了。6 月中旬到月底拿出最终的方案时,就可以全面做了。

如果孩子来了,怎么安置?张振海早已胸有成竹,各种硬件基本上完备了,初步预计一个孩子 1 年需要花 1 万元左右的费用,这在唐山市应该属于中上水平。他们已经招来了一些有工作经验、有专业技能的人才,为此还专门组成了一个小组,搞教育培训的,做心理抚慰的,主管生活的,等等,都做了详细的安排。"学校到我们这儿距离也不是很远,准备再添一辆 11 人的巴士,每天接送孩子们上下学。"张振海说。

　　这些都不是纸上谈兵，张振海已经布置好了。他邀请我们参观了他为孩子们准备的 3 个宿舍和自习教室，以及干净整洁的餐厅。宿舍的台灯和书桌上放着的《十万个为什么》以及铅笔、橡皮、小刀等学习用具。他之所以决定采取集体收养的方式，主要是考虑到孩子的心理特点。对亲人的思念是极其痛苦的，亲人的影像在孩子的心里会时隐时现、无法抹去，这个过程可能要经历很长时间。张振海是一个典型的北方汉子，说话也是粗声大气、直来直去。他的思考，却缜密得如同一名计算机程序工程师，这与他的形象产生了一种极大的反差。他继续说："不当家不知柴米贵，不养儿不知父母恩。这两种情感我都体验过。我做企业，知道做企业不易；为人父，也知养儿育女的难。但正因为如此，我知道这些在地震中受到伤害的孩子，如果没有这场灾难，若干年后，他们将成为国家的栋梁。现在，如果不能让他们尽早摆脱悲伤、恐惧和绝望的情绪，如果在人格养成最重要的时期不进行及时的抚育，后果将不堪设想。中央电视台现场直播的一次采访让我坚定了这个想法。有个老人，挑着小挑，即使要翻越几座大山，也要回到自己的家里，他要看一眼家里的情况。志愿者在旁边怎么劝都不行，都急哭了，因为那几座山确实太危险了。这位老人心中的念头是我们所不理解的，孩子也一样。他们心中的想法，我们并不完全了解。其中，一个非常重要的问题就是，孩子来到一个陌生的家庭和生活环境以后，他一定会与自己的父母、自己原来的生活对比，这种对比产生的心理感受我们是没办法完全了解的。因此，我们采取的办法是集体生活，所有的孩子都是一样的，吃饭、睡觉、学习、娱乐，受到的关注都是一样的。我们会从最细微处入手，给孩子营造一个特别的氛围，这里就是全新的生活空间。这样，这些孩子们就可以很快适应，努力学习，报效祖国。"张振海边说边用手指着旁边已经做好的条幅，上边写着"努力学习，报效祖国"。

　　张振海把生活中的每一个细节都想到了："这不比做生意，这是一个很烦琐的活儿。孩子们的父母亲人都没有了，到这儿一看和家里完全都不一样，不吃饭怎么办？跑丢了怎么办？发烧了怎么办？要完成这个愿望，不是简单一个养住行的问题。就拿请心理老师来说，到底是请离退休的教授还是请刚毕业的大学生，这都要慎重考虑。还比如吃饭，我已经让厨房增加到 8 个主厨，其中有一个是专门做川菜的师傅，能够根据他们的口味把饮食安排好。我们也正在跟营养学家探讨，给孩子们制定单独的食谱。千言万语汇成一句话，我会像对待自己的亲生骨肉一样爱他们！其余的还怕个啥？汶川的娃，唐山的老爸等你们回家！"

血，总是热的

四川汶川地震发生后，血浆告急。

但是，有爱心在，血源就不会枯竭。

唐山市中心血站的电话一直没有间断。据唐山市中心血站采血部部长王洪青介绍，汶川地震发生后的第二天早上 5 时多，就接到市民电话要求献血。据不完全统计，目前报名参加献血的约两万人。

中新网唐山新闻频道 3 位女编辑是土生土长的唐山人，她们虽然没有经历过唐山大地震，但是却被几天以来的所见所闻和唐山人民与汶川人民的抗震精神所感染。一天下午，她们自发到血站每人献血 300 毫升，对此，编辑小朱说，唐山人民和灾区人民永远在一起，心连着心。

"从昨天开始，我们血站的工作人员一刻都没有休息过，前来献血的人挤满了大厅。"王部长介绍说，"昨天一天约有 500 人自发到市中心血站献血，今天比昨天的人数上升不少，预计将突破 1000 人。有军人，有夫妻，有带着孩子的，也有全家一起前来的。整个血站的工作量已经达到了极限。"据统计，已有 40 多家单位同中心血站联系妥当，等待安排献血时间。也就是从这一天开始，唐山市中心血站库存量迅速上升。数据显示，可以给灾区调拨 20 万毫升的血液和 10 万毫升的血浆，而且这个数据一直在增加。

这天下午，血站办公室的 3 部电话一直响个不停，仍然有不少单位或个人打电话联系献血事宜。大厅内，唐山市的一家酒店职工已经集合等待献血。由于工作人员有限，使得不少市民要排队几个小时才能献上血，而大家都能理解。有一对新婚夫妇取消了原定的婚礼，他们携手来到献血站，为灾区的人民献血。有一个讨饭的乞丐也来献血。不少前来献血的市民这样表达着自己的感受：我们经历过大地震，我们知道这个时候他们最需要的就是人的血液！这是最珍贵的，是多少钱财都不能买到的！

在唐山市的监狱里，服刑人员在获悉汶川县发生里氏 8.0 级地震的消息后都很震惊，当他们在电视画面里看到一片片废墟，人员伤亡惨重，全国上下都在组织抗震救灾后，心里很难受，纷纷要求向灾区捐款，以尽绵薄之力。犯人李某是唐山人，他深有感触地说："唐山大地震时我 17 岁，那次地震我们镇大约死了 500 人。看到这次汶川地震灾区的惨状，我就想到当年。我想捐款救灾，尽一份心意。"还有众多服刑人员表示要捐钱或献血。5 月 14 日下午，监狱服刑人员共捐款 18247 元，由监狱工作人员代交市慈善协会。

几天时间里，唐山人献血 8 万毫升。唐山儿女的滴滴热血，注入灾区同胞的身体，把一个人间"爱"字，浸得鲜红……

唐山地震专家组奋战灾区 18 个昼夜

大地震发生的时候，地震专家是个尴尬的角色。

地震预报是一个科学难题，世界上尚未解决。到目前为止，我们还没有找到地震要发生时的信号。要想准确、科学地预报地震，还有很长的艰难的研究路程要走。瞬间，美丽成了痛惜，甜蜜成了毁灭。地震工作者更是痛心，他们也是一个敬业、富有爱心的群体。当年唐山大地震发生的时候，有 10 多位地震专家牺牲在第一线。

5 月 15 日，唐山地震专家组抵达重灾区绵阳市，这是外省抵达绵阳市的第一支专家救援队伍。在四川灾区工作的十几天中，专家组成员不顾个人安危，多次转战北川、安县、平武、江油 4 个县（市）的一线重灾区，行程达 3000多千米，在那里进行了地震地质、医疗、骨伤、防疫、建筑和心理安抚等各项工作。

大地震后，北川县苦竹坝上游发生大面积山体滑坡，绵阳市抗震救灾指挥部紧急请求专家组火速查清北川苦竹坝上下游山体滑坡、堵塞河道的情况。

唐山地震专家组接到任务后，冒着强烈余震和山体滑坡的危险，立即赶往北川县苦竹坝进行实地勘察。通过震前震后的 8 米光学遥感影像分析，初步得出，水坝十分危险，严重威胁着北川县城及数万救灾部队的安全，他们向绵阳抗震救灾指挥部发出了紧急预警。专家组提供的第一手资料为指挥部采取紧急措施提供了科学依据。5 月 18 日，江油市发生 6.0 级强烈余震后，受指挥部指派，专家组立即赶往震中雁门镇。专家组发现，大批受灾群众在河床上搭帐篷居住，一旦降雨，上游水库泄洪，情况将十分危险。地震专家立即指导、帮助受灾群众搬出河道，并帮助他们选择安全区域。

专家组成员不顾个人安危，他们登上堰塞湖，查出隐患并发出紧急警报。同时，他们还对灾区的防震减灾及重建家园工作提出建议，并协助部队转移受灾群众、救治伤员、掩埋尸体，为震后房屋安全性能做鉴定，对灾区群众进行心理安抚。他们对灾区的人民说："原谅我们吧，其实，我们都想当英雄！"

在专家组圆满完成任务即将返回唐山的时候，当地群众纷纷前来送行，依依不舍。通过唐山地震专家的劳动，灾区民众理解了地震工作者，感受到了他们的一片爱心。

第五章　生命的尊严如此美丽

唐山遍地英雄

黎明，鸽群飞起，宏伟的钟声响起了，我们闪回 32 年前的唐山。

李玉林，曹国成，崔志亮……唐山人不会忘记这些人的名字，他们在自己亲人生死未卜、身心俱伤的情况下，飞赴京城报信，为党中央做出抗震救灾决策提供了依据，为抢救埋压在废墟下的生命赢得了宝贵时间。

他们是唐山人民心目中的英雄！

李玉林飞车进京报震情，成为一段传奇。震后 30 年，他接受了国内外 500 多位记者的采访。声如洪钟、性格豪放的李玉林，做过 900 多场报告。英雄不问来路，像他这样从普通人成为英雄的最真实。人生总有遇到抉择的时候，遇到困难的时刻，只有把握住问题的关键，才能轻易解决问题。在最为关键的时刻，李玉林的抉择需要勇敢和智慧。

可李玉林每次都在为一件事而深深自责。他含着热泪对笔者说："唉！我什么都想到了，就是独独没有想起提醒救灾部队带吊车、带大型工具。那样会救出更多的人。"

李玉林的老伴说："这个问题整整折磨了李玉林 30 年。"

李玉林严肃地说："算大儿子在内，我家里老老少少死了 14 口。当时亲戚不理解我，埋怨我。可我坚信，他们冷静后总会明白，人不能自私自利，那时大家想的都是集体利益，不光我一个人这样。司机小崔，当时开车就经过自己家的家门，却毫不迟疑地开过去了。从北京回来，他才知道妻子和不满 8 个月的孩子遇难了！"

1996 年，美国记者珍妮采访李玉林。珍妮问："我不明白，你们不是政府官员，不是一方首领，也不从事与地震相关的工作，就是普通的矿工，怎么就想到而且能够去见国家总理报告此事呢？"

李玉林坚定地说："我们几个人都是共产党员，有困难时应该挺身而出。你们西方人信上帝，我们只信马克思主义，我们相信只有共产党才能拯救这百万灾民。而中央领导是共产党的领导人，他们时刻关心咱老百姓的安危，他和我们普通党员是同志关系，有什么不能见的呢！"

正是李玉林给唐山人民抢回了宝贵的时间。巡视在太空的外国卫星在发回"唐山已毁灭"的图像后，马上注意到震后的几天里，在贴近中国心脏的这块土地上发生的事情：

绵延百里，由汽车组成的长龙，扬起一路烟尘；几千对车灯射出耀眼的光芒，如巨大的火龙在暗夜游动。从东北，从西南，从西北，各路大军从 3 个不同方向朝一个地方汇集——唐山！

灾情就是命令。蓟县大桥坍塌，北京军区部队改走机耕道，一昼夜急行军到达唐山。沈阳军区的部队在滦河大桥受阻，他们干脆冒着危险从尚未毁坏的铁路桥上通过。有的部队甚至泅渡过河。

这是新中国成立后人民解放军为抵御自然灾害，动用兵力、装备最多的军事行动之一。国务院抗震救灾领导小组和中央军委调集北京军区、沈阳军区、空军、海军、铁道兵、工程兵等部队，共有 14 万余名官兵参加唐山抗震救灾。

情到深处便为痛。每年的清明节唐山人开始对亲人祭奠时，李玉林却选择了最简单的方式：闭门不出，闭口不谈。李玉林回忆当时的情景时是痛苦的，他家一夜之间失去了包括父母、儿子在内的 14 位亲人。而正是在亲人生死未卜的时刻，他置个人小家于不顾，与 3 名矿友一起飞车进京，第一时间把灾情报告给党中央、国务院。瞬间的生死抉择，他对家人是有愧的，但对于唐山是光荣的。

32 年过去了，李玉林用"有滋有味"来形容他的晚年生活。老两口儿吃着粗茶淡饭，相濡以沫，过着悠闲的生活，3 个幸存下来的儿子都已成家立业。他说，每天早上睁开双眼，看到窗外的第一缕阳光，就会从内心深处生出一种宁静的幸福感。"我还活着，健健康康地活着，这是一件多么美好的事情。"这种感觉只有经历过大灾大难的人才能感觉到。汶川大地震发生的时候，李玉林非常难过。他主动来到开滦集团办公室，要求到灾区去，帮助那里的人们。领导看他年纪大了，没有同意。李玉林还积极捐款，每天和老伴守在电视机旁，期盼着一个个幸存者被抬出来……

唐山大地震中涌现出许多英模，他们的事迹感天地、泣鬼神，32 年后仍让人为之慨叹。

陡河电站值班班长郑荣祥，冒着余震危险，摸黑进入厂房打开排气阀，从而避免了发电机爆炸。后又组织救人，等他回家后才发现父母、妻子和孩子一家 6 口人全部遇难了。

开滦绞车司机吴显东，右手被砸伤仍全力抓住闸把，直到生命最后一刻。因为他知道，绞车无人操纵就会造成机毁人亡。

开滦井下炸药库保管员张勇，在工友们向地面撤退时，他担心炸药出危险独自坚守岗位，最后被上涨的地下水吞没。

……

面对灾难，汶川的英雄们选择坚强

· 村支书龙德强 ·

让我们走近架起生命通道的村支书吧。

汶川县银杏乡沙坪关村，一个藏族的农村党支部书记龙德强，在向我们讲述着另一种坚强和勇敢。5 月 12 日下午，龙德强和他的侄儿还有一个村民，正在村外的电站检修机器。突然，传来一阵阵轰隆隆的巨响，玻璃破碎，厂房摇晃。"地震了!"龙德强他们赶紧往外跑,无数的石头砸向河谷,龙德强的侄儿被一块滚落的石头砸中,当场死亡,龙德强的头和腰也被石头砸伤。

受伤的龙德强艰难地跑进村子里,看见房子垮的垮,塌的塌,村民们哭成一团,十分凄惨。龙德强马上喊:"大家不要急,不要慌!党员和民兵赶快跟我来,先救人!"

正在救人的时候,龙德强的大女儿赶来,哭着说:"爸爸,妈妈没有了!大爷、大娘也没有了!"龙德强眼前一黑,浑身发软,瘫倒在地……

龙德强的老婆已经跟了他30年,两个人从来没红过脸,吵过嘴,家里的事都是她在做,怎么说没就没了!这个时候,龙德强忽然听到有人在求救。他顾不得多想,跪倒在地说:"老婆,对不起了,乡亲们还需要我龙德强啊!"

于是,龙德强擦干脸上的泪水,组织赶紧救人。

龙德强对沙坪关村进行调整,实行党员包到组,民兵包到户,很快就把全村4个小组、500多名群众全部转移到比较安全的地方。这时候,大家发现,国道213线完全垮塌,几十辆汽车被滑下的山体掩埋。电断了,电话也打不通……沙坪关村成了一个孤岛。

村子对面的老鹰崖不断塌方,悬崖下通向外面的公路完全堵塞,附近再没有任何路可以通过。河这边的村子相对比较安全,但是山垮了,桥断了,对面的人没办法过来,现在架桥根本就行不通。怎么办?怎么办?

"用溜索!"龙德强突然想起岷江河上渡人的老办法。龙德强带着民兵连长丁富兵和其他几个党员,从李贵家里挖出了一捆钢绳,找到滑轮。可是,两岸之间只有一条比筷子粗一点儿的绳子,过去是挂水管用的,也不知道能不能过人。村民丁富超站出来说:"让我来试一试!"头上飞石不断,脚下岷江翻滚,丁富超硬是靠着一双手,悬空攀到了河对岸,拉起了钢绳。一条百米长的溜索终于在岷江河上架好了!

龙德强决定先渡伤员,再渡妇女和孩子,青壮年最后渡河。随后的10多天里,就是靠这条溜索,他们又转移了几十个伤员,解救了公路检查站被困的20多名职工和滞留在国道213线的150多位游客。救援部队及时进入了灾区,将大批救灾物资送到群众手中。率领300多名战士靠这条溜索渡过河的黄团长拉着龙德强的手说："龙书记，这已经不是一条溜索，而是一条搭建在死亡区的生命线哪！"

从12日晚上起，村里的信息出不去，村外的情况进不来，大家的情绪很低落。为消除大家的恐惧，龙德强想到了电视。经过村民的东拼西凑，电视机有了，发电机有了，接收"锅盖"有了，发电机用的油也凑齐了。大家三下两下，发电机响了！村民们聚在一起，看到温家宝总理正在映秀指挥救援。"党和政府没有忘记我们！""解放军来救我们啦！"龙德强和村民都哭了。

伤员的情况一天比一天严重，必须马上医治！龙德强请救援部队首长给县里带去灾情报告。当时，龙德强连写字的力气也没有，只能用沙哑的声音口述，由一位战士代笔，把灾情写在巴掌大的一张纸条上。正是因为这个纸条，上级及时做出了让他们全部转移的决定。

龙德强坚持着把伤员、老人和小孩子送上直升机，直到全村人都安全到达成都市金堂县。在大家要离开的时候，村里的一个妇女说："龙书记，你太累了，眼睛都红透了，跟我们一起走吧！"

龙德强坚定地说："只要还有一个人，我就绝不会离开！"

送走全村最后一个村民，龙德强才离开沙坪关。黄昏的时候，他上了飞机，再回头望一眼祖祖辈辈生活的地方，他哭了。

太阳落山了，明天还会升起来。

·县长经大忠·

北川羌族自治县县长经大忠，这位已经连续几天几夜没有合眼的县长，仍坚守在所设立的临时救灾指挥所，指挥全县抢险。5天5夜没有合眼，一个清晨，他竟然在一个水泥乒乓球台上睡着了。

经大忠家里的6位亲人，有3位遇难，3位下落不明，对于这位县长来说，内心的悲恸是难以形容的。自他从废墟中爬起的那天起，他就同县委书记宋明一道，夜以继日地在这里战斗着。

他是一位不善言辞的干部，但谈起工作，就会格外来劲儿。就在今年2月底，绵阳市委、市政府召开工作会议，谈起北川的发展，他还十分高兴地说：去年北川围绕"加快产业发展、构建和谐北川、加快新农村建设、加强民族自治县建设"这"四大重点"，依托资源优势和民族政策优势，加快推进水电载能、矿产建材、农产品加工、特色旅游四大产业，各项工作都有了新的突破。其中，对于工业基础差、底子薄的北川来说，在去年，规模以上的企业就新增了 6 户，达到了 26 户，全县的 GDP 也较上年增长了 16%。他还在会上说，今年的 10 月 25 日是北川羌族自治县成立 5 周年，他邀请各方朋友届时前往北川这个大禹的故乡看看。

　　然而，就在这个春天的梦想尚未结束的日子，一场天灾降至北川。受"5·12"汶川大地震的影响，与汶川同处在一条叫"龙门山脉"的大断裂带上的北川，成了整个四川的重灾区。天崩地裂的一刹那，整个县城基本夷为平地。全县房屋损毁达到 100%，人员死亡超过 50%，伤亡预计过万人。这位县长的眼泪在心里流着，不，那不是眼泪，是血。

　　此时此刻，他更明白自己的责任与担当，那就是：赶快去救那些掩埋在废墟中的群众，越快越好。在抢救生命线的对话中，经大忠传递着党和政府的声音，传递着人间的珍重和深情……

　　到 17 日晚 11 时，北川抗震救灾人员已累计成功搜救出 13758 名幸存者，包括将关押在北川看守所的 25 名在押人员中的 17 人从废墟中成功救出。经大忠沉思了一会儿说："他们虽然是在押人员，但是面对地震这样的灾害，和我们拥有一样平等的生命！"他的这种做法赢得了世人的肯定。

　　汶川大地震带来了巨大的灾难，造成了重大人员财产损失。但是，眼前的这位高大汉子，在谈到自己痛失儿子等 15 位亲人时，却没有落下一滴眼泪。他到底是无情、麻木，还是坚强？劫后余生的北川县民政局局长王洪发的回答很简单："救灾，抢救生命，让我们所有活下来的人没有时间伤心。"

　　没有哭泣，没有失魂落魄，只有救人、救人、再救人……在灾情最重的北川县，幸存的党员干部展现了人性中最坚强的一面。

·民政局局长王洪发·

当突如其来的大地震发生时，王洪发正走在从县政府去民政局的路上。这时，地面轻晃了两下。他没有在意，继续朝前走，因为这两年小震时有发生，大家习以为常。然而，他很快就走不动了，大地突然疯狂摇晃，隆隆巨响，他瞬间被摔在了地上。天地一片黑暗，周围烟尘弥漫，他趴在地上足足有两三分钟，不知是死是活。那时候，他脑子里一片空白，不知道害怕和紧张，好像失去了意识。他定了定神，想站起来，却发现腿是软的。在他的附近，还有十几个震倒在地的人，大家互相搀扶着站起来。每个人都是灰头土脸的，彼此只看得到眼睛眨动。环顾四周，许多建筑瞬间变成了一堆堆废墟，北川县中心医院大楼全部垮塌，地税局大楼被平推20米远后倾覆，路口也被巨石砸断。

王洪发的第一反应是"糟了"，他很想到民政局看一看，但前面的道路已被堵死。他顺原路退回县政府大楼，发现这座大楼也已倒塌。这个时候，正在开会的经大忠县长也从废墟里爬出来，开始布置救援工作，王洪发被分工负责医疗救援。

"接到任务，距地震发生大概也就10分钟吧。"王洪发说，"这时我的脑子好像才重新转起来，知道该马上去医院。"

可是，县中心医院已经不存在了，他的任务变成了从废墟里救人。北川县城地处两山之间，大地震引发山体大面积滑坡，许多人被巨石砸中身亡。县城一片废墟，哀号一片，惨不忍睹，到处都在喊"救命"。王洪发机械地奔跑着，见人就救，用手从废墟里刨出了10条生命。

大约16时，王洪发听说北川小学垮了，压了很多学生，他赶紧往那边跑。路过电力公司宿舍楼时，他突然心里一阵悲怆：遭了！16岁的儿子不就因病休学住在这里嘛。可摆在他眼前的，是夷为平地的一片废墟。听见呼救声，他顾不上是不是自己的娃，离谁近就救谁。在北川小学，王洪发又救出了两个孩子。

12日17时左右，由于余震不断，北川县政府开始安排受灾群众向平坦开阔的地带转移，大部分群众被疏散到北川中学一带，小部分群众被疏散到县政府大院。此前，王洪发曾越过像山一样的废墟寻找民政局。然而，民政局大楼已葬身于滚石之下，大楼上的土石厚度高达 10 多米。事后他知道，局里的 3 个副局长全部遇难。

天快黑了，他抓紧时间奔跑呼号，招呼灾民向北川中学转移。在奔跑中，他的左腿不知被什么刮伤了，至今走起路来还一瘸一拐的。

震后第一夜伴着凄风冷雨降临了。北川中学门口的街上，聚集了三四千名受灾群众，因为棉被棉衣被压在了废墟下，他们只能蜷缩在露天里或屋檐下，任雨水打落在身上。没有水，没有电，只有寒冷和饥饿，而较强的余震大概 10 多分钟就有一次。王洪发急忙去了县政府，千方百计找来两台汽油发电机，几个灯泡开始闪动微弱的光芒。

因为王洪发是民政局局长，一些重灾户找到他，问："能不能找点儿吃的和被子？"王洪发发愁了。房倒屋塌，黑灯瞎火，余震不断，怎么办？他操起大嗓门开始喊："没倒房的，能不能给遭灾的伤员拿点儿棉衣棉被？"

一些居民开始响应，冒险回到家中拿出棉衣棉被和食品。一时间，寒夜中多了一丝温暖。一有什么事儿，大家就四处喊"王局长"，他成了灾民的主心骨。

一直忙到 13 日凌晨 4 时，王洪发终于找个空闲，一屁股坐在了泥水里。他只穿了一件浅蓝色的 T 恤衫，冷得全身颤抖。他想起了儿子，想起了埋葬儿子的那堆废墟。他感到一阵心痛，那可是他唯一的儿子！想到这里，王洪发眼圈发红，不愿再说："不仅是我，失去孩子的人也很多啊！"

漆黑的雨夜，王洪发和他的同事聚到了一起。民政局共有 21 名干部，仅 10 人幸存。这一刻，在这个互相依靠的集体中，王洪发是中心，是温暖的依靠。大地震后的 5 天时间里，王洪发总共就睡了 7 个小时。群众每次见他，他的眼圈都是红的，有人夸他是北川的英雄。"我不是什么'英雄'，县上的每个干部都一样。比如我们的民政干部何征雄，他胳膊骨折了，还坚持发放赈灾物资，最后伤口红肿化脓。还有邓伟和母志艳，两个人腿部受伤，却不肯请假。"王洪发说着，又忙别的事去了。他来不及回头，来不及震惊，来不及感动，来不及落泪，一切都是为了救援。

17 日上午，四川宜宾县民政局一位领导带着 50 万元的救灾物资赶来。王洪发立即带领他和前线救灾指挥部接洽，之后又赶去开会。在北川县救灾指挥部的帐篷里，县委书记要求他马上制定方案，给受灾乡村运送粮食和药品，较近的乡村由王洪发组织志愿者车队运送，偏远乡村由解放军负责运送。王洪发走出帐篷，急着安排去了。王洪发真的很忙，事情也很杂，现在要调度今天和明天的粮食供给，并且每天都要统计救灾物资、物品和食品的发放情况，并及时上报缺少什么。对捐赠单位的接洽工作，也由他牵头负责。他伤感地说："晚上没事儿的时候，我总会想起局里的那些老哥，他们要是还活着，怎么也能替我顶一顶啊！可惜都走了，都走了。"他凝望着，那座集市，那条巷子，那山路，那小桥，那盏灯，都看不见了，怎么会有那么多的生离死别？

噩耗相继传来。5月17日下午，王洪发才知道自己在地震中已失去儿子、二姐、侄儿、岳父等15位亲人。他默默地听着亲戚的解说，好像是在听别人家的故事。有人问王洪发："你失去了这么多亲人，现在伤心吗？"

"我想伤心，你能给我时间吗？总有一天我要大哭一场的！"王洪发闭上眼睛说，"哭完了，还要继续做事情。对于我们活着的人，必须懂得感恩，回报支援我们的人，奉献祖国和社会！"

英雄们一起上路了。

无论是唐山的，还是汶川的；无论是离我们而去的，还是活在我们身边的，英雄的传奇动人之处，在于他的精神永远是新鲜的。让我们自觉而虔诚地握紧手中的花束，穿越大地的阴影，让鸽群引领着我们，走向明天的幸福……

超越死亡的传奇

有的人还没有来得及喊一声，就在惊恐的瞬间走向远方。那蜷缩在一起的身躯，让我们焦急，我们祈求生命的奇迹。废墟下，一个人到底能支撑多久？

通常的说法，72小时是人生命的黄金救援时间，但这并不是衡量生命的唯一规则。我们在唐山大地震和汶川大地震中，看到那么多人创造了生命的奇迹。在各个救援现场，一个个鲜活的生命在废墟中重生，他们不断地创造着救助极限生命的奇迹，被人称为"超越死亡的不朽传奇"。

在 32 年前的唐山大地震中，开滦煤矿赵各庄矿的 5 名矿工被困在 900 米深的地下，15 天后奇迹生还。赵各庄煤矿曾经爆发过有名的"节振国抗日大暴动"。这 5 名矿工分别叫毛东俭、陈树海、王树礼、王文友和李宝兴。如今，5 名矿工中有 3 人已因病离世，健在的王文友和李宝兴还清晰地记得那段井下艰险的日子。在那段与死神较量的日子里，他们凭借顽强的意志，挖煤道、喝尿液，最后终于迎来了希望的曙光。汶川大地震发生的时候，他们说，生还的奇迹同样可能发生在四川灾民的身上，只要有爱，就有战胜困难的勇气。

王文友激动地说："我每天都在关注有关四川救灾的新闻，我相信那里的人民会像唐山人一样，在废墟上重建美好家园。"

李宝兴深情地说："我对四川灾区的人民表示同情，想告诉他们，要坚信有了党和政府的关爱，有了社会各界的支援，什么困难都将被克服。"

当年大地震袭来的时候，他们几个人正在靠近十道巷的 900 米深的地下深处掘进。强烈的地震波过后，煤壁倒塌，堵塞了上下道眼儿，他们被困在了掌子面上。"大家不要慌，地震了！"陈树海大声喊道。他是经验丰富的老工人，他知道开滦井下有万余人被困，地震后全矿可能已经断电，主副井提升设备也陷于瘫痪，必须带领大家由风井返回地面。从地下 900 米深处到风井，那该有多难啊？他只好指挥大家先挖通被堵的"立槽"，准备下到二巷道逃生。几个人急了眼似的猛挖着，用锹没法使劲儿，就用矿工帽，一帽一帽地端，但只能一个人下去端。他们都焦急万分。

没想到，大家刚把"立槽"挖通，就被随即而来的余震再次堵死了。

5 名矿工随即决定挖通向上的道眼儿。十几个小时过去了，他们挖通了 7 米多长，终于来到第一中巷那条废弃的运输巷，却发现这里也被堵住了。

下午 6 时 40 分，余震又来了。掘了一天，刚掘空的"立槽"又被上面下来的煤给堵死了。拼死拼活十几个小时，一下子前功尽弃！更怕人的是 5 盏灯灭了 3 盏。"出不去了，出不去了！"小王、小李在呜呜地哭。

这个时候，求生的渴望非常关键，在黑乎乎的巷道里，光靠运气是不行的，必须有超常的心理素质。陈树海具备这样的素质，所以他是大家求生的主心骨。陈树海终于说话了："咱们不能等死，往上去吧，只有一条路了。第一个目标，就是那个废运输巷——中巷。我们要有信心，我们哥儿几个一定能活着出去！"王树礼大声附和说："我们听老陈的。大难临头了，得有个主心骨。他有经验，他是我们的活地图，我们听他的！"于是，几个人就开始轮班上去掏煤，陈树海指挥。王树礼和毛东俭先上去了，用大锹"擂煤"，王树礼拼命地干，矸子扒开一条缝，人硬往里钻，肚皮蹭破了，满手的血。他拼着命撬开一块块矸子，一寸一寸朝前挪。正干着，他那盏矿灯也开始发红发暗了。可怜的灯光，终于只剩下了火柴头大的一点儿火星。大伙儿都紧张起来，一双双眼睛都盯着那一星儿微弱的光亮。灯终于灭了！漆黑一片。手指贴着眼珠都看不见。"老陈，灯死了！"王树礼绝望地喊。没有灯，就像人没了眼睛。没了眼睛，人怎么能活着出去呢？即使这样，王树礼还摸着黑干，几个人都上去掏煤，终于打通了向上的"立槽"。

刚到上面歇了一会儿，忽然听见呼呼的水响。陈树海有经验，站立起来大喊道："快逃，透水了！"几个人开始顺着陈树海指的方向逃。由于逃脱及时，他们才没有被水淹没。饥饿，寒冷，焦渴，5个人实在没有力气了，他们钻进载人运输车里等待救援。

虽然头像患了重感冒似的沉，肚子也瘪了，但5名矿工一直坚持相互安慰，还抱在一起取暖。大家聊着天，想象着逃出去后第一件要做的事。后来，年纪最大的陈树海坚持不住了，躺在那里就想睡，大家都知道他要是真睡了，就永远起不来了。年轻的李宝兴和王文友就上去搀扶他。为了保持体能，5个人吃干硬的煤渣，喝煤道旁渗出的水，实在没水了就喝自己的尿液。

实际上，上面的人也没有放弃对他们的营救。作家长正曾在报告文学《顶天立地的人》中这样写道："……7月28日上午8点钟，赵各庄矿采煤五区党支部书记赶到调度大楼前，向矿抗震救灾指挥部报告：'在十道巷〇五九七掘进的五名夜班工人，到现在还没上井。'当时，一直在现场指挥抢救井下工人脱险的矿党委书记马四，花白的头发早已被雨水打湿。他把叉在腰间的手掌猛力一挥'马上派人去找！'采煤五区党支部立即组织人，跑步从四〇六井口顺马路眼直奔井下而去。当他们来到十道巷的时候，发现通往〇五九七的掌巷道由于严重垮顶，通道已被砖石堵塞。他们一次又一次地呼喊，一次又一次地敲打金属支架，可是这一切都如同石沉大海，里边毫无反响……"

8月11日，下井作业的工人终于发现了这5位与死神鏖战的矿工。他们在所有人以为已不可能生还的时候，用顽强的意志创造出了一个奇迹。

创造生命的奇迹

在汶川大地震中，绵竹磷矿米成福和刘洪坤两名矿工在被困20天后获救，打破了唐山地震开滦煤矿矿工被困15天获救的生命纪录。

米成福和刘洪坤，两名震后存活时间最长的受伤被困者，在被直升机成功救援之前，在山中度过了漫长的475个小时，整整20天的时间。这是生死7天大营救之后，又从死神手里夺回的两条生命。人们兴奋了。米成福和刘洪坤的脸上完全没有了在大山上挣扎的痛苦，看见亲人，绷了很久的脸一下子绽开了，他们平静地说："能活着，就很幸福。"

地震袭来时，他们正和同事在矿上工棚里开会。地震了，山体剧烈地摇晃，山石噼里啪啦地滚落下来。容不得让米成福去想，就听见有人大喊："地震，快跑啊！"在逃跑的途中，他的胸口被滚落的巨石砸伤。45岁的刘洪坤当时已经跑了出去，但他还想回来看看有没有人需要帮助，这时，另一块石头滚过来，压在了他的右腿上。矿上其他人也不同程度受伤，伤轻的人都跑出去了。米成福和刘洪坤因为伤重走不动了，米成福使劲喊："你们别管我们，快跑，能活一个算一个吧。"于是，两个患难兄弟就这样留在了破碎的大山上。

余震来了，米成福望着被粉尘覆盖的山峦，隐隐地透着岁月的神秘和坎坷。他无声无息地淌着眼泪。

幸运的是，矿上储存的粮食物资可以作为两个人避难的口粮。最初的几天，他们靠工友留下的牛奶和饼干活命，一间尚未完全倒塌的工棚成了他们的避难所。工棚塌落一角，他们简单修复了一下便住了进去。米成福说："交通都断了，眼下是不会有人进山的！我们哥儿俩等待救援吧！"他们又相互包扎了一下伤口。

地震第一天，刘洪坤只吃了4块饼干，喝了3袋牛奶；米成福吃了2块饼干，喝了 2 袋牛奶。这样省吃俭用维持着。最初几天，米成福和刘洪坤的伤口疼痛难忍。米成福胸口疼得受不了，额头淌着汗水，他便把胸抵住工棚的门框。刘洪坤过来给他揉着："男子汉大丈夫，疼点儿怕啥子？我怕过几天吃完了饼干，我们活活被饿死哩！"

米成福即刻感觉不疼了，心里微微有些颤抖，仿佛明天挨饿的日子已经到来了。他捂着胸口，悄悄地搜寻粮食。让他们欣慰的是，到了第 12 天，米成福高兴地喊道："哇，这有粮食！"他在废墟里找到了一袋被压着的大米，还有一批腌肉和香料。

但最大的困难是没有饮用水，米成福和刘洪坤焦渴难耐。

到哪里去找水呢？他们两个人在山上转了一天也没有找到水。他们只好盼着下雨。果然，山上断断续续下了 3 次雨，每次下雨都能接回 3 盆雨水。雨水成了他们唯一的水源。为了这点儿救命水，他俩有 20 天没有洗脸洗脚了。

等待了十几天，米成福灰心了，哽咽着说："完了，可能家里比我们这还重。不然，家里早来人找我们了！"

刘洪坤握着米成福的手说："别灰心，老米，道路都断了，家里来人也上不了山。但是，我们一定会得救的。"说着他抬起了头，望着天上飞来飞去的飞机，"你看，老米，直升机在天上飞来飞去，早晚有一天他们会找到我们的。"

米成福望着飞机，轻轻摇了摇头。

有一天过飞机，米成福与刘洪坤商量，两个人一起呼救。刘洪坤说："你胸口有伤，还是我来喊吧！"于是，他站立起来大声喊着："解放军，救命啊！"

米成福还使劲儿挥舞着手上的衣服。

可是，他们的努力白费了，飞机没有反应。

刘洪坤的电话本上有个小小的日历，每当太阳落下，他便会在当天的日期上画一道斜杠。他急忙掏出日记本，无力地说："今天是 25 号了。"

米成福无力地躺下去了。他真想就这样躺着，永远别起来了。

此刻又发生余震了。频繁的余震是对两个人生命的最大威胁。山体开始摇晃，很凶，山上的石头滚落下来，腾起一片白色的烟雾。米成福急忙坐了起来。这个时候，两个人并不害怕，也没有想过逃避，实际上也没有地方可躲。随着日子一天天过去，余震的次数越来越少，受伤的身体慢慢复原。米成福抚摸着胸口说，"洪坤，我们一定会活着走出去。"

刘洪坤叹息着说："能活着就好啊！"

就在两个人被困山中的同时，米成福的妻子也在四处打听丈夫的消息。家里的房子都塌了，她住在地震棚里，每天都要给矿上的老板打几个电话："我一定要见到他，无论是……"这是一位个体老板，他也不知道米成福的下落。5月30日下午3时左右，米成福的妻子终于从老板口中得到消息：人可能还活着！

原来28日那天，矿上的其他人走了整整16天，终于走出了深山。米成福的妻子赶紧将米成福和刘洪坤的情况告诉了空降兵部队。31日，战士们在飞机上搜寻到两个人，并让他们转移到直升机能够实施救援的安全地点。但是由于天气恶劣，直升机刮起的沙子好大，他们一直睁不开眼睛。由于当日未能成功营救，两个人望着飞机哭了。

天黑了，米成福和刘洪坤静静地等待着。现在等待的心情不一样了，等待是一种煎熬，也是一种经历，学会等待才能懂得幸福。两个没有多少文化的人，在大山的等待中，猛然间明白了好多人生道理，空虚的日子变得那样富足。

6月1日上午9时左右，香港特区政府飞行服务队的直升机终于成功地将两个人解救上来。在救援的过程中，刘洪坤很欣慰，终于活着走出大山了，而米成福却哭了。

两个人被送到华西医院。负责治疗米成福的王允教授说，在所有被收治的地震伤者中，米成福和刘洪坤属于伤情较轻的，米成福胸口有肋骨骨折，进行治疗后，两个人很快便可以出院回家。

虽然米成福的胸口还是会感到疼痛，但他很高兴："以后不再上山采矿了，回家种田也能糊口。我和家人都感激解放军啊！"

有人告知刘洪坤，"你们创造了生命的奇迹"。刘洪坤说："一辈子没坐过飞机，这回坐着了！想想死去的人，我能活着，就很幸福。"

唐雄在被困139个小时后获救，又为我们带来了生命的惊喜。奇迹的背后，是爱的力量支撑着一对患难夫妻超越了废墟下的死亡。

地震前，33 岁的唐雄与 30 岁的谢守菊夫妇结婚已有 3 年，过着恩爱而平静的生活，一个在北川县中医院当外科医生，一个在该院任妇产科医生。地震中，被埋 3 天、被海南省地质灾害紧急救援队率先挖出的谢守菊安然无恙，在通知了搜救队丈夫被埋的地址后，她并没有忘记自己是一名医生，在丈夫还没被救出来之前便毅然转身投入到紧张的救护工作中。

18 日上午 9 时 15 分，唐雄被成功救出。此时，他被埋在废墟中已近 139 个小时。

得知丈夫安全获救后，谢守菊双手捂住脸颊，她哭了。

在那血肉与泪水模糊的地方，她永远无法忘记在黑暗中度过的分分秒秒："那天，我午休起床准备去上班，当时我以为我老公已经上班走了。走到客厅时，突然间地动山摇，我第一反应是大地震了。几秒钟的时间，我眼前就一片漆黑了。"被埋之后，冷静的谢守菊开始四处摸索以确定所处的位置和环境，"我听到外面很多人喊救命的声音，其中一个声音特别熟悉，'我是唐雄，我们被埋在 1 楼了……'我这才知道原来老公还在家。"于是，废墟中的夫妇俩开始互相鼓励。

"为了保存好体力，我们说好，头两天由我老公负责喊救命，从第 3 天开始由我喊。我摸到原先放在茶几上的一小袋豆腐干，里面还有吃剩下的 5 小块，于是我开始慢慢地吃这 5 小块豆腐干。然后摸到一个杯子，用来接自己的小便放在旁边，渴了就喝一小口。由于老公的位置离我比较远，我没有办法把豆腐干给他送过去。"第二天，他们照着第一天的约定互相叫着名字，唐雄负责呼救，等待救援队伍的到来。

5 月 14 日下午 3 时，海南省地质灾害紧急救援队来到他们夫妇俩被埋的位置，在搜救过程中，救援队首先发现了还活着的谢守菊。"他们发现我的时候，我头上顶着沙发，沙发承受着四层楼的石板。那个时候不能强行将沙发移开，否则石板就会马上垮塌下来。于是救援队员冒着生命危险将沙发的扶手锯掉，就这样，他们把我从这个小洞里拉了出来。"刚从废墟中脱身的谢守菊让所有救援人员异常震惊，她完全能自己站立起来，神志清醒，她告诉救援人员自己的丈夫还在里面以及他所处的位置。当她被救援人员护送离开废墟时，她对着丈夫所在位置使劲地吼："很多部队都来了，我已经出来了，救援人员一定会救你！这里有人救你，我赶紧去参加医护队了。等着我吧！"说完这话，谢守菊将丈夫拜托给救援人员，自己转身报名参加医护队。

第四天早上，谢守菊洗了洗脸就去救护现场了，好像没发生地震一样。别人对她的表现既钦佩又惊诧。"我那天根本没去我老公所在的地方，我坚信他还活着，因为我从我们互相的喊话能够判断他的生命体征非常好，加上那天二炮已经把路打通，大型挖掘机可以下到搜救现场，我就放心地把营救老公的任务交给了救援队。别人以为我们俩感情很淡，其实，我们感情很深的！"

到了第五天，搜救小组仍然没有把唐雄救出来，其他救援小组在努力多次后都宣布失败，谢守菊的心开始悬了起来。如果丈夫死了，还不使劲埋怨她啊？她还不得后悔一辈子啊？

得知其他搜救队无法把丈夫挖出来，谢守菊着急地冲到县城里想找到当初救自己的海南援救队。她一路上四处寻找，看到一个背影很像救她出来的队员，走近一看果然是他，就央求他去救她老公。于是海南救援队就和她一起下到现场，用生命探测仪一探，她老公的生命体征还很强，当时她就觉得一定会把他活着救出来的。

但是，糟糕的情况发生了。17日下午3时，救援队突然接到一个电话，命令所有人立即撤离北川县城，说是上面的水坝要垮了。救援队要撤，谢守菊哭得心都凉了，守了那么多天的希望完全碎掉了，那是她地震后第一次绝望。

18日上午6时一过，谢守菊就跟着海南救援队的王局长等人一起下去救人了。救援工作紧张地开始了。余震袭来，谢守菊一直祈祷废墟千万不要再坍塌了。谢守菊伸手干着，汗水像小溪一样在她脸上纵横漫流，而她却腾不出手来揩一把，眼睛被汗水腌得火辣辣的，她心里只想着快把老公救出来。经过近3个小时的切割清理，被埋在废墟中139个小时的唐雄被救出，当时现场一片欢呼声。因为振奋而痛哭的谢守菊对着唐雄说的第一句话是："你已经被救出来了！"身体虚弱但意识清醒的唐雄很艰难地说出："谢谢！"

18日10时50分，唐雄被送到绵阳市中心医院，情况马上急转直下：他呼吸困难，重度挤压伤，血压升高，肺功能衰弱，软组织坏死。6天6夜在黑暗里的煎熬，使唐雄身体的各个器官都已衰竭到了极限。

唐雄还没有脱离危险，之后的几天人们一直在跟死神争夺唐雄。一点点儿的细菌都有可能将他击垮，死神随时可能再次将这个微弱的生命推向死亡。

大大咧咧的谢守菊开始紧张了。她终于又见到了丈夫，但她看不到丈夫的脸，因为怕强光刺激，医生一直用布蒙着他的眼睛。她扑到丈夫的床前，用她那无限温柔的声音，重复着那6天来已经重复了几百遍的话："我一直佩服你的坚强和胆量，坚持，坚持下去，我还等着你过日子呢！"她告诉丈夫，最好的医生在给他治疗。

听到爱妻的声音，唐雄动了动手指，也许是想握握妻子的手。因为害怕细菌感染，谢守菊没有去握丈夫。唐雄鼓足勇气坚持着，抒写着生命的绝唱。

如果还有明天，我要带着你飞越万水千山

感动我们的，还有灾难中的爱情绝唱。

谁也没有想到，唐山大地震就在这一刻，无情地降临了！地静了，天哑了。十分可怕的寂静。美伦和赵刚在废墟里蠕动着。

夜里闷热，赵刚陪美伦睡在他们的新房里。房子倒塌的最初时刻，美伦看不见赵刚，只能摸索着向他那边靠拢。

美伦是唐山开滦煤矿文工团的演员，她并不像有些女孩那样，浮华、虚荣，或者是好高骛远。她永远都是那么英姿飒爽，那么快快乐乐，对待情感又是那么认真痴情。美伦记得，她与赵刚是在一个家庭晚会上认识的。美伦也不知道自己当时是怎么一眼就看上了赵刚，也许是因为赵刚帅气出众吧。他高高的个子，腰身很瘦，肩膀却是宽阔的。他宽宽的额角和深沉的眼睛，似乎掩藏着无穷的智慧和魅力。

美伦和赵刚之间挡着一块坚硬的木板，美伦的手不停地抓挠着碎石，终于从木板和碎石间的缝隙里把手伸了过去。她抓着赵刚流血的胳膊了，美伦感觉很湿，还有股腥气，她明白他受伤了。她几乎崩溃了，使劲抓着他颤抖的手臂：

"你疼吗？"赵刚坚定地说："不疼，没事儿。别忘了，我是男人！"美伦还是不放心地说："我看不见你。"过了一会儿，赵刚问："有没有东西压在你身上？"美伦哽咽了："没，没有。"赵刚急着喊："你骗我。"然后他就艰难地伸出胳膊，从缝隙里伸过来。赵刚的手扒拉着碎石，美伦紧紧抱住了他的胳膊："你别管我。"赵刚鼓励着她："美伦，挺住啊。"美伦说："我是怕你——"她又抓住他的另一只手，紧紧地放在胸前。

赵刚用一只手摸到了身边的衣裳，从兜里颤巍巍地摸出那两张去往北戴河的火车票。他轻轻地说着，如果自己不跟李庆西去找父亲，如果车票不丢在家里，眼下他和美伦正像一对鸳鸯依偎在一起，充满激情地看着大海。刚刚掏出的一个空间，马上被余震填平了，美伦被余震的土和钢筋压住了。赵刚继续扒着："美伦，你怎么样？"美伦声音微弱："我，我被压住了。"赵刚说："美伦，你别急，不要说话了。"美伦淡淡地说："我受不住了，胸口堵得慌啊！"美伦剧烈喘息。赵刚叮嘱她不要说话了，开始月双手掏出面前的碎砖，循着美伦的方向掏。其实，就在余震中，他的一条腿断了。

美伦没有声音了。双方都不能拉住对方的手。赵刚吓了一跳，以为她窒息了。

赵刚也无力大喊了，他抓住一块碎砖，使劲敲击着暖气管子，管子叮当叮当地响。美伦是被余震的烟气熏迷糊了。这会儿，渐渐被他的敲击声唤醒，她使劲哼了一声。赵刚为了给她鼓劲，他摸到那张车票，激动地喊："美伦！你听见我的声音了吗？"美伦断断续续地应着："赵刚，我……听见了。"赵刚激动地说："我摸到咱的车票了。"美伦兴奋了一下子，接过了车票："车票？我们的车票？"赵刚在昏暗里叹息着："可惜，就一张了！"美伦问："那一张呢？"赵刚说："不知道砸哪去了，我再找，再找。"他说着就翻衣兜。翻弄了好一会儿，还是没找着。美伦并不关心车票，她忽然睁开眼睛，神往地自语道："我们就要上车了，就要远行了。"她用满是泪水的脸亲吻着车票。赵刚沮丧地说："那张车票没了！都是命啊！"他忽然生出一个不祥的预感。美伦轻轻地说："不怕，赵刚，那你就先上车吧。我再追你！"赵刚泪流满面地大喊："不，我不能丢下你！"他用满是鲜血的手捂住自己的脸。

　　过了一会儿，美伦听见外面有了响动。赵刚拼命掏着碎石，终于能攥住美伦的手了。美伦攥紧赵刚的手哭了。赵刚难过地劝说："别哭，你怎么样？"美伦依旧哭着："我就是憋得慌，不敢动，把这个洞……掏开……就……好多了。"赵刚使劲挺了挺脖子："看来你这儿太严实，空气少。"美伦淡淡地说："来，咱俩一起掏，掏大一点儿。"赵刚说："你那儿离得近吗？"美伦却叮嘱他说："赵刚，你别把车票丢了。"赵刚愣了愣说："车票我不是给你了吗？"美伦看看手掌里的车票苦笑道："看我都糊涂了，是在我手里，把车票还给你吧！"赵刚一愣，问："为什么？"美伦说不为什么，其实赵刚明白美伦的心思，她是怕丢了。他说："美伦，我们会出去的！"美伦使劲儿把车票塞给他。她担忧地问他，胳膊还流血吗？赵刚的胳膊已经麻木了，脚却在流血，他咬着牙说："别惦记我，不流了。"美伦说："为什么不流了？"赵刚抓了一把沙土把伤口糊住了。

　　两个人昏迷了一阵，又开始求生地掏。赵刚掏不动了。

　　5天5夜过去了，尽管上面一直没有放弃挖掘，但解放军预感到赵刚和美伦生存环境的险恶，甚至觉得他们不能生还。可是赵刚与美伦像鼹鼠一样两面掏着洞口，洞口逐渐扩大，是爱情的力量让他们互相看见了对方。赵刚吃力地喊着："美伦，我的身子马上就可以过去了。"美伦的眼睛极为明亮："我过去，我过去。"她朝着赵刚爬过去了。她觉得如果没有赵刚的鼓励，她是很难坚持下去的。她用沾满泥垢的身体紧紧地拥抱着他，感觉到从没有过的幸福和温暖。不知到了什么时候，美伦狠劲去推开压在赵刚腿上的水泥板，但水泥板纹丝未动。他们已经坚持到了第七天，赵刚说话明显吃力了，他连搂住美伦的力气都没有了，但是他仍然努力搂住她。美伦还要说话，但被赵刚制止了："别动，如今空气也很宝贵，明白吗？"美伦不再说话，她在赵刚的怀抱里急促地呼吸，那双美丽的眼睛汪着泪水，深情地看着赵刚。赵刚说："把心静下来，静下来，像我一样，吸气，呼气！"

　　美伦点点头，她的呼吸渐渐地平稳下来，赵刚用命令的口吻说："我们谁也别说话，静静地坐一会儿，节约空气，嗯？"美伦点点头，仍旧泪眼汪汪地望着赵刚。赵刚把嘴唇凑到美伦的眼睛上，用舌头舔着美伦的泪水。美伦仰着脸，让赵刚舔着，她的泪水因之更多。赵刚看着美伦的脸，他的嘴唇轻柔而缓缓地嚅动着，嚅动着……

他们都已感到某个时刻即将来临了。

美伦偎在赵刚腿上，闭上了眼睛。赵刚凝视着美伦。轻轻地，轻轻地，赵刚又一次吻了美伦。赵刚感觉到这里的空气真的不够两个人用了，他要把有限的空气留给美伦。美伦呼吸紧促了。赵刚在心里说道："我的美伦，你要活着，活着！"然后泪流满面。"来世再见，美伦。"他像耳语一般说完，抓起一把土塞进了自己嘴里，然后把脸深深地埋进细土之中！他的身体抽搐着，两只手紧紧地扒着凸起的水泥碎块，越抓越紧，越抓越紧，然后突然松弛了，松开了。

一切都很安静。美伦半是昏迷，半是睡眠，很静，很静。黑黑的废墟的内部，赵刚与美伦静静地躺着。废墟的一角突然受到震动，有不少细细的沙土由水泥板的缝隙流下来，之后是一缕强烈的阳光。废墟里立刻亮了。一只黑色的蚂蚁在阳光中爬进废墟，探头探脑一阵之后，它爬到美伦的身上，爬到她的脸上，爬到她的睫毛上。美伦的睫毛动了一下，蚂蚁急急地逃开去。

美伦醒了。强烈的阳光使她陌生，她躲避，在躲避中寻找，她寻找赵刚的脸。赵刚脸朝下，身体已经僵硬了。美伦喊着赵刚，却不见回应。她转头发现了睡在身边的赵刚，她推他，赵刚仍无回应。美伦扳过赵刚的脸，赵刚僵死的、满是沙土的脸，使美伦惊愕。美伦惊呆了，她慢慢擦拭着赵刚的脸，这个时候，她看见了赵刚右手紧紧攥着那张火车票。她要把车票拿过来，可是他攥得紧紧的，她一用力，车票被撕成了两半儿。美伦紧紧攥着手中的这半张车票，默默地说："赵刚，我们上车了！"美伦晕倒了。过了一会儿，美伦被军人抬出了废墟，美伦觉得眼前一片盲白。

黑色爱情充满了绝望，因为这是只剩了一个人的爱情。

美伦携带着那半张火车票，带着赵刚的骨灰盒，去完成两个人约定的北戴河之旅。面对着大海，美伦没有一滴眼泪，她显得十分平静，她深深地呼唤着："赵刚，如果有明天，我要带着你飞越万水千山，我要抱着你直到冬天变暖，直到月缺月圆……"

后来美伦一直未嫁，到天津SOS儿童村，成了一名儿童村的妈妈。她说，爱是可以超越的，经历了这样的大灾难，小情感已经不重要了。"我还是爱孩子们的！所有的孤儿都是我的孩子！”人们为她惋惜，问她为什么这样做？美伦说：“我的爱已经跟随灾难埋葬了。”“美丽的爱与美丽的梦一样，都是可遇而不可求的。埋葬的爱已经够我享用一生的了，这一切之外，请让我静静品味爱情的尊贵。为爱而活的人，在我们之后更不会停止，而我们的来临、我们的存在却是孤独漫长的……”

汶川地震袭来的时候，美伦祝愿每一对真心相爱的人，平安幸福，相伴永远……

不离不弃，至死不渝。

这是很多情侣相爱时山一般的誓词，汶川地震中，这句话在一个普通男子的身上得到了最真实的体现。

郑广明与贺晨曦是相爱 4 年的恋人。5 月 12 日下午 2 时，郑广明送贺晨曦到农业发展银行北川支行上班。2 时 28 分，郑广明刚刚回到贺晨曦在银行的宿舍，地震发生了。轰的几声巨响，身体被抽动的大地晃倒了。他急忙爬起来，死死地抱住了门框，还没醒过神来，房子就倒塌下来。他被埋在了废墟里。好在没受重伤，他用手扒着身边的东西，并迅速从瓦砾堆中爬了出来。重见天日，他揉了揉眼窝，睁开眼睛，看见北川全平了。处处都是倒塌的建筑，县城的标志性建筑——农业发展银行的大楼也平了，分辨不出原来的位置。她怎么样了？他的第一反应就是掏出身上的手机，他要和恋人贺晨曦通话。拨了半天号，却没有一点儿信号。郑广明的心悬了起来。

郑广明的第一想法就是，赶紧去废墟里寻找贺晨曦。余震袭来的时候，他奋不顾身地冲过去了，边跑边喊：“晨曦，晨曦啊……”

郑广明跑到贺晨曦工作的农发行大楼前，大楼早已没有了原来的模样。

郑广明与贺晨曦是四川师范大学的同学，晨曦的家在绵阳，郑广明的家在黑龙江，两个人在学校时就相爱了。毕业后，贺晨曦被分配到了农发行北川支行。郑广明爱她，也没有回家乡，而是留在了成都工作。郑广明常常跑来看望贺晨曦，而且两个人开始商量结婚的日子了。这次他来北川就是要跟她商量婚礼的事情。

　　难道她遇难了吗？难道再也见不到她了吗？郑广明不敢再往下想了，他拼命地呼喊着。也不知转了多少圈，也不知喊了多少声。

　　也许是郑广明的爱感动了上苍，感动了废墟里昏迷的贺晨曦。贺晨曦是一个面容姣好、仪态大方、风韵动人的姑娘。她苏醒了。被埋之后她先是失去了知觉，后来她醒来了，想抓自己的手机却没有抓到。她第一时间想到的是郑广明，广明回宿舍怎么样了呢？在她纯洁善良的心里，曾天真地幻想，与广明结婚以后，要做一个贤妻良母。他们即将结婚了啊！可是，天有不测风云！她不敢往下想了。她挪了挪身子，可是挪不动，一扇厚重的防盗门压在她的胸部和腰部，还有两个人的身子同时压来。她知道这是同事张丽和尹洪。传来的呻吟声是从张丽嘴里发出来的，像是来自地狱的哀声。张丽说话了，说的什么贺晨曦没有听见。尹洪也活着，他动一动身体，贺晨曦就感觉一阵剧烈的疼痛。尹洪说："晨曦，你怎么样了？"贺晨曦艰难地说："我还行，你别动，你一动我受不了！"尹洪说："好的，我们都还活着就好，我不动！等着吧，坚持住，一定会有人来救我们的！"贺晨曦嘴里喃喃着："广明，广明……"就觉得脑袋很沉，迷糊过去了。不知过了多长时间，贺晨曦在沉睡中再次醒来，这个时候，她眼睁睁地看着尹洪、张丽相继离她而去了。贺晨曦使劲抓着他们的手，哽咽着："不能，不能啊……"看着同事们死去，她没有恐惧，只是感觉到从没有过的悲伤。她太孤独了，一切只有自己来面对了。她曾经悲哀地想，自己会不会是与他们一样的结局呢？如果是那样，还不如早跟随他们去，免得受这样的痛苦，天下没有比压在废墟里等死更难受的事情了。后来她又一想："我不能死，我不能扔下广明自己走啊！广明一定在外呼救我呢！"想着又睡去了。

　　夜幕降临的时候，郑广明的嗓子喊哑了，甚至喊出了血。他的精神也几近崩溃了。他扒开废墟的一道道残垣断壁，把脑袋探进去呼喊："晨曦，晨曦，你听到我的声音了吗？"碎瓦和钢筋划破了他的脸和手，他全然不顾，他的心里只有贺晨曦，他要听到她的声音。可是，没有一点儿回音，厚厚的水泥板把一切都阻隔了。一种孤独的恐慌使他忍不住把眼睛闭了起来。后来，郑广明突发奇想，晨曦会不会在地震的一刹那跑出来了呢？然后也像自己一样跑到后面的宿舍找他呢？郑广明带着这种侥幸心理，即刻又跑回宿舍的废墟，没有贺晨曦的一点儿影子，自己钻出的地方自己都认不清了。郑广明急忙又回到农发行大楼的废墟上，他蹲在那里哭了。

大雨在下，郑广明在雨中一动不动，一直在废墟上坚持到了第二天。5月14日以后，北川县城的幸存者开始转移。有人喊他，他不理睬，后来有人拉他，他也不动。他默默地说着："晨曦，我不走，我永远跟你在一起！"他想，即使晨曦离开了这个世界，他也要等候解放军把她的尸体扒出来，与她举行一个特殊的婚礼。

也许是郑广明的爱感动了上帝，贺晨曦还有生命体征。这是5月16日，解放军进来后用生命探测仪探测出来的。救援队的同志说，农发行大楼的废墟下确实有生命之音。消息传到了郑广明的耳朵里，他的眼泪马上就下来了。他的第一感觉那是贺晨曦，不会是别人，一定是贺晨曦用对他的爱支撑到现在，她见不到自己是不会死去的。郑广明不顾一切地冲破武警官兵设置的警戒线，跑到废墟上面，大声呼喊着："贺晨曦，贺晨曦！我是郑广明啊！"

武警没有阻拦郑广明。危难之处见真情，小伙子经受了爱情的考验，他的行动感动了在场的每一个人。郑广明的呼喊，贺晨曦听见了，这一次听得很清晰，是自己的恋人郑广明在呼喊。"他还活着,活着啊！"她激动得血往头上涌，张了张嘴却喊不出来，她太激动了，这些天支撑她的不就是郑广明的爱吗？她重新积攒气力喊："广明，我在这里，我活着！快来救我啊！"她用砖头敲击着。

郑广明分明听到了贺晨曦的声音，激动得哭了："是她，真的是她，晨曦她还活着！"他觉得，灾难会让所有人记住，活着就是希望。郑广明一边说着一边请求武警战士赶紧救人。确定方位之后，武警官兵开始了紧张的营救。16日6时整，终于打通了到营业大厅的一个通道。郑广明猛地扑过去，顺着一个窄小的空间把脑袋探进去，可以看见贺晨曦了。贺晨曦已经很虚弱了，浑身颤抖了一下，轻轻地说："是我，广明，你好吗？"

"我好，你别怕，我就在你身边，马上就会救你出去了！"郑广明说。

富有救援经验的武警战士说，郑广明要不断与贺晨曦对话，唤醒她的意识，不能让她睡觉，不然一切救援都会前功尽弃。

武警战士一边组织强有力的救援，一边让郑广明与贺晨曦对话。

"晨曦，我们结婚吧，我爸爸妈妈说了，同意我们结婚！"

贺晨曦费力地点着头，嘴里嗯嗯着。

"晨曦，你喜欢中式婚礼呢还是西式的啊？"

"我说啊，西式的婚纱很漂亮啊！你说呢？"

"嫁给我吧！"

贺晨曦的心中有了一丝快慰，她竭力坚持着，在生命意识即将消失的时候，就是这些话鼓舞了她，让她重新获得生的勇气。

晚上10时10分，在废墟里挣扎了104个小时的贺晨曦终于被解救出来！

守候了5天4夜的郑广明心里像有一团火，在内心燃烧起来，他高兴地扑了过去："晨曦，晨曦……"

"今晚的月亮真圆啊！"这是贺晨曦被救出来后说的第一句话，泪水顺着她秀丽的脸颊往下淌着。

郑广明以为贺晨曦会说"我爱你！"，但是，贺晨曦却这样夸奖月亮，也足以让在场的人感动。月亮寄托了她对美好生活的向往，对美好明天的憧憬，这种憧憬包括对郑广明的爱。心中有大爱，好人有好梦。经历过灾难的人都会悟出生命的真谛，没有经历生离死别的人却很难体会到。郑广明感动着，心中喃喃地说："风吹起你纷飞的长发，你是我骤雨中的玫瑰花！你是我的爱人，是我永远的牵挂！我们永不分开！"

贺晨曦没有直白地说出"我爱你！"，但她的爱更深沉了，更超越了，就像唐山的美伦一样。她看到了爱情的伟大与崇高。高尚和伟大的代价就是责任，所以说，经历了生死劫难的爱情会更加灿烂！

真爱永恒！这次汶川大地震带给我们很多刻骨铭心的爱情故事。

在都江堰市中医院2楼，67岁的退休老师王德祥跟太太来看病，地震来临，他们当场被埋在医院。这位老师在14日下午被抢救出来，被废墟掩埋超过48个小时。他的左手当时紧紧抱着他的太太。瓦砾堆中，67岁的老先生脸上沾满了泥灰，左手左脚被压在水泥块下。在救援的时候，老先生的右手能动，还能说话。当抢救进入第48个小时的时候，他的身体越来越虚弱。经过两天两夜的努力，就在老先生的右脚被拉出来的一瞬间，人们看到了他身体的右半边。几分钟后，他紧抱着太太的左手被拉了出来，当左脚被拉出来的一瞬间，众人的欢呼却成了老先生心中最深沉的伤痛。王德祥望了众人一眼，在生命的最后一刻，重新把双手搂向死去的太太，安详地闭上了双眼。

震后一段时间，有关地震的图片和救灾过程中涌现出的一个个感人故事，开始在世界范围内流传。在地震中，一名痛失妻子的男子被极大的悲痛折磨着，他用绳子将妻子的尸体绑在身后，送她去太平间。在地震后的混乱中，这名男子坚持认为妻子不应该被遗弃在那些尖利的碎石中，他要给予自己的妻子死后的尊严。因此，他饱含着深情，将妻子的身体与自己绑在一起，然后骑着摩托车前往当地的太平间。他倔强的表情，凝聚着一个男人的责任和情怀，而死去的妻子像是趴在丈夫的肩头睡着了……

人间有爱，岁月长存。

哀悼日：沉痛中的力量

5月19日至21日，国家为汶川地震遇难同胞举行哀悼。举国上下，降半旗致哀，喇叭、汽笛与防空警报拉响3分钟，空气凝固，山河垂泪。多么高贵的3天，那是蒙难同胞生命尊严的体现。所有人的心都飞往同一个方向，哀悼着汶川大地震中遇难的兄弟姐妹。在国家领导人和全国人民为地震遇难同胞默哀的时候，河北人民也都在各自的岗位默哀，悼念那些逝去的生命。

19日下午14时，还不到为汶川地震死难者同胞哀悼的时间。省会石家庄陆陆续续已有不少人开始往省委大楼前聚集，尽管都是相熟的同事，尽管有些人平时在一起习惯了要打声招呼，但这个时刻，大家都神情肃穆，一言不发。

这些聚来的人群中，不少人手里还拿着很大的包袱，仔细看，是捐献给灾区的棉衣棉被。在每一个包袱里面，棉衣、棉被都是干干净净的，有的还是新买来的。14时13分，开来一辆卡车，车上装满了包裹。车停后，下来几个小伙子，费劲儿地把包袱扛下来。每一个包袱上面都贴着一张红色的纸，上面写着：抗震救灾，支援灾区。

14 时 20 分，已经聚集了很多人，大家自觉地围聚在一群站得整整齐齐的武警战士周围，排好队，一直排到大楼的台阶上。

此刻，所有目光向前。前边，是已经降了一半的国旗，它在默默垂泪。

14 时 28 分，凄厉的防空警报响起，瞬间，各种汽笛声也应声而起，划破天空。

广场上，下降了一半的国旗依然迎风猎猎。武警战士在这一瞬间齐齐地摘下帽子，托在手边，低头默哀。

所有的人都低着头，有的人肩膀在抽动，不少人都摘下眼镜，将抑制不住的泪水轻轻擦去，刚刚擦完，泪水又下来了，再擦。"我们的哭泣与汽笛同鸣，你们的灵魂与大地同在！"

每一个人都在心里为地震死难者哀悼，防空警报和汽笛声更加凄厉，汶川地震的惨烈场景在每个人的心中涌现。人的一生，从自己的哭声开始，在别人的泪水中结束。虽说这生死轮回是不变的规律，但面对一个个含苞待放的花朵被无情的风霜摧残，我们感叹生命的脆弱，也更加坚定了对生命的热爱。

如果有天堂，请拥抱这些不幸的人们吧！

3 分钟过去了，大家默默离开，每个人的脚步都是那么沉重。

就在同一时间，在唐山市抗震纪念碑广场，降下半旗，天空警报长鸣，唐山市数千名干部群众低着头，为四川汶川地震的遇难者默哀 3 分钟。抬起头的时候，很多人已是泪流满面……

这是一座世界上最高的抗震纪念碑。在唐山人看来，它不仅是对那场大劫难的纪念，更是新唐山拔地而起、构筑崭新城市的真实写照。唐山人聚集在这里，这是心的凝聚：愿死难的灵魂早些安息，无价的大爱永垂不朽。但是，仔细观察每个人，庄严的神态遮掩着最脆弱的情感。当天空警笛长鸣时，截瘫病人杜春莲泪流满面，她试图从轮椅上站起来，但最终力不从心，只能用手撑着轮椅的把手。当年大地震时，她住在唐山市丰润区后刘家营村，一家九口人在睡梦中都被压在了废墟下。当父亲用双手把她从废墟下扒出来时，发现她已经不能走路了。其后，赶来救援的解放军将她送到了石家庄和平医院，尽管得到了精心治疗，但由于伤势太重，她的下肢还是瘫痪了。她哽咽着说："我经历过大地震，我能体会到汶川地震灾民的痛苦。这几天看电视，我一边看一边哭。市里的电视台号召人们去慈善总会捐款，我寻思着，我一定要去趟市里，尽我的一点儿力。昨天我又从电视里知道今天是'全国哀悼日'，我就急匆匆地赶来了，为那些无辜的生命送行！"她感觉，这也是在告慰32年前唐山大地震的英灵。

66岁的骈二兰一直哭着，她双手捧着一块牌子，举在胸前，牌子上写着一行字："我来了，我来为你们送行，愿你们与唐山24万遇难者一起安息。"32年前，骈二兰的丈夫在唐山大地震中遇难。32年后，当知道汶川发生地震后，骈二兰一直盯着电视，汶川的灾情令她吃不下饭，睡不着觉。"唐山地震后，我们经过自力更生和全国人民的支援，最终渡过了难关。我相信，汶川人民也一定能克服困难，重建家园。"

74岁的杨纯霞捧着一束白菊花，从中午12点起就等在广场外。唐山地震后，她一直在市截瘫疗养院工作，照顾这里因地震而残疾的人们，直到退休。她说，疗养院的人得到了社会的关爱，如果没有大家的关爱，他们可能不会活到今天。在地震和重建家园的过程中，唐山人民得到了全国人民的援助，也切身体会到了灾难造成的痛苦和"一方有难，八方支援"的亲情。这次汶川地震让那么多的生命瞬间逝去了。她很难过，但她相信，灾区人民一定能够战胜天灾！

哀悼日，悲伤之后我们应该更加坚强。坚强之外，我们还应该做些什么呢？

这是从未有过的历史时刻。我们为汶川地震的死难者哭泣，同时以这个形式流泪。这不是脆弱，而是另外一种形式的坚强。在心灵的颤抖和眼泪的喷涌中，我们亲切地触摸到生命的高贵和人性的光芒。珍惜自己，敬畏自然。我们所有的人，都感受到了"生命至上"和"以人为本"的价值观，竖起了一个国家文明进步的里程碑。

对于灾难，我们要有民族深刻的记忆，我们需要心灵的净化和道德的反思。道德不是孤立的，必须融入广泛的社会范畴，才能获得永久的生命力。灾难袭来，所有国人表现出的拳拳爱心和公共责任感，昭示着中华民族无与伦比的凝聚力和向心力。商品经济，淡化了人们的这种爱，但我们用生命换来的，却是传统的"大爱"和感恩情怀。我们中华民族向来是博爱感恩的民族，我们有足够的爱去温暖那些受伤的心灵……

哀悼日，我们还需要将哀思转化为自觉的实际行动。活着的人，必须懂得感恩，回报亲友，奉献社会。每一个人该如何奉献社会？用唐山人的话说，今天的哀悼是在重塑一种抗震精神。抗震精神是我们新唐山的崛起之魂！唐山人对抗震精神有着独特的理解。正是整个城市的人文感悟，重构了唐山人的精神境界，使他们成为在汶川的唐山志愿者，成为他们永远保持前进姿态的精神原动力。在这座城市里，心与心的碰撞，爱与爱的交融，谱写出了人世间和谐动人的华彩乐章。

孩子，我们在乎你的未来

少年智则国智，少年强则国强。孩子是我们的未来，我们要善待孩子。

六一儿童节到了，让灾难离孩子远一些，让灾区的孩子离爱更近些。明媚的阳光普照着大地，照耀着孩子们的心灵。只要心中有个太阳，孩子的心灵就不会暗淡无光。

一个属于孩子们的节日，却因为地震的突袭而变得苦涩。面对着尚未愈合的伤口，面对着还处于惊魂未定之中的灾区儿童，在这样特殊的日子里，我们应该怎样送去对孩子们的关心和祝愿呢？

震后尽快恢复学校上课，不仅容易做到，而且对改变灾区气氛、增强人民战胜地震灾害的信心、恢复灾区正常生活秩序有着重大意义。经历过唐山地震的人说：当时一听到孩子的读书声，心情一下子就变了，感觉我们离灾难远了。

一位经历过唐山大地震的专家表示，对学生的心理重建，复课最有效。灾后心理干预往往需要在第一时间出现在现场。唐山大地震时，没有灾害心理危机干预，特别是对孩子的心理干预。这是一个遗憾！这也造成震后相当一部分人患上了创伤后应激障碍。虽然大地震已时隔多年，但很多人心中的创伤仍未愈合。此次汶川大地震，灾区孩子的心理问题已经有所表现：不说话、只流泪、神情呆滞、浑身抽搐、呼吸困难等身体症状，表明孩子们心里已经承受了巨大的压力。心理专家及时介入，对其进行疏导，引导他们认识地震灾害、珍惜生命、树立信心，就可以避免他们患上创伤性心理疾病。在六一儿童节这天，在四川汉旺镇中心广场，孩子们尽管仍旧住在救灾帐篷里，还是得到了不少礼物。驻扎在这里的空军部队给230多个孩子每人送了一个漂亮的书包、一套文具和一束鲜花；志愿者给孩子们带来了糖果和布熊；一家报社运来了成捆的呼啦圈、球和球拍。此外，孩子们还分到了镇上几个本地女孩冒着危险从摇摇欲坠的商铺和废墟中捡来的水彩笔和小玩具。

然而这些礼物，王晨和杨楠锋再也分享不到了。这天，在距镇广场两千米之外的一处公墓，两个10岁男孩的葬礼正在悄然进行。

两个人的骨灰被装在方方正正的小盒子里，用镶着一圈黄色流苏的鲜红色绸布覆盖着。王晨的舅舅和杨楠锋的爸爸小心翼翼地用双手捧着，一直送进公墓。

山岩上开放着无数娇嫩的小花，这是最美的花，美得令人心碎，美得让人忧伤。站在山腰上，这两个小男孩儿能永远眺望山下的那座镇子。他们曾经每天背着书包，走过那里繁华的街道，去学校上学。

墓园的工人用水泥封住了那个小小的墓穴，然后盖上沉重的墓板。亲人们蹲在墓前，烧起纸钱。两个男孩儿的外婆喃喃地嘱咐着："你们两个要互相照顾，你们要好生照顾自己。"其中一位孩子的妈妈柔声地说："妈妈多给你烧些钱，你在那边自己多买些糖和玩具。"

两个小男孩儿的葬礼没有眼泪。"我们的眼泪早就哭干了。"王晨的爸爸王坤叹口气说。说完，他甚至咧开嘴露出一个凄凉的笑容。他好像听见了儿子的话："别哭，爸爸，泪光照亮不了我们的路，让我们自己慢慢走……"

然而，悲伤藏在他们每个人内心最深的地方。每当他们再次回忆起地震发生后的那些日子，这种感情就会显露出来。

悲伤似乎渐渐从白天遁入黑夜，从人前退到人后。白天在外人面前，杨楠锋的妈妈曾慧甚至偶尔还会面带笑容。与其他遇难学生的家长见面，彼此也不再流眼泪了。但只要静下来，一个人待着，她就会想起那天的情景，还有儿子平时的样子。一幕一幕，就像放电影一样在眼前来回闪现。这段时间以来，她有些恍惚，连自己的手机号码都记不住，牙膏、脸盆之类的日用品，刚刚用过放在一边，一转身就忘了。但有关儿子的那一幕一幕，她却记得清清楚楚。

她忍不住要从随身的挎包里拿出儿子最好的照片来看看。那是4年前六一儿童节时她带儿子到照相馆拍下的照片。那一天，因为学校组织庆祝活动，杨楠锋眉心点着一个红点。她用手指反复摸着照片上的儿子，自顾自地说："好乖哦！你看他好乖哦！"这个时候，她的眼圈发红，声音哽咽了。

悲伤还隐藏在大街旁、广场上安置的成千上万顶帐篷里。外来的人很难看出那儿的人正在忍受着这种悲伤的煎熬。

家园处处是残垣断壁，我们不应强求灾区的孩子们在儿童节里笑出声来，或许也不应该在这一天为他们大张旗鼓地营造快乐氛围，尽管这是出自绝对的善意。对他们来说，儿童节最好的礼物是爱心，用爱心将他们内心深处的伤痕轻轻柔柔地抚平。因此，少一些镜头前的凝视，多一些怀抱里的倾诉，让孩子们在润物细无声之中感受这来自全国各地的默默温情。

在汶川大地震中，孩子们的表现格外坚强，他们做到了我们许多成年人都做不到的事情。有人说，永远也不要低估一颗孩子的心。地震袭来，那些稚嫩生命的安危，是怎样牵动着人们的心灵？在灾难面前，那些孩子们的英勇故事，又是怎样感动着中国人民？3岁、9岁、11岁……如花般的年龄，正是需要呵护的年纪。然而灾难当前，这些年幼的孩子却用坚强和勇敢，诠释着生命的勇气，闪耀着人性的光芒。让我们铭记这些灾难发生后的场面：9岁半的林浩在自救后，把一名已昏迷的同学背出废墟后，又毅然重返废墟，再次背出另一名被废墟掩埋的同学；14岁的小女孩邓清清，在被武警官兵救出时，还在废墟里面打着手电筒看书；3岁的小男孩郎铮，艰难地举起还能动弹的右手，朝救出他的武警官兵敬礼；11岁的小男孩背着3岁的妹妹从重灾区翻山越岭徒步去寻找救援的部队。男孩的脸上挂着哀伤，因为父母都不在了。然而他的眼神里却藏着不屈，仿佛是在告诉世人，他要独自撑起妹妹头顶上的天空。

亲爱的孩子，请接受我们的敬意！多少年后，你们会明白，你们的这种经历已经成为民族精神的一部分。

在重灾区什邡市红白镇郊外路边的废墟旁，一个小男孩儿无助地站在那里，眼里全是茫然。当他看见志愿者的车停了下来，突然蹲下身子低下了头。有人问他，家里人呢？他说："我要妈妈！"然后就一句话也不说了。面对他，连坚强的大人也不知道该说什么。突然，小男孩儿又蹲在地上哭了起来，非常伤心，说他妈妈在地震去世了，爸爸受伤被抬走了。志愿者望着可怜的孩子，默默地伤感。他们只好从车上拿出火腿肠给他，希望小孩子看见吃的能高兴起来，哪怕一点点儿也好。

孩子没有伸手接吃的。他看见他可爱的小鸭子死了。他抹着眼泪说："鸭子中午还是活着的……"

当天灾来临的时候，人就是那么无助，看着灾难降临在孩子身上，我们多么希望被伤害的是我们，而不是让孩子们去承受！志愿者蹲在孩子身边："来，孩子，乖，叔叔替你擦去泪花，等抗震结束了，我们再养一大群小鸭子，好吗？"志愿者一把将可怜的小男孩抱住，把他那滚烫的脸颊紧紧贴在孩子冰凉的脸蛋儿上。

孩子皱起眉头，挣脱着下来了。志愿者离开的时候，小男孩眼中流露出不舍的神情。忽然间，他们看见他的目光中有了一丝刚强！在废墟中，蹒跚走过来一队鸭群。一瞬间，他们对这些顽强的生命充满了敬意！望着远去的鸭群，看见那在残垣断壁间怒放的鲜花，他们从来没有感觉到生命的意志原来这样顽强！

孩子啊，灾难总要过去，生命终将永续，勇敢地走向新生活吧！

"我们学会了坚强，我们学会了感恩。"这是在四川地震灾区的学校里时常可以看到的一句标语，它是灾区孩子们心声的表达，是真情的告白。

灾区里的每个孩子，现在都会唱两首歌：《真心英雄》和《感恩的心》。怀远小学校长杨登志说，这两首歌，一首可以让孩子们感受坚强，另一首可以让孩子们学会感恩。

来自石家庄的大批援建人员正在崇州的多处地方紧张施工，力争在最短的时间内把几万套过渡安置房建好。

援建人员把过渡安置房的建设也纳入了自己心目中的"阳光工程"。他们说，"在这次地震中，学校受损最严重，许多学校的校舍无法再使用，目前第一批过渡安置房是为怀远镇中学和怀远幼儿园建的教室、宿舍”，“许多过渡安置房的施工地点都在学校操场，现在，每个孩子都盼望着他们的新教室能早日建成”。在盼望中，孩子们知道了建设新教室的是一群石家庄人，知道了在遥远的北方还有个城市叫石家庄。他们都说：“我们没去过河北石家庄，但石家庄和崇州是连在一起的。”

损毁严重的怀远小学，两座教学楼都成了危楼，震后所有的学生只能在操场上临时搭建的 3 顶简易帐篷里上课。孩子们课间休息时，狭窄、拥挤的操场上变得一片沸腾。男孩子和女孩子都在玩一种名为“打沙包”的游戏，沙包就是在一个缝制的布袋里面装上沙子。玩这种游戏的孩子分成 3 到 4 个组，每个组有 3 到 4 个孩子，位于边缘的那两个组的人分别向对方投掷沙包，中间那一两个组的人员要躲避投掷过来的沙包，如果躲不开被沙包打中，就要被罚下场。哪个组投中的次数最多，就算赢家。学生们你来我往地奔跑着，快乐地大呼小叫着……

灾难使美丽的生活成为遥远的风景。看着这群兴奋的孩子们，杨登志校长感觉这风景又重新回来了。他的眼睛有些湿润，自从地震发生后，他还没有看到孩子们这样快乐地奔跑过。

在怀远镇中学，几个快乐的孩子唱着歌，跳着舞……

灾难终要过去，生活将重新开始。孩子的笑脸就像生命之花，正在静静地绽放。这些稚嫩的脸庞，这些幼小的身影，带给我们永久的感动和不灭的梦想。孩子，我们在乎你的未来。我忽然想起了食指的那首诗《相信未来》：

> 我要用手指那涌向天边的排浪，
> 我要用手撑那托住太阳的大海，
> 摇曳着曙光那支温暖漂亮的笔杆，
> 用孩子的笔体写下：相信未来。

第六章　心理救助，
重建心灵家园

在精神废墟上重建心灵家园

人类的每次灾难，都要留下两个废墟：一个物质废墟，一个精神废墟。

一场严重的地震，对于人类的伤害是立体的。它伤及人的身体，同时也对人的精神世界造成严重损伤，而且这种损伤在震后还会持续，从而造成一片精神的废墟。要让人们在悲痛中站起来，首先要清理废墟，抚平精神震荡，重建更加牢固的精神家园。历经了十年重建、十年振兴、十年快速发展的新唐山，如今作为一座崭新的现代化城市重新屹立于冀东大地、渤海之滨，四川人民理应从唐山的重建效果上获得强大的信心。

灾后重建，关键是心理重建。汶川地震初始，唐山市政府在给四川灾区编写的《地震常识与唐山抗震救灾经验》宣传册中，就把灾后心理重建提到重要位置，四川方面非常看重这条来自唐山的建议，同时也引起了中央领导的高度重视。唐山市委书记赵勇表示，灾后重建是一项长期而艰巨的工作，这个过程中的心理重建，主要体现为信心重建。因此，一定要对受灾群众和灾区一线工作者加强心理疏导，使他们增强信心，并将信心转化为动力，自觉行动起来，百折不挠、艰苦奋斗，重建家园。经历了唐山大地震后，重新规划设计后的新唐山普通建筑均达到 8 度设防，医院、学校等生命线建筑更是达到 9 度以上设防，唐山不仅变成了世界上最安全的城市之一，还成了一座有着巨大发展潜力和成长性的工业化城市。汶川也一样，要在人们心灵上建设这样的硬度。因此，四川地震灾区在科学选址、科学规划、科学设计等前提下开展灾后重建，不仅能更有效地保障人民群众生命财产安全，还有助于这些地区加快城市化进程和新型工业化进程，这种进程同时也是信心重建的历程。

唐山人之所以有这样的认识高度，原因就在心理重建和心灵救护上。唐山人是有过惨痛教训的。

唐山地震后的第9天，大雨滂沱，一片萧瑟。漆黑的夜里，一对夫妇手拿铁锹疯狂地挖掘着，他们在挖自己的孩子。他们的两个儿子和一个女儿都在地震中遇难了，孩子们的尸体已经被抬出废墟送到了埋尸场。可是，他们还是挖，嘴里不停地念叨着几个孩子的名字，根本不顾旁人的劝阻。他们说，孩子还在呼救。直到挖得筋疲力尽为止。这样的情景整整持续了一周，谁看了都落泪。这是震后的典型病例。他们表现的症状是：否认和回避现实，出现幻听、幻觉等。

地震幸存者潘石回忆，当时他在废墟上听见有人喊："同志，你说，毛主席知道咱这儿地震吗？"问话的是一个叫韩争的女孩。女孩很漂亮，用一条床单裹着半裸的身子，在黎明的朦胧中，目光恐惧而颤抖。韩争好像失去了理智，是那样惊慌失措，问完这句话，并没有等待别人回答，就又向前面的废墟跑去。韩争与另外一个女孩跑到一个新的地方，问起同样一个问题。潘石认识韩争，她可是个聪明伶俐的孩子，怎么地震把孩子弄成了这样呢？潘石迷惑不解。韩争的家就在马路对面的地委宿舍，父亲是一个战功卓著的老干部。他后来才听说，韩争的父母都遇难了。再后来还听说，韩争的身体没有在地震中受伤，但她得了病，精神方面的疾病，并因病结束了自己年轻而美丽的生命。每当潘石想起韩争，想起她在废墟上那句不需要回答的话，心头总是一阵酸楚，一种怅然若失的感觉。潘石对我说："如果我们听听她的倾诉该多好！也许会挽救她的生命。"听完，我很久很久说不出话来，但有一种感觉，韩争的精神家园垮了！

在河北理工大学教授王子平的心中，始终有一个遗憾。震后的第3天，幸存者王子平目睹了邻居女孩的不幸：她自杀身亡了！

就在地震发生的当天下午，王子平在大沟边还遇到了邻居的女孩。她在唐山市邮电局工作，此时她的脸黑乎乎的，浑身沾满鲜血，疲惫而憔悴。当时，她与大伙儿一起扒废墟救里面的居民，表现得很勇敢。没想到，3天后竟然传来了女孩的死讯。她是自己割破动脉死去的。关于她自杀的原因，始终没有一个可信的解释。只是听邻居老大娘说，孩子死前说过一句话："还是原先的生活好！这么活着，比死了还难受！"多少年之后，从事地震社会学研究的王子平教授，做了大量调查研究，终于弄明白：这个女孩自杀的原因并非是个人的，而是地震发生后，残酷的现实与美好愿望之间形成了巨大反差，从而导致人的精神世界崩溃破灭。王教授遗憾地说："当时若有人听听她的心里话该多好啊！可惜，那个时候没有心理救助！"倾诉是让她发泄，然后再善意诱导，就可能留住这个年轻的生命。

唐山市第五医院沈振明院长向我们提供了一个让人震惊的心理疾病案例：一位30多岁的女士找到他，称自己8岁的孩子性格古怪，脾气暴躁。沈院长在和孩子的交流中发现，原因就在这位女士身上。在和这位女士交谈后，他才了解到影响一家人30多年的，就是32年前的那场突如其来的唐山大地震。

这位女士的父亲在唐山大地震中两条腿严重受伤，双下肢高位截瘫。此后，他的性格发生了很大变化，动不动就大发雷霆，稍有不满就对子女恶语相向，随手拿起东西就砸向子女，不管是否有旁人在场。这位女士就是在这样的环境中成长起来的，她在外面的学习和生活都很正常，一回到家中就战战兢兢，不知如何是好，唯恐自己的哪一句话或是哪一个动作会引发父亲的暴怒。

这位女士结婚有了孩子后，孩子也经常见到这种场面，逐渐使孩子的性格也发生了变化：性格孤僻，不与人来往，平时少言少语，一旦情绪发作，就会十分暴躁，不管对谁都毫不客气。

这就是典型的震后心理疾病，没想到一个人的疾病竟然影响了一家三代人的身心健康。由此可以看到，突发的严重自然灾害对人的心理摧残是多么严重！如果这位女士的父亲能在震后得到有效的心理求助，肯定不会给一家人的生活带来如此深重的影响。

从唐山的抗震经验看，由于当时条件所限，灾难发生的时候，注重的只是抢险救人，而忽视了对伤员、受灾群众以及抢救队员的心理疏导工作，造成了震后相当一部分人出现心理障碍或患上心理疾病。后来忙于重建家园，对如何在"精神废墟"上重建心灵的家园没有得到充分的重视。震后 20 年，唐山开滦精神卫生中心曾经做过一次调查，在接受调查的 1813 人中，有 402 人患有延迟性应激障碍。强震不过十几秒，心灵的地震却没有终止。从 1994 年开始，那个地方的精神病院张本院长开始着手研究"唐山大地震对人类心身健康的远期影响"。调查发现，唐山大地震造成的心理创伤对受害者产生了持久性应激效应，长期影响了他们的身心健康。震后余生的人中，出现了一些创伤后应激性障碍，他们中患神经症、焦虑症、恐惧症的比例高于正常的流调数据，有的高于正常值的 3 到 5 倍。很多人失眠多梦、情绪不稳定、紧张焦虑，每到"7·28"便会触景伤情……

灾后一定要进行心理救助。这是唐山人用生命和鲜血换来的经验。

32 年前的唐山，心理医生、危机心理干预等名词在人们的生活中还很陌生。32 年后的今天，灾后心理治疗一时成为人们议论的热点。这说明时代进步了，我们的国家已经走上了"以人为本"的和谐发展、科学发展之路。

据唐山市赴四川灾区专家心理咨询志愿服务队反映，他们已先后对近千名群众和 58 个个例进行了心理疏导，较好地稳定了群众的情绪，较好地消除了群众的恐惧心理，进一步增强了受灾群众直面人生、正视灾难的信心，有力地推动了抗震救灾工作的顺利开展。这项工作受到了当地群众的欢迎，得到了当地抗震救灾指挥部的充分肯定，起到了医疗救助不可替代的作用。从专家心理咨询服务队在前线开展工作的情况看，应充分认识到灾民心理抚慰工作的重要性和长期性，分层次、有针对性地开展心理抚慰工作。

心理干预：安抚受伤的心灵

这里有无数生动感人的故事。

汶川地震中，距离北川县城仅 15 里路的邓家海元村山中的刘汉希望小学顽强地存活了下来，不仅教学楼丝毫没有垮塌，该校 483 名小学生以及教职工也奇迹般地全部撤离。网友发帖称其为"史上最牛的希望小学"。我们感慨他们的运气，钦佩他们的智慧。这些师生尽管自己幸免于难，但大部分师生的家里都有伤亡，很多人都存在着地震带来的心理问题。他们没有快乐，我们分明感觉到，灾难像一只翅膀滴着血的鸟儿，在师生的心中划出了惊天的声响。教师反映，有的孩子沉默寡言，有的孩子经常哭泣。

26 日，唐山抗震救灾心理咨询志愿服务队来到了这里。他们正在和刘汉希望小学的师生们交流。

唐山心理咨询志愿者刚开始接触他们时，他们很抵触，和他们说话也不理，有的老师神情更是悲伤。尽管家里失去了亲人，但在学生们面前，他们还要掩饰，还要鼓励学生，因此内心的痛苦非常隐秘。

唐山人知道，这是正常的反应，所以很耐心地和他们沟通："我们是唐山来的，当年我们与你们一样。我们知道亲历灾难是啥滋味儿，我们知道胳膊腿儿被砸断是啥滋味儿，我们还知道亲人被埋在废墟里呻吟、死亡是啥滋味儿，可是，灾难总要过去，困难是暂时的，一切都会好起来的！"终于，他们脸上露出了笑容。

25 日 16 时，党育新几个人正在教室里和师生们沟通，余震来了，震动得很厉害。教室突然晃了起来，大家立即和师生们一起从教室里跑出来。到了外面的安全地带，每个人都心有余悸。随后，学校接到通知，所有孩子立即转移，每个志愿者都不顾劳累，和战士们一起帮忙搬运行李。

这时，下起了绵绵细雨，志愿者们没有一个去避雨，而是关照着孩子们，把自己行李中的脸盆拿出来，顶在孩子头上，虽然他们都被淋湿了，但大家心里是快慰的。

党育新说："离开学校的时候，孩子们都在和我们摆手说'再见'，这是对我们工作的最大肯定。"

党育新是唐山地震孤儿。当时唐山有 4000 多名孩子失去父母成了孤儿，当年，还专门为唐山地震孤儿建立了石家庄育红学校。学校老师为 3 名不满周岁、不知姓名的女孩儿起了名字：党育新、党育红、党育苗。党育新在育红学校上完初中，后来由于其他原因，她打算辍学。唐山纺织技校领导知道后，破例接收了她，党育新成了纺织技校的一名免费生。毕业时，正逢纺织业不景气，她在家里待业, 白天下地干活, 晚上一个人暗自伤心。有一天晚上, 她抱着试试看的心情, 给当时的副市长王玉梅写了封信, 讲述自己的苦恼。煤油灯下, 她铺开精心挑选的带着花纹图案的信纸, 郑重地写下了"王阿姨"这个亲切的称呼……1995 年 5 月, 党育新终生难忘, 她成为唐山引进外资兴建的新型医院——康复医疗中心的一名职工。市领导亲自过问党育新的事, 解决了她的工作问题。不久, 她被送到华北煤炭医学院检验班学习。1998 年后, 在政府的关怀下, 党育新被安排到市残联上班。1999 年 5 月 16 日, 党育新身披婚纱喜做新娘。结婚前夕, 她想到了哺育她成长的亲人, 便含泪给唐山市领导写了一封信, 邀请他们参加自己的婚礼。时任市委书记的白润璋激动地说:"党育新向我发出邀请, 是想通过我们表达对党的感激之情。她是党的女儿, 我要作为她的娘家人参加婚礼!"当市领导出现在党育新婚礼现场时, 党育新眼里闪烁着泪花。转年, 党育新的儿子出生。孩子过满月时, 市委办公室同志代表市领导专程送去了鲜花和玩具。2006 年 7 月 1 日, 在唐山市残联工作的党育新光荣地加入中国共产党。

知道汶川发生大地震后, 党育新很悲痛, 马上想起了自己当年的遭遇, 想到党对她的关怀。她想, 每一个经受地震灾害的人都会有这样或那样的心理阴影, 越早对他们进行心理干预, 他们就会快一点儿走出, 如果永远都走不出去, 无论对个人还是社会, 都不会是一件好事。所以在第一时间, 她主动找领导, 要求参加去汶川的心理咨询服务队。

领导问:"你为什么要去?"

党育新坚定地说:"我是唐山地震孤儿, 是党和人民养育了我。这时候是我回报社会的时候了!"

领导问:"你为什么要做心理救护?"

党育新说:"唐山经历过地震的灾难, 但当时没有注意灾后的心理抚慰工作, 今天看来, 灾后的心理问题一定要尽早解决, 否则可能影响人的一生。"

领导满意地笑了, 心想:"这孩子进步了, 她知道了心理救护。"

于是, 党育新被批准了。

来到灾区, 党育新几乎每次和灾民在最开始谈话时, 都会说"我是唐山地震孤儿"，这很灵，他们之间的距离马上就拉近了。灾民觉得自己和她是一样的，心理上有了认同感，也比较容易接近。以一个地震孤儿的身份来给受灾群众做思想工作，这是她的一个优势，一个法宝。经过几天的心理辅导，党育新爱上了灾区的那些孩子，她想做一个孤儿的"临时妈妈"。很快，她如愿以偿了。那是一个5岁的女孩子，孩子的父母都是某通信公司北川公司的员工，当时他们都在单位开会，孩子在大人开会的那座楼前玩耍。地震发生后，孩子的父母双双遇难，孩子有幸被救援人员从废墟中救出。原来爱说爱笑的小姑娘，在地震发生后变得非常沉默。"小女孩儿的不幸遭遇让我充满了牵挂。我多次去看她，渐渐熟了之后，我对她说，要给她当几天'临时妈妈'，因为我也是一个孩子的妈妈了。"

有一天，党育新在青川做心理辅导，那里发生了6.4级余震，党育新马上想到了那个女孩子。她跑出来后，马上给小女孩儿打电话，刚开始打不通，后来一直打，最后终于通了。她告诉孩子，叫她一定要好好学习，她会再去看她的！

在党育新的内心深处，总觉得这些孩子很可怜，她在心里充满了对他们的怜爱，把他们当成自己的孩子。那天，她与这些孩子们去玩儿，孩子们淋了雨，她拿着纸巾，为每一个孩子擦去头上的雨水。孩子们感激地望着党育新。

党育新想，这对孩子的心灵也是一种慰藉，让他们能感受到有人还在怜惜他们，他们的心里会变得暖和。

在心理干预的过程中，党育新觉得，技术手段固然重要，但发自内心的爱更重要。都是人，将心比心，如果没有真挚的爱心，对方就感应不到你的真心，你所做的一切努力都会白费，甚至会起到反作用，很难达到最好的效果。党育新平时爱唱的一首歌叫《心会和爱一起走》。歌词里有一句："从来没有人如此打动我的心，我有许多许多话想说给你听！"有一天，党育新终于用自己的真爱打动了一个青年妇女的心。废墟上，有一个妇女始终抱着儿子的一双鞋，不吃饭，也不说话，眼里默默地流泪。人有的时候，说很多话容易，说一句很难；走很远的路容易，走一步却很难。

党育新观察到这种情况，得知那位妇女的儿子遇难了。她默默来到妇女身旁，亲热地问话，那位妇女没有看她，好像这个世界只有她一个人，她好像在默默地跟儿子对话。党育新也不说话，就这样默默地陪她坐着。下雨了，这个妇女也不离开废墟，党育新就给她撑起一把伞。时间长了，妇女终于跟党育新说话了，尽管很简短，但终于说话了。党育新耐心地倾听她的诉说，这个妇女说起来就没完了。她一直在说……

党育新耐心地倾听着。

等妇女把儿子的事情说完，党育新让这个妇女痛哭一场。同事们有些不解，哪有劝人哭的？党育新说："应该说，灾难考验了唐山人，同时也成就了唐山人。抱怨过后就是坚强！虽然当时好像没有明确提'众志成城'这个口号，但唐山人的表现已经完全印证了这一点——'人心齐，泰山移'。在这种很强的心理暗示下，大家你提醒我，我提醒你，化成了无声的力量。那个时候很多人晚上无法入眠，再强大的内心也隐藏着脆弱，哭一场或许有帮助。我听人说过，在一个很静的夜晚，找个没有人的地方，边哭边说，把压抑一时的情绪恣意释放。哭，不仅是哭，还是对我们心理的一种开脱方式，哭后是坚强。心理释放因人而异，但有一点很重要，不好的心理状态要尽早和适当地释放出来，千万别憋着啊！"

党育新悄悄离开的时候，她听见妇女号啕大哭了。

果然，在哭过之后，妇女轻松了许多。然后，她悄悄离开了。

党育新觉得，不少受灾的人的心灵都蒙上了阴影，只有用我们的爱和真心，让他们真切地感受到他们不是孤单的，才能扫除他们心中的阴霾。

专家说，心理干预的急性期是安全感的缺失。汶川地震发生时，学生不知道父母、亲人、老师、同学的下落，面临着吃、住、饮水、防疫等困难，这时干预者除了倾听宣泄外，还要想办法帮助他们了解相关信息，解决相关问题，让他们获得安全感，鼓励他们说出自己内心的想法，理解、关爱他们，不要去简单地表扬或肯定。

当年唐山大地震，在震灾初期，灾区人民最迫切、最普遍的愿望是尽快与外界沟通联系，以消除内心的孤独感、失落感、遗弃感等消极情绪。而震后让他们心理获得平静的事件是解放军开赴救灾第一线，还有就是听到了党中央的慰问电。今天的汶川地震，通信快捷，信息通畅，而且温家宝总理以最快的速度亲临第一线，灾民不仅有了安全感，还有了信心。

中国中医科学院广安门医院中医心身医学科主任赵志付，提醒人们在灾害后的医疗救助中，要注重心理伤害和躯体疾病共治的统一性。

赵志付是河北唐山人，经历了1976年的唐山大地震。后来他又于1995年神户大地震后，去日本兵库医科大学进修心身医学，研究心身障碍。他认为，从中医的角度看，人的心理影响生理，生理也影响心理。因此，心理和生理是不能分开的，这就是中医学说中"心身合一""心身相关"或"形神统一"的依据，其"形"指生理、身体，"神"指心理、精神。强烈的唐山大地震，顷刻之间致使24万人死亡，整个唐山市化为一片废墟。突然发生的地震灾难，使日常"心平气和"的人们顷刻间走向两类极端的状态。一类是烦躁状态者，轻的不停哭泣，头痛头胀，彻夜不眠；重的胡言乱语，不认识人，呼喊失去的亲人，行为举止错乱，精神失常。另一类是精神抑郁状态者，终日以泪洗面，不言不语、不吃不喝，如同木头人一样，甚至出现轻生的念头和行为。

地震后，在伤病者及未受伤的灾民中，重伤员除了严重伤痛引起的躯体症状外，还出现了心理障碍症状，表现为恐惧、烦躁、焦虑、抑郁等情绪，许多人表示"不想活下去了"；轻伤员多数有恐惧、烦躁、抑郁情绪；未受伤的灾民多数也有恐惧、担忧等心理反应；原来有慢性疾病的人，如心脑血管病、慢性胃肠病患者，大部分病情会加重。

此外，在震灾救援过程中，救援人员处于过度疲劳的状态，又面对大量死亡的尸体并时刻呼吸着其发出的难闻的气味，身体和心理也会出现不良反应，如引起失眠、恐惧、头痛等症状。当然，有的人反应较轻而且很快就过去了，并能迅速投入到抗震救灾的工作中去。这是心身素质较好的一批人，正如中医所说"正气存内，邪不可干"。

汶川大地震比唐山大地震更加强烈，除发生了与唐山大地震相似的情况外，一些老人、小孩儿和妇女由于失去了亲人，房屋倒塌，身受重伤，导致心理受到了更加严重的创伤。对于上述这些在震灾中易发生心身障碍的人群，作为心身医学工作者应积极给予关注，从心身两方面对他们进行正确的诊断和治疗，以期使他们心身早日得到康复。

在晓坝镇的灾民帐篷区，唐山市第五医院的徐建国大夫正在给一个叫李上运的 14 岁女孩做心理咨询。

大地震发生时，李上运目睹了她的司学、好伙伴被掩埋在废墟里，并永远离开了她，从此，她郁郁寡欢。从那个悲惨的时刻起，她几乎是一直不吃不喝，也不和别人交流，只是躺在帐篷中黯然落泪。家人说，眼看着孩子瘦了一圈。

徐建国见到这个 14 岁的孩子后，二话没说，就像妈妈一样一把把她搂在怀里，告诉她说："我是唐山人，经历过唐山大地震……"

"唐山人"让灾区人听起来很亲切。徐建国的任务，首先是让李上运吃东西。她讲唐山大地震中唐山人的难处，讲灾难过后新唐山的发展，特别是孩子们的成长，讲到一个孤儿博士的成长历程。

说来也怪，李上运在徐建国母亲般的爱抚下，当场就吃了一个鸡蛋、一根火腿肠和一个小面包。

徐建国后来要去给别的孩子做心理辅导。临走的时候，她非常想见见李上运，看看她现在究竟怎么样了。徐建国和另外一位来自唐山师范学院的志愿者一起来到李上运家的帐篷外，一打听，"集体户"中的几个老大妈都喜上眉梢地说："你的招数真灵啊，你看吧，孩子跑出去玩啦！"

地震后的第三天，唐山第一批心理医疗专家就来到受灾最重的北川县，驻扎在北川中学开展心理救治。队员檀立是唐山华北煤炭医学院附属医院的心理门诊教授，当年唐山地震时，他仅仅 15 岁。他遇到很多需要心理治疗的灾区群众，这些灾民的第一表现就是目光呆滞、不愿意与外界交流，但是每当提到他们是来自唐山的时候，对方很快就融入了话题之中。

在北川中学附近，一位 50 多岁的妇女已经呆坐在废墟上两天了，就是不愿意撤离。檀教授在谈话中慢慢了解到，这位妇女没有失去亲人，只是年龄的原因让她对将来产生了绝望。她变得非常固执，反反复复就那一句话："我的房子没啦，我的车子毁啦，我以后的生活该怎么办呢？"然后就默默地掉了眼泪，她由此伤心地感到，明天负重前行的生存压力。

檀立知道，心理阴影的轻重并不在于有多少亲人遇难，有的人即使是没有一个亲人遇难，也有很大的心理疾病。檀立决心救助这个妇女。

檀教授的一句"我是唐山人"，让这位妇女开始与他亲近起来。檀教授讲唐山的过去与现在，讲国家改革开放 30 年的巨大变化，讲唐山人的好日子。

这位妇女望着檀立，她在檀立的脸上看到一种坚定的信念。

檀立继续说："大姐啊，啥比人的生命重要呢？有人在，什么车子、房子、冰箱、彩电，这些都会挣来的，你说是不是？"

妇女点点头。

"你看啊，这次汶川地震，我们唐山的一个地震孤儿一下子就捐了 1 个亿。这钱是哪儿来的？不是偷的，不是抢的，那是他们两口子辛辛苦苦挣来的！当初成孤儿的时候，他们想到过今天会这样吗？没有啊！人生没有做不到的，只有想不到的！他敢想就敢干，敢干就有好生活！是不？"檀立微笑着说。

妇女说："人家命好啊！"

檀立激动了，激昂恳切地说："啥叫命？再好的命也没有躺着掉馅饼的事情。只要有信心，就有办法去干！我看出来了，大姐觉得自己不年轻了，怕以后的生活没着落，怕以后不能达到震前的生活水平。要我说，你这种担忧是多余的，今天唐山人民的生活不知比原先好了多少倍！我们唐山有个女老板你可能不知道，她叫常玉珍，是全国人大代表，这老大姐比你岁数大，她自己开了个家具城，卖家具卖出了名堂，连锁店开了一家又一家，火着呢！她挣了钱，自己有好车好房，还把全市的老红军都接过来，她养着！把孤儿接来，她养着！那是白来的吗？不，是我们英雄的唐山人民玩了命挣来的！靠啥？靠的就是这抗震精神，有了这抗震精神就没有过不去的火焰山！"

"过去我听说过唐山，了不起！"妇女终于被说动了。

"你们北川也一样啊，有汶川抗震精神！你们比我们当年好多了，国家有实力了，挣钱机会多了，大姐还怕啥呢？"檀立诚恳地说。

40 分钟过后，这位妇女忽然擦干眼泪，顷刻间换就了一张笑脸。

是啊，我们不仅要活，还要活得灿烂辉煌！

在灾区，丧子母亲陈因清对生活开始绝望。活了 51 年的陈因清，最让她骄傲的是她的大儿子：19 岁成公务员，20 岁入党。27 岁的他是北川县一位主要领导的秘书，但是地震夺去了他的生命。陈因清的精神支柱垮了。大儿子就在眼前晃着，那些揪人的细节，回忆起来是十分折磨人的。尽管 21 岁的小儿子幸存下来，尽管还有大儿子留下的小孙子，但是她总觉得活着没有什么意思，一辈子辛苦换来的幸福随之而消失。她每天以泪洗面，喃喃地说："我受不了这种煎熬，别让悲伤陪伴我一辈子吧，我还是找儿子去吧！"她痛苦地闭上了眼睛，两颗泪珠滚落面颊。

对这位妇女进行心理干预的是队员汪海螺，他是华北煤炭学院心理学系的应届毕业生，是队伍中年龄最小的一个。由他来开导这位悲痛欲绝的妇女能行吗？很多人都替他捏着一把汗。可是，汪海螺没有退缩。开始的时候，妇女并不回答汪海螺的提问。他能感觉到她那冰冷的目光，冷得人心里没个底儿。后来他改变了方式，他要学以致用，首先从认知的角度来开导这位妇女："在这个家庭，您很重要，母亲是儿女终生的心灵港湾。经过这次地震，您的小儿子有没有变化？"

"有，他现在也不上网了，也开始做志愿者了。"

"您的小孙子那么可爱，您对小孙子的将来没有什么希望吗？"

"我希望孙子像我儿子一样出色！"

"如果您总是这样悲痛，那您如何培养孙子成才呢？"

……

"您可以想想，如果您一直这样下去，有什么好处？您的大儿子在九泉之下也会怪您的！"

"呜呜呜……"她哭了。

"您现在的主要任务是什么呢？"

"让我孙子好好上学，也希望我小儿子有所上进。"

"那您是否愿意改变您现在的心情呢？"

"愿意。"

"您是否希望有一个好的开始呢？"

"希望。"

汪海螺成功了。

用美丽的音乐唤起勇气和信心

汶川的同胞，我的好兄弟，唐山音乐人写一首歌给你，在泪光中轻轻地、轻轻地告诉你们，你们还会像昨天一样美丽。

面对突如其来的地震灾难，唐山著名音乐人石清、马永跃、杨晨、许明激情创作了赈灾歌曲《和你在一起》《心手相连》。他们希望通过优美的音乐对灾区人民进行心理救助，来安慰灾区人民心中的伤痛，鼓起每个人重建家园的勇气和信心。

这两首作品从词曲创作、录音到 MV 的拍摄，只用了 5 天的时间。这期间，石清、杨晨往返奔波于录制现场，联系录音乐手、协调歌手、安排拍摄 MV，在摄制组连续度过了 3 个不眠的日夜……每个人的心愿只有一个，就是希望四川灾区的人民早日振作起来，重建家园，并感谢为灾区奉献爱心的所有人。

流行歌手一齐动员起来了，王飞雪、杨晨、许明、胡春光、杨慧玲、刘心凌、温超、张杰……这些在唐山音乐圈耳熟能详的名字，在灾区人民需要他们奉献爱心的时候，在相同的信念下聚在一起。王飞雪，以高亢的嗓音和动情的演唱曾获得过 2006 年 CCTV《梦想中国》第四名；许明，唐山吉他大师，专辑《悟空随想曲》热销一时；杨晨，《唐山广播电视报》娱乐版编辑，多年的音乐创作积累奠定了他在唐山音乐圈的领军地位；胡春光，唐山后海音乐俱乐部的发起人，摇滚歌手；杨慧玲，兰若传媒主持人；刘心凌，网络当红歌手，一首《不要对我坏》人气超高；温超，唐山电视台著名节目主持人……

对于歌曲的录制过程，大家都非常有感触。带病从北京专程赶来的家乡明星王飞雪对记者说："电视上那些抗震救灾的画面对我的触动非常大，我应该以自己特有的方式来为灾区人民做贡献。"《心手相连》的曲作者许明向记者介绍说："整首歌曲舒缓中透着激情，前一部分用鼓声刻画出地震来临的场面，随后加入弦乐以表现抗震救灾的感人画面，在歌手们的真情演唱中将歌曲的高潮部分烘托出来。此外，在中间部分还加入了歌手刘心凌天使般的吟唱，给人以空灵的感觉，以慰藉人们受伤的心灵。"主持人杨慧玲说："为灾区奉献爱心我们义不容辞，作为主持人更多的是用话语来表达自我，但这次我更愿意通过自己的歌声来表达对灾区人民那种血浓于水的真挚情感。"青年歌手刘心凌对四川地震有着自己别样的经历："地震的时候，我的母亲正在四川，我心急如焚，一直给母亲打电话。因为母亲不在重灾区，没过多久就联系上了。尽管如此，我却感受到了灾区人民那种大难来临、亲人离散的痛苦。所以，尽管我没有能力前往灾区救灾，但可以用歌声来安慰灾区人民大灾后受伤的心灵，用自己的歌声为他们祈福。"

　　作为歌曲《心手相连》的参唱歌手，胡春光不仅为录制工作忙前忙后，同时也第一个奉献出了自己的爱心。以自己后海音乐俱乐部的名义，分别举行了3次大型赈灾义演活动，所得收入和募集到的善款全部捐献给了灾区人民。他伤感地说："我的一位朋友不幸在地震中离去了，祝他一路走好。"而盛世演艺演出公司的总经理王世杰先生则准备将《和你在一起》《心手相连》这两首公益歌曲下载到 500 部 MP3 中，在最短的时间内亲赴灾区分发给受灾群众，最直接地用歌声来安慰灾区人民："我经历过唐山大地震，感受过受灾时的那种酸楚。现在呼吁食品救灾、饮水救灾，而我们在用自己的行动进行着文化救灾！"

　　此次创作公益歌曲的发起人、唐山著名音乐人石清、杨晨等人向记者谈了创作的初衷，他们说："我们要用音乐抚平那些受伤的心灵。对于汶川地震，唐山人有着不同于其他地区的特殊情感。32 年前唐山大地震时，唐山得到了来自全国各地的无私援助，现在汶川地震了，我们唐山人也要奉献出爱心。创作公益歌曲是我们唐山音乐人第一时间所能想到的，现在国际上很流行'音乐治疗'，音乐对心理疾病有很好的治疗作用。大灾过后，有很多人不能从失去亲人的悲痛中摆脱出来，出现了灾后心理疾病。因此，需要很多心理医生奔赴灾区做心理辅导工作。我们不能亲身前往四川，但我们可以用音乐做心理干预，寄托人们对离去亲人的思念，鼓起他们重建家园的勇气，让他们感受到社会各界的关怀。"

　　现在，《和你在一起》《心手相连》两首作品已经唱响。这两首寄托着唐山人民的祝福与思念的赈灾歌曲将通过电视、网络、电台等媒体持续播出，给灾区人民苦难的心田注入一抹清晨的阳光！

　　唐山人在告别灾难的 32 年里，一直在用爱来弥合地震带给心灵的创伤。人终归要寻找自己的"精神家园"，终归要面对自己的灵魂。旧有的家园被地震摧毁了，自然要建立新的家园，这是人类得以繁衍、进步的规律。唐山大地震对唐山人文化心理的影响非常大，抗震精神是唐山人民精神生活的一笔宝贵财富。这笔财富的源头是抗震，财富的终点是创造经济上的奇迹，也就是彰显唐山地域文化的独特性。唐山 30 多年来的变化说明了这一点。都说大难之后必有后福，我们欣慰的是，唐山人在享足了"后福"之后，还在积极地用文化营养"穷"的心灵。这个城市制造了一个个的梦，更能制造一个个新的觉醒。我们有了文化的觉醒，给汶川兄弟做心理救助的时候就会更得心应手。

　　有人活着是为了满足自己的欲望，有人活着是为了升华自己的灵魂。灵魂的充实与快乐，才使一个生命真正有了价值。精神的家园，应该是生命的化身，梦想的化身，正义和高贵的化身，绝望、苦难和欢乐的化身。但同时，灵魂又是复杂的。当灾难又一次到来的时候，唐山人正在用一颗善良的心干预那些复杂的、惊扰的灵魂。这样的难度可想而知。但唐山人没有退缩，他们没有豪言壮语，没有大话套话，而是用一颗朴实而真诚的心点燃了灾区人民心中的希望之灯，照亮了他们前行的路。心的溪流，涓涓而淌，滋润着人们的心田。灾区人民感受到了来自唐山幸存者的心灵抚摸，然后传达出独有的、陌生的、惊异的生命质量……

　　是的，我们曾经在苦难中征服苦难。

　　是的，我们将在绝望中放飞希望！

第七章　唐山与汶川，
在废墟上崛起

告别与重生

尽管是原址重建，唐山也有告别。清墟即将开始，唐山人首先告别的是废墟。

这一天，唐山人到废墟上烧纸，就像每年的"7·28"一样，这天晚上，天空已经亮出一片星星。在唐山城市的街头、路口会燃起一堆堆的祭奠震亡者的冥纸，在明亮街灯的辉映下，纸火显得幽暗而飘忽。第二天，大街上会留下用粉笔或砖头画出的圆圈和一片片的纸灰。有人说这是唐山街头一道独特的风景，这是唐山人心灵上的伤疤，这道伤疤承载了大地震带给我们的所有苦难和悲伤。随着时间的推移，汶川、北川的街头也会出现这道独特的风景。逝去的人哪里知道，正是他们的离去，给众多亲人带来永久的痛苦。一个人的痛，无数人的痛，最终完成对痛的超越与升华。

汶川地震后的告别是悲壮的。我们把目光聚焦在最严重的北川县城。

5月20日凌晨开始，北川县城开始"封城"。除救援人员外，其他人员几乎无法进入城区。北川县县长经大忠伤感地说，采取"封城"措施是不得已而为之，此举主要是为了防疫、防汛等，保障群众的生命安全。封城的前一天，北川的幸存者们来了很多，他们要与祖祖辈辈生活的地方做最后的诀别。

北川的大学生席西因为回家考公务员，和北川县城的 2 万乡亲一起经历了这场大地震。席西认为自己很幸运，他的家庭在震后保持了完整，这在北川县城极为少见。席西和父母在绵阳市区的九洲体育馆待了几天，市里发布了对年轻力壮的男青年的征召令，希望有能力的青年回家乡帮助重建。前天，席西和父母返回了北川，就住在北川中学后的操场。这个时间正好是北川地区油菜成熟的时节，席西等大批返回家中的青壮年劳力将帮助受灾群众"收小春"，之后还要"播大春"。

告别的时候，席西想在县城的街道走走，再去小河街买好吃的东西，等着过六月初六的祭大禹，还有十月初一的羌历新年。他爱这个小城市。可惜，这座城市没有了，再也不会给他这样的机会了。听说以后这里就是国家地震博物馆了。

席西是羌族人，在成都的一所大学读大四，23 岁的他粗壮、黝黑，典型的羌族人的相貌，只不过鼻梁上架着眼镜。一直到 19 岁高中毕业，他的绝大部分时光都是在北川县城度过的。5 月 12 日，正在小河街闲逛的他突然感到地动山摇，两边山上的巨石向下滚落，很快将县城大多数建筑掩埋冲倒。整个县城被笼罩在烟尘之中。席西撒腿往位于县政府的家中跑去，在楼下见到了跑出家门的父母。一家三口一路跑出了县城。在北川中学，席西看到自己就读了6 年的学校变成了一片废墟，忍不住哭了。

他马上投入了抢险救人的行列。

沿着这条绿树成荫的街道一直往下走，可以走到他的幼儿园和小学。小时候，席西的爸爸每天一早就会推着一辆自行车，将席西放在后座上，慢慢推着5 分钟就可以到达幼儿园。席西走到了幼儿园的废墟上，幼儿园已经没有了，很多当年教他的老师都压在里面没有出来。幼儿园再往前右拐，便是县城所有小朋友都喜爱的小河街，这条沿着湔江修成的街道连接县城的新老城区，是县城的商业中心，除了一个菜市场，还有服装、副食等小商店。每当席西在幼儿园取得好成绩后，爸爸就会奖励他，带他去副食店给他买爱吃的糖果。

小河街给席西的记忆总是美好的。

席西最爱羌历新年扎酒。北川县城一年有三次大节日，因为汉族和羌族差不多各占一半，所以除了传统的汉族农历新年外，作为大禹的故乡，六月初六的祭大禹是北川特有的一个节日。另一个更为盛大的节日，则是十月初一的羌族新年。羌族新年的时候，晚上会在县城每个路口点上一堆篝火，在火上开始烤全羊，一阵阵肉香会把附近的居民全部吸引过来。大家围着篝火又唱又跳，一直到深夜。众多羌族群众盼着新年，其实就是盼着能够扎酒。扎的酒是由青稞、大麦等各种杂粮和水果酿制成的，装在坛子里面。大家欢唱的时候，男男女女也轮流围着坛子，用长长的竹管伸进坛口，站着吸食坛里的美酒。席西每次也混在人群之中大口扎酒，因为只有在羌历新年偷喝酒，不会回家被父母责骂，因为爸妈也都喝醉了。

告别的人越聚越多。

鞭炮在席西身边炸响了。

羌族的民俗，给人送葬的时候要放鞭炮，今天要给这座城市送葬了。

灾民跪在废墟上，不停地磕头，哭声一片。

席西没有哭，还哼起了羌族流传的劝酒歌："万颗明珠一坛收，王侯将相尽低头，双手抱定朝天柱，吸得黄河水倒流。"哼着哼着，他就泪流满面了。

歌声悲壮，在北川的废墟上飘荡。

席西在歌声中，感觉到了力量。一个新北川城就要诞生了！

席西已经听说了，北川县城新址初步选定在与其邻近的安县安昌镇。此镇距北川县城20公里左右。

四川地震灾区的重建，要从唐山恢复建设中获取启示和经验。

唐山大地震之后，重建之前是恢复生产。唐山人以泰山压顶不弯腰的气概掩埋好亲人的尸体，擦干身上的血迹，迅速投入到恢复生产之中。以血泪浇筑崛起之魂，用铁臂擎起断梁，向着光明和希望挺进。

开滦煤矿有6500多名矿工和2万多名家属遇难，2000多名职工重伤。震后第8天，幸存者忍受着巨大悲痛，来到满目疮痍的矿山开始恢复生产，震后第10天就产出第一车"抗震煤"。地震使唐钢遭到严重破坏，转炉熄火，高炉移位，厂房倒塌。职工震亡1788人，接近总人数的十分之一。地震第二天，冶金部一位副部长就带着医务人员和十一冶的施工人员来到唐钢。冶金部组织全国各大钢铁厂、冶金基建工程兵、冶建公司、设计院等，打响恢复生产攻坚战。震后第 14 天，唐山电厂并网发电；震后第 20 天，唐山机车车辆厂造出第一台机车；震后第 28 天，炼出第一炉"争气钢"；震后一年，工业生产全面恢复；震后第二年，工业产值超过震前水平……1978 年 1 月 20 日，《人民日报》报道称：唐山抗震救灾取得了决定性胜利。大灾之后复产之快，堪称世界抗灾史上的奇迹。

正是在全国人民的支持下，唐山人凭着百折不挠的抗震精神，在抗震救灾中创造出神奇的"唐山速度"。

从此，唐山进入了十年重建、十年振兴、十年快速发展的历史时期。

1976 年 8 月 8 日，灾难中的唐山异常闷热，空气中弥漫着难闻的异味。由国家计委、国家建委和中央有关部委组成的国务院联合工作组来到唐山，在指导帮助恢复生产的同时，开始研究重建唐山的规划。著名建筑学家吴良镛教授也在其中。

几天后，赵振中，这位当时唐山市城建管理系统"革委会"规划科副科长，怀揣一张从单位废墟翻找来的《唐山市地形图》，配合专家工作。小树林深处的帐篷就是他们的办公室兼卧室，里面闷热而潮湿。尽管条件艰苦，专家们却豪情盖天，他们还带来了过冬的衣服，大家只有一个共同的心愿，早日把新唐山建设好。他们每天一大早就出去调查，晚上回来后还要讨论、画图、晒图。赵振中带来的这张地形图派上了大用场，这是当时专家们唯一可参考的唐山地形图。

十月秋风起，简易房建设接近尾声。35 万多间简易房，连绵起伏，成为唐山震后一大景观，唐山也成了一座"简易城市"。1976 年 8 月 6 日，河北省唐山抗震救灾前线指挥部召开建房工作会议，要求在冬季到来之前，让灾民住进不怕余震，又能保暖越冬的简易房。群众从废墟中捡出石头、整砖和木料，就近取土，在参加抗震救灾的解放军官兵的帮助下盖起了大批简易房。冬季取暖之前，唐山地区建成 187.9 万间简易房，其中市区 35 万多间、420 多万平方米。

就在此时，一份凝聚着规划专家心血的唐山城市建设总体规划方案初步完成。唐山是中国近代工业的摇篮，原地重建可以减少征地和搬迁的巨额费用，而且对保留唐山历史特色，促进唐山经济发展有着重要意义。只要避开活动断裂带，一般不会有大问题。最终，决策层还是采纳了就地重建的意见。对此，专家们提出了四个"有利于"的原则：有利于环境保护，有利于发展生产，有利于方便生活，有利于抗震。

三月春风唤桃花，全国14个省市的100名规划专家又一次齐聚唐山。一时间，吴良镛、周干峙、张开济、戴念慈等国内规划和建筑界大师争相踏访这片城市废墟，要用精彩之笔在这里描绘最新最美的图画。从初春到盛夏，专家们辗转1600多个单位，分析计算4.89万个数据，绘制2340多张图表，制作6个规划模型，编制出了城市道路、给排水、煤气、供热、绿化、供电等专业规划图。

唐山人再次看到了低空掠过的飞机。它不再是投放食品和撒药防疫，而是国家建委派河北省测绘局、陕西省测绘局对唐山市区进行大面积航测。河北省城勘大队、华北勘察院配合平板仪成图，测绘1：1000的地形图，满足了设计需求。这样的飞行，给唐山人带来了希望。

唐山市委根据上级指示，调整方案将唐山市规划为路北区、路南区、东矿区和新区4个区，城市人口76万，占地73.22平方公里。在避开断裂带和采煤波及区的前提下，路南区规划建设13个住宅小区。原有企业一般原地重建，污染严重且就地难以治理的企业，迁出路南区。小山基本按原来闹市区规划恢复建设。

唐山重建，基本是按这次调整后的规划进行的。这也是唐山市历史上第一个科学的城市总体规划。

至此，唐山恢复建设的大幕徐徐拉开。

这是一个难忘的9月。在唐山震后恢复建设的关键时刻，中国改革开放的总设计师——邓小平同志亲临唐山视察。在生产现场、建筑工地，他一处处走，一处处看，大到新唐山的规划建设，小到居民住宅的一扇窗子，他都特别关注，亲切叮咛。对唐山这座百年工业城市的恢复寄予厚望，为新唐山的建设和发展描绘了美好的蓝图。

新唐山落脚的地方，是原来布局杂乱又经地震破坏的地方。

2000 多万立方米的建筑废墟如何清除？ 35 万多间简易房、16 万多户居民如何搬迁？这是唐山复建面临的两大难题。早在 1976 年秋冬，市武装部就组织基干民兵开始清墟。1979 年 3 月，唐山市成立机械化施工公司，随后掀起真正的清墟高潮。推土机碾压着碎砖烂瓦，载重汽车隆隆轰鸣着，黄尘滚滚，一趟趟把废墟运往市郊的大坑填埋。

对此，唐山人悲欣交集，那一车车的瓦砾曾经是他们栖身的家啊！但同时他们仿佛也看到了新家园的雏形，看到了希望……

为了破解难题，唐山市在郊区和市区新规划出的空地上，建起河北小区、机场路小区、赵庄小区等 6 个住宅小区。这 86 万平方米住宅，专为"搬迁倒面"使用。1979 年下半年，唐山第一批搬迁户迁入新居。此后，边建房，边搬迁，边清理，住宅建设速度逐步加快。有人说："从 1976 年到 1986 年十年间，汽车拉走了一个唐山（清墟），内部消化了一个唐山（简易城市），合力建起了一座新唐山！"在恢复建设中，唐山始终坚持住宅为先、住宅为重，是为百姓做的头等大事的"一号工程"。

1978 年 4 月，柳吐嫩绿，花发新红。城市里，绽开的山桃花吸引来嗡嗡嘤嘤的蜜蜂，满眼简易房的城市挡不住春天的脚步。凤凰山下的市委第一招待所内，唐山民用建筑设计方案讨论会正在热烈召开。由国家建委、河北省建委、唐山建设指挥部和中国建筑学会四方召集的这个会议，对唐山震后住宅最后"定型"。结果，从 208 个方案中优选出 2 个居住小区的规划方案和 25 个住宅设计方案。会议结束后，北京市、河北省的几家设计单位为唐山建设编制了住宅通用图。

1979 年下半年，唐山进入大规模恢复建设阶段。除了路南区外，唐山各区、街道都有建筑工地。当年开工面积达 340 多万平方米。

整个唐山就是一个建筑工地。整个唐山大地塔吊林立，施工车辆往来如梭。当时，唐山有 4 家建筑公司，分别是一建、二建、三建和四建。他们和来自全国各地的 45 支、8 万人的援建队伍汇集在一起，组成 10 万建筑大军，在市区 100 多个场地摆开了重建新唐山的战场。引人注目的是，施工大军中还有基建工程兵、铁道兵 15 支部队参加建设。规模最大时,援建队伍达 11 万人,援建单位 62 个。

"没有解放军,没有别的地方人来这里帮助建设,我们现在不会是这个样子,唐山人什么时候也忘不了这一点。"赵振中双目发涩,话语不由得轻轻颤抖起来。

"所有人都是建设者!"

"刚到唐山的时候,到处是倒塌的楼房,还有没有清运走的瓦砾。真惨哪!"邯郸二建员工赵林峰说,他当时被眼前的境况震惊了。

根据唐山有关部门统计,大地震中,全市城乡民用建筑 68 万余间 1000 多万平方米,被地震损毁 65 万余间,达 95%;在唐山火车站、小山、解放路、宋谢庄、复兴路、新立庄、风井和梁屯一带,建筑物被毁得荡然无存,交通基本断绝;东西铁路干线被切断,京沈铁路瘫痪,更让人心头发紧的是,失去的亲人已经永远不能再回来了,而余震又在时时威胁着人们的生命安全。

"工期紧啊,白天干,中午干,晚上加班接着干。"当时做油漆工的赵林峰回忆说,当时邯郸二建建设的小区,每个单元层 3 户,每户 6 至 7 个门,每天他要刷 3 层。

而邯郸二建另一位职工凌海山负责往工地上运送材料,更是没日没夜,只要上面一声招呼,立刻就得出车。"那时候机器不能停,只要机器出个故障,所有人马上都能睡着了!"凌海山说。

"再苦再累也得坚持,我们当时只有一个目标,让唐山人民早日住上房,住好房。"几乎所有参加援助唐山重建的工人、干部,都会说出同样的一句话。

而在这个过程中,唐山自己也没有闲着。

唐山一建在震后第二天就发出通知:"3 天到工作岗位!"尽管这家建筑公司在地震中永远地失去了 604 名职工,包括党委书记在内的 9 位领导班子成员中的 4 位,16 名中层干部,此外还有重伤员 317 人。但 1978 年,他们建设了新唐山第一栋楼房"7801"。至 1986 年,唐建建成住宅楼 632 栋,住宅 11.8 万套,建筑面积 91.6 万平方米,并于 1980 年建设了新唐山第一栋高层建筑——唐山宾馆。

到唐山来的所有人都是新唐山的建设者。于是，随着抢险救灾形势逐渐好转，唐山出现了一幅幅让人心神激荡的场面：刚刚失去亲人的男女老少，坐在废墟上把还可以用的砖头拣出来，"喀哧喀哧"清理干净，摆放在一边，准备盖简易房或者今后重建工程使用。

经历了两个冬季和一个雨季，唐山大多数简易房已不堪风雨。屋顶油毡老化，一到雨天，不得不把脸盆等派上用场。那滴滴答答声令人心酸不已。为此，省市领导焦急万分。为了加快工程建设，1979 年，河北省又组织全省力量进行"百台塔吊大会战"，场面非常壮观。建设队伍中，邯郸市第二建筑公司是一支雄师之旅。1979 年至 1986 年，"邯二"在唐山完成建筑面积 110 万平方米，竣工交付的 668 个项目均达到"内坚外美"。他们还创造了"三高"：高产值、高质量、高效益，得到了时任中共中央总书记胡耀邦、国务院副总理万里的高度称赞。

从 1979 年下半年大规模建设全面铺开，到 1986 年 6 月底唐山复建完成，恢复建设竣工面积 1800 万平方米，其中住宅面积 1122 万平方米。均实现当年竣工，当年配套，当年入住，入住户以每年 2 万至 4 万户的速度增加着。

震后唐山市区灾民为 16.3 万户，以后每年大约新增 2 万多人，合 7000 多户。1985 年底，唐山市区已发展到 23 万户。为此，唐山压缩或缓建市政、公用或公建项目，力保居民入住。这样，到 1986 年底，全市有 23 万户居民迁入新居，占当时总户数的 98.5%。

新唐山建设避开了地震断裂带，城市建筑增加了抗震设计，设防标准是全国最高的，被专家称为国内最坚固的城市。

1986 年 7 月 28 日，距大地震整整十载。唐山向世界宣告：重建工作基本结束！

1986 年 6 月 30 日，美国《新闻周刊》发表《从废墟上兴起的城市》。文章说："唐山的新生证明了她的人民的复原力，以及证明了中国在邓小平改革政策指导下跨出的巨大步伐……这座重建的城市，在许多方面体现了中国雄心勃勃的现代化目标。"

1990 年 11 月 13 日，联合国向唐山市政府颁发了"人居荣誉奖"，成为新

中国成立 40 年来第一个被联合国授予荣誉称号的城市。颁奖仪式上，受联合
国副秘书长、人居中心执行主任阿考特·拉马昌德兰博士委托，联合国开发计
划署驻京办事处代表毛瑞先生特别提到，20 世纪三分之一的地震发生在中国，
地震中死亡的 265 万人中的 89% 是中国人。向唐山市政府颁奖，是为了嘉奖
其在 1976 年地震后规模巨大的重建中取得的成就，这是以科学和热情解决住
房、基础设施和服务问题的杰出的例子。"唐山的经验表明，人民的积极参与
对改善灾后人类居住条件起到重要作用。"

　　新唐山，张扬着生命的诗意和激情。它就像一滴水，融进了中国改革开放
的洪流，汹涌澎湃地向未来的高地冲去……

　　昨日疮痍之地，今朝广厦万间。汶川地震灾区的考察、论证、设计已经开
始，不久即可拉开重建的帷幕。在这片神奇的土地上，英雄的巴蜀儿女定将以
移山填海之力，擎起一座座崭新的城市。

　　我们欣喜地看到，英雄的汶川人民已擦干眼泪，继续前行。灾区农民李成
林，地震中失去儿子、儿媳和孙子，眼泪流干了。李成林老人还没有摆脱灾难
的噩梦，就走进田野恢复生产了。他有一个朴素的想法："既然活下来了，就
要活得好一点！"地震中，灾民张必生一家 4 间瓦房全部垮塌，5 口人无家可归。
懂电工技术的张必生，被当地劳务部门安排去国外打工。临出发前，一家人奋
战几昼夜盖好了简易住房。他满怀信心地说："只要人在，手还在，就一定会
过上好日子！"这次灾难中，有 2 万多家企业受灾停产。位于四川绵竹市的东
方汽轮机厂，是我国三大轮机和风力发电设备制造企业。地震中，许多厂房倒
塌，直接经济损失超过 50 亿元。地震刚结束，东汽的干部职工就冒着余震的
危险抢修设备，搜寻技术资料，5 月 17 日东汽风电机组就隆隆地响了起来……

　　汶川大地震中，许多学校教学楼倒塌，造成学生伤亡较重，对此，人们对
建筑质量极为关注。许多专家对四川灾区重建提出建设性意见：重建的首要问
题还是要安全。事实上，经过 1966 年邢台地震、1976 年唐山大地震，有关部
门在对工程震害进行调查并展开相应的科学研究后，都在其后的建筑抗震设计
标准修订工作中提高了建筑的抗震能力。这次地震以后，是否需要提高抗震设

计标准，会结合震后工程震害调查，在地震部门对当地地震烈度进行复核的基础上，结合工程科研的最新成果，综合考虑我国经济社会发展的实际做出决策。

抗震规划需要从多方位入手。这次地震，成都平原靠山区的县市都损失惨重。虽然成都市区是安全的，但也受到一定影响，并且一定程度上压缩了成都经济圈向西拓展的空间。有专家指出，成都地处喜马拉雅碰撞带的地震高发地带的边缘地区，成都平原尤其是平原西部以后要慎重发展重化工业，以免地震时造成危险品泄漏。另外，成都不应该追求建筑的高度，可追求建筑的美观、人性化、城市的良好生态等。

两院院士、建筑与城市规划学家吴良镛曾于 1976 年唐山大地震后赶赴灾区，参加了新唐山的城市规划工作。他总结了唐山大地震给后人留下的教训，给汶川大地震的灾后重建问题提供了参考建议：首先，从建筑工程上来说，建筑安全应是第一位的。唐山地震时，唐山的建筑大多是用预制板建成，靠板与板之间的钩子实现连接。一旦地震，其工程质量很难保证，以至于后来唐山人将预制板叫作"棺材板"。

此外，一个城市的生命线十分重要，包括其四通八达的交通、电讯、广场等公共设施。在大地震后，首先是城市的生命线被摧毁了，交通被破坏，救援人员不能以最快的速度到达；电讯中断，不能及时与外界联系。这方面的规划有待加强。另外，城市应该有足够的绿地。绿地不仅可以起到美化环境的效果，在地震中更起到救命的作用。唐山地震时，凤凰山公园大片的绿地救了不少人。地震后，唐山在城市规划中也非常重视绿地的建设。而现在摆在我们面前的一个严峻现实是，许多地方贪图一时的经济利益，房地产商开发时把大片的绿地无情地"吃掉"了，这是很危险的！

日前，中国城市规划学会发起倡议，面向城市规划专家征集有关创意。正如这项活动在倡议中所指出的，研究灾害规律，加强城乡的防灾能力，是四川灾区现代化城市建设的一项基本功能，城市规划师在这方面应肩负重任。这次大地震中受灾城市的重建问题，必然会引起各界讨论，并将成为接下来的关注焦点。

2008 年 5 月 21 日，国务院常务会议决定，举全国之力多渠道筹集灾后重建资金。中央财政今年安排 700 亿元，建立灾后恢复重建基金，明后年还会继续支援。

5 月 26 日，党中央、国务院做出了"建立对口支援机制"的决定。国务院明确规定：实行一省帮一重灾县，几省帮一重灾市，举全国之力，加快恢复建设。把握先机的战略决策，环环相扣的推动布置，为恢复重建的顺利进行奠定了基础。在全国人民喜迎奥运的日子里，四川灾区拉开了重建的帷幕……

人间有爱，心手相牵

·地震孤儿快乐成长·

地震孤儿，这是让我们一看就流泪的名字；这是让我们一念就心颤的名字。

汶川大地震造成 4000 多名孤儿，与唐山大地震的孤儿人数大体相当。如何让孤儿幸福成长，是摆在抗震工作中的首要问题。

1976 年唐山大地震使 4204 名孩子成为孤儿，其中唐山市 2652 人，唐山地区各县 1552 人。这些孩子中年龄最大的 16 岁，最小的出生不过百天。

可是，有党和政府做后盾，孤儿不孤。从唐山对孤儿的安置上，或许对汶川方面有些启发。当时唐山成立了由市委一把手任组长，民政、卫生、财政、商业、劳动、总工会、粮食局等有关部门领导为成员的孤儿安置领导小组，并下设秘书、政策研究、安置管理三个组。

采用了多样的安置渠道：一是专门成立育红学校。震后，河北省政府迅速决定在石家庄和邢台建立两所育红学校，专门安置地震孤儿。其中，石家庄育红学校接收安置 514 名，邢台育红学校接收安置 247 名。在这些孤儿中，三名孤儿由于不能查找到其父母信息，所以为其取名党育红、党育苗、党育新。学校设有哺乳室、幼儿班、学前班，小学各年级乃至初中班、高中班，生活条件和学习条件都优于社会上的一般儿童。唐山专署、华新纺织厂等也都成立了育红学校和育红院，通过此种方式共安置孤儿 948 名。二是福利院收养。通过各福利院共收养孤儿 273 名。三是亲属带养。孤儿相关亲属有抚养能力的，由亲戚收养；孤儿的哥哥姐姐尚存且有抚养能力的，跟随哥哥姐姐生活。通过亲属带养，安置孤儿 2843 名。通过以上三种方式，共安置孤儿 4064 名，占孤儿总数的 96.7%。其余孤儿由父母生前所在单位集中管理，安排进入子弟学校就读，毕业后安排工作。

为保证孤儿的正常生活，当时河北省、唐山市均以文件的形式，明确要求各级各单位切实保障孤儿的生活费，可以由父母生前单位从遗属补助费中支付。

孤儿父母生前有单位的，单位解决，孤儿父母不详或生前无工作单位、孤儿集中收养的，生活费交纳或拨付予亲属。孤儿生活有特殊困难的另行救助。32 年来，在党和政府的亲切关怀下，震后孤儿均健康成长。1995 年，唐山综合福利院的最后一名震后孤儿参加工作。至此 4204 名唐山孤儿已全部走上工作岗位。

遭遇地震创伤的唐山孤儿是不幸的。因为他们有过美好的梦，那个梦是家庭，是他们整个生命的支撑，现在这个梦毁掉了，就从梦中走到现实中来了。而幸运的是，这些需要呵护的幼苗在"阳光"下能够幸福成长。32 年来，总有无数爱心在"接力"中传递，温暖着孤儿们的生活，用大爱滋润着他们的心田。于是，这些地震孤儿更懂得珍惜拥有的爱与幸福。自立之后，许多人揣着一颗感恩的心，又开始了另一场"爱心接力"，去帮助更多需要帮助的人。

地震后，失去父母的张家五姐弟在废墟上组成了一个家，"家长"是 17 岁的大姐张凤敏。几个孩子支撑着一个家，其中的艰辛可想而知。

震后一个下着倾盆大雨的深夜，五姐弟住的简易棚里也"下"起了雨，正当五双小手端着锅碗瓢盆接雨水时，救灾的部队领导查夜来了。"解放军把雨衣脱下来，挡住简易棚上的窟窿，自己却淋在雨中。第二天一早，解放军过来紧急给我们盖房。那份真情啊，一辈子都忘不了！"在大妹张凤霞的记忆里，那是个"连当时市领导都不见得有"的漂亮房子，她们拥有了。

那天解放军把房子盖成了。张凤敏买菜朝家走，第一次看见自己的房子，远远地看见她家屋顶上摇曳着一柱灰白的炊烟，一股说不出来的温暖和甜蜜刹那间涌上了心头。她忍不住鼻子一酸,几乎要哭了。

之后的十来年时间里,解放军叔叔时刻惦念着她们,还不断地给张家姐弟送米、送面,整车的送大白菜和煤。近十来个春节,张家姐弟都是被接到大姐张凤敏所在的部队度过的,她们到一起就怀念解放军叔叔的关爱。

五姐弟都长大成人了,也都有了一个稳定的工作和幸福的家庭,几十年来,每个周末,姐弟们都会像回"娘家"一样回到张凤霞那里聊家常。

"要让关心过我们的人看到我们幸福的现在。"张凤霞说。

唐山抗震 20 周年纪念时,五姐弟专程去辽阳"寻亲"。曾有一位叫吴宝锦的叔叔,在她们小时候经常寄钱、袜子和手套。也就在那时,姐弟们才知道吴叔叔竟是个盲人,家境并不宽裕。

1996 年,五姐弟专门到辽阳看望这个可敬的吴叔叔。吴叔叔听说是唐山五姐弟来了,十分高兴,他用手紧紧地抓着她们的胳膊,抚摩着她们的脸:"你们都好吧?都好我就高兴啊!"五姐弟全哭了。五姐弟给吴叔叔带来了唐山特产麻糖,可惜吴叔叔得了糖尿病,不能吃甜食了。吴叔叔笑着说:"别买东西,我看着你们都长大成才,比啥都高兴啊!这麻糖我收下,它象征着你们的生活比麻糖还甜哩!"

五姐弟被说笑了。她们希望吴叔叔这样的好心人健康长寿。

而今年,五姐弟最大的愿望就是找到那些曾帮助过她们的解放军们。尽管线索断了,她们每天还要去寻找。汶川大地震发生时,五姐弟悲伤至极,她们主动捐款,有的还报名领养汶川地震的孤儿。

书写唐山孤儿,有一个人物是无论如何也绕不过去的。那就是当年石家庄育红学校党委书记、校长董玉国。

董玉国记得,石家庄育红学校是震后一个月建立的。那一天,他突然接到市教育局通知,让他马上交接工作后到市委组织部报到。原来,省里决定在石家庄成立石家庄育红学校,集中收养唐山地震孤儿。组织决定让董玉国当校长。这位开滦矿工出身的唐山籍教育工作者是唐山丰南人,对家乡唐山孤儿有感情,由他筹建这所特殊学校最合适。

仅仅十几天,就从 173 个单位调来 260 人组建起教职员工队伍;仅用 35

天，一座 3300 平方米的教学宿舍楼就竣工投入使用。8 个办事处、40 多个居委会的大娘大婶连夜赶制了表里三新的被褥，长征路小学为孤儿做了几百个枕头……一个吃、穿、住、学、用全由国家供给，能满足从幼儿园到高中各阶段教学的特殊学校就这样诞生了。

董玉国说："盖楼前需要征地，市领导让民政局找桥东区。民政局领导面露难色：这可是块宝地呀，恐怕桥东区不给。市委书记对民政局局长说：'你去讲，估计他们会同意。如果不同意，市里出车把他们拉到唐山，让他们看看唐山地震的惨状，看看那些可怜的失去父母的孤儿们！'"

"后来证明，民政局的顾虑是多余的。区里一听给孤儿盖房特别痛快，当天下午就开了工。石家庄人民对唐山孤儿是很有感情的。"

1976 年的 9 月 8 日，153 个惊魂未定、穿着各式各样不合身衣服的唐山地震孤儿出现在省会人们面前。孩子们挎包里装满糖果点心和日用品，左胸上用大头针别着写有姓名、年龄的白布条。有的孩子细细的腕子上还戴着亮晶晶的手表，有的脖子上挂着缝纫机机头，那是父母的遗物。董玉国心情沉重，喉咙哽咽，事先想好的欢迎词一句也说不出来。

3 个只有六七个月大的女婴格外惹人怜爱。产假尚未休完的刘曙光、刘俊琴老师，看孩子哭闹就用自己的奶水喂饱她们。别的孤儿身上都有写着名字的布条，只有这 3 个没有，董玉国回忆说："我们校党委和阿姨们商量一下，给她们起名叫党育红、党育新、党育苗。她们都姓党，是党的女儿。"

孤儿们晚上到的石家庄。学校早就准备好了绿豆汤和炸果子，市领导亲自到浴池检查洗澡水凉热。新华区一家服装厂听说唐山孤儿来了，决定免费给孩子们定做衣裳。厂里来人给每个孩子量体裁衣，工人们忙了一夜，第二天早上孩子们就穿上了新衣服。

9 月 9 日，孤儿们换上崭新的衣服参加石家庄市为他们举行的欢迎会，市领导们都参加了。唐山民政部门一位领导的讲话，让孤儿们永远难忘。他声音嘶哑着说："孩子们，我把你们送到石家庄了。别认生，这是咱的省会！叔叔和阿姨对你们错不了！你们听话，好好学习！但有一点，你们要记住，你们是唐山的子孙，唐山父老永远想着你们！唐山是你们的家！等过了这段困难时期，我亲自来接你们，你们别忘了回家！"说着哽咽了。据说这个民政干部带着严重的内伤照顾这些孤儿，回去没有半年就去世了。当时，一个女孩上台演出，笑得依然天真可爱。而一个13岁的男孩，显然已明白"孤儿"二字的含义。他上台致答谢词，说到"爸爸妈妈都死了，是解放军叔叔救了我"时，感情难以自制，台上台下一片哭声。

董玉国伤感地说："接他们之前就讲，见到孩子们不要哭。结果大家还是控制不住，有个书记心脏不好，一激动还'出溜'了。这一天还发生了一件大事，就是毛主席逝世了。哭声再也抑制不住了！"

一天夜里，忽然下起了大雨。电闪雷鸣，孩子们认为地震了，炸了窝似的跑了出去，一个个跑到外面被雨淋着。有的孩子钻进树棵里，瑟瑟发抖。董玉国和老师们急忙出去找，都找回来的时候，他们已经淋湿了全身。一个孩子发烧了，急忙叫来医生。董玉国抱着一个孩子安慰说："别怕啊，有我们在，啥也别怕！没有地震，哪能总震呢？"这个时候，董玉国让老师们多劝劝孩子们。当时并不知道心理干预。

董玉国和育红学校的老师们对待唐山孤儿就像对待自己的孩子，孩子们在育红学校苗壮成长。32年过去，他们都长大成人，都成家立业了，有了自己的下一代。有18名上了大学，十几名上了中专，有27名参了军，高中、初中毕业生都由石家庄、唐山两市安排了工作，如今他们成长为干部、工人、教师、留学生、劳模、企业家，等等。

2006年5月1日，在一位摄影家的倡议下，60多名唐山地震孤儿聚集唐山抗震纪念碑前拍照留念。品味30年的生活，大家欢笑着，畅谈着，但是，他们都觉得缺少点什么。孩子在热闹中突然感觉孤单时，就一定会想父母，孤儿们此时想的就是他们的老师。王建伟和胡桂敏等人提建议说："回家，我们回家看看老师们吧！真挺想他们的！"他们的建议马上得到了大家的响应。于是，他们去石家庄看望老师了。

董玉国老人做了手术，身体欠佳，已经10多年没有回唐山丰南老家了。孤儿们马上想到去董玉国的老家。在丰南区陡河岸边的董各庄，他们用摄像机拍下了董玉国的老宅，拍下了刚刚发芽的柿子树。听说这棵树是董玉国老人年轻时在老家栽下的。还拍了一些董玉国的乡亲邻居，他们对着镜头说了好多问候董玉国的话。董玉国的已经 83 岁的老嫂子，听说这群人是董玉国当年育红学校的孩子，马上给他们包饺子，还在后院割下一捆韭菜，托他们带给董玉国。

董玉国看见录像，望着这些可爱的孩子们，分别能叫出他们的名字来。他老泪纵横地说："孩子们啊，你们真是懂我的心啊！我这辈子可能回不了老家了，当年是我把你们接回了家，今天是你们让我回家了啊！"

坚强是什么？是把悲伤留给自己，快乐留给别人。

现在，大部分唐山地震孤儿已成为各行各业的骨干。

汶川地震，唐山孤儿非常关心汶川地震孤儿。他们不断举行爱心活动，捐款、捐物，有的对孤儿寄养提出了自己的建议。有人说像石家庄育红学校这样集体抚养好，也有人说这样造成孩子太封闭，不如家庭领养。讨论的结果，领养的观点似乎占了上风。

就灾区孤儿的领养问题，中国心理学会、北京大学和北京市心理卫生协会联合成立了"中国心理学界危机和灾难心理救援项目组"，他们向民政部提出书面建议，希望民政部对孤儿领养进行全方位的考虑。

目前，汶川地震孤儿领养工作已经开始，唐山提出的领养 600 名孤儿已经得到四川民政部门的认可。

我们相信，汶川地震的孤儿们也会像唐山孤儿一样，在祖国母亲的怀抱里，在领养家庭的呵护下，一定会健康快乐成长。因为，我们有足够的爱给孩子们！

截瘫伤者：实现人生价值

只一瞬，天堂就变成了地狱。灾难中，走的人走了，活着的人活了。但是在幸存者里，有相当一部分残疾人，残疾人里最多的是截瘫病人。

轮椅，截瘫者的必备工具。每一个到唐山的人，都会看到那么多的轮椅。或是儿女推着父母，或是夫妻相携，或是自己摇着轮椅独行，还有不少挂着"残"字车牌的三轮车穿行在大街小巷……这是灾难留给一座城市的"后遗症"。

在唐山大地震中，因大地震导致截瘫的有 3817 人，当时有外国专家预计他们的生命极限是 15 年。如今，32 年过去了，这个因地震而残缺的群体却在社会关爱的阳光下幸福地生活。

唐山震后 32 年来，在党和政府的亲切关怀下，唐山市孤寡老人生活有保障，生病有人管，临终有人送，幸福地安享了晚年。截瘫伤员经过医护人员的努力和社会各界的关心帮助，都树立起了正视现实、从现实出发、追求有意义生活的人生信念，80% 的截瘫伤员通过参加职业康复训练，身体功能得到了一定的康复。有的自学成才当了作家，有的还成了善于经营的企业经营者，各自找到了属于自己的位置。

唐山地震后，唐山呼吁全社会都关爱残疾人。在 18 所截瘫疗养院中，唐山市截瘫疗养院是其中最大的一所，于 1981 年主体建成并投入使用，同年 5 月份第一批截瘫伤者入住。唐山市康复教育中心作为全市残疾人的免费培训基地，2005 年投入经费 104 万元，集中开办了 13 个专业培训班，免费培训残疾人逾千人。在就业问题上，也付出了极大的努力。2004 年，唐山共有在岗残疾人 10540 名，推荐城镇残疾人上岗就业 1018 名，农村残疾人就业 9787 名。2005 年全市新安置 924 名残疾人就业，共安置 13479 名残疾人就业，并在唐山建筑中建设无障碍设施。目前，唐山市共设置盲道 7.3 万多米，人行道出入口 295 处，坡道 540 处；兴建了便于残疾人居住和生活的"康复村"，具有无障碍设备的截瘫疗养院、康复教育中心、康复医疗中心等 20 多所；全市较大的宾馆、饭店、百货商厦、购物中心、医院、车站以及信息服务等公共设施，不仅内部采用了无障碍设计，而且延伸到与其相连的道路出入口。

我们不能忘记唐山市截瘫疗养院的付平生。他是个平凡的人，可他胸中涌动的却是不平凡的热情。20 世纪 80 年代初期，由付平生牵头组成的唐山市截瘫疗养院小乐队名噪一时，曾在中国残联成立一周年庆典时赴中南海演出。之后，他又作为我省轮椅篮球队的一员，参加了第二届至第六届全国残运会，屡创佳绩。

付平生从小酷爱音乐，在上学的时候就是学校乐队的主力，而那场大地震差点把他和音乐隔开。

地震中受重伤的他在石家庄接受治疗 3 年零 8 个月之后才回到了唐山，然而他却再也不能站起来了，但是他没有因此放弃希望。付平生说："当时自己年轻，总感觉除了不能走路，什么也不比别人差。"

于是，在截瘫疗养院的阳光室里，人们总能看到他拉二胡的身影。在悠扬的二胡声里，不但让他找回了自己，也在他周围聚集了一群同样热爱音乐的截瘫病友。看到二胡的神奇力量，疗养院专门为他们配备了乐器，组建了一支小乐队。

当时疗养院属于对外开放单位，经常有外国友人来参观访问，而小乐队的演出就成了接待外宾的一个固定节目。虽然小乐队的演奏水平并不是很高，但他们却用音乐表现出截瘫患者乐观积极的精神面貌。

付平生自豪地告诉我们，在庆祝中国残联成立一周年的那次演出中，由他作曲、姚翠琴填词的歌曲《我是幸福的残姑娘》受到一致好评。姚翠琴也是一位高位截瘫病人，后来成为一名作家。

后来唐山要建残疾人康复中心，小乐队就不定期到工矿企业义演募捐，几乎每三天都有演出，几个月下来竟募集到了30多万元。在当时，这算是个很大的数目了。

在组织小乐队的同时，他还参加了轮椅篮球队。从第二届全国残运会开始，他已参加了五届，最好成绩是全国第三。而残疾人从事体育比赛要比正常人付出百倍的辛苦，坐在轮椅上，凭一双手运球、投篮，移动换位也靠这一双手，翻车撞伤是常有的事。有一次，他跌伤了，鼻子淌着血，志愿者耐心地照顾他，他感动得哭了。那不是悲天悯世的眼泪，而是经历苦难最终战胜苦难的眼泪。

有时候，静下心来也有苦闷、悲观的时候。他就骂自己：没出息！说实话，人这辈子总得有些沟沟坎坎的，勇敢面对吧！

像付平生一样，唐山大地震的截瘫伤者不但幸福地生活着，而且在努力实现着自己的人生价值。他们中有在国际残疾人体育比赛中屡获金牌的董福利、王宝占、李冬梅，也有被称为"轮椅作家"、多次在各类文艺大赛中获奖的姚翠琴……

残疾人虽然身体残缺，但心灵是美丽的。他们每个人都不是孤立的，有自己交际的圈子，有自己的好朋友，虽然他们的身体是残缺的，但他们对人生的积极追求却是和正常人一样的。他们牢记着雨果的一句话：人生便是白昼与黑夜的斗争！截瘫病人每天都与黑暗顽强战斗，最终迎来了光明……

这是一个特殊的村落，居住着特殊的村民。

它坐落在唐山繁华闹市的一个小巷子里，一个十分干净整洁的院落，一排排的平房组成几个小院子，共有 26 套房子。各种花草树木分布在院里的每个角落，与周围的高楼林立相比显得格外与众不同。这里就是唐山地震截瘫伤者的幸福家园——康复村。

平房最里面的一套房子就是村长杨长禄的家。记者见到他时，他因为泌尿系统感染正在发烧，而这是截瘫伤者的常见病。

为了让新婚而无住房的截瘫伤者有个温暖的家，唐山市在 1991 年开始建设康复村。1992 年 7 月第一批"村民"入住时，康复村还为十几对新人举行了集体婚礼。康复村现有 26 套住房，住着 25 户截瘫伤者家庭。为迎接抗震 30 周年纪念，有关部门对康复村进行了翻修改建。改建之后，每户的居住面积从 40 多平方米增加到 57 平方米左右。

康复村是专为截瘫伤者建的无障碍住房，生活起来挺方便的。住户也都是截瘫伤者组成的家庭，大家相互扶持，更懂得珍惜生活，热爱生活，也更容易感受幸福。因为自己也是一名截瘫者，杨长禄对这里的"村民"特别了解。他说，震后曾有外国专家说唐山的截瘫伤者活不过 15 年，但现在已过去了 30 多年，而自己的每一天都是幸福的。

康复村中截瘫家庭的生活来源主要是民政部门按月发放的生活费和所在单位的补助金，完全能维持最基本的生活需求。为了生活得更好些，截瘫家庭的男人们或摆摊修锁配钥匙，或开电动三轮车跑客运，赚些钱贴补家用；女人们则在家里做些家务。

一位记者朋友回忆起他在 2002 年的春天进入康复村的情景：

46 岁的郑维芹带着爽朗的笑容引我进入她家，雅马哈电子琴，果实累累的金橘，鸣叫的蝈蝈……如果不是身下的轮椅，几乎让人忽略她是个残疾人。

"外人见了我都纳闷：腿都这样了，你咋还这快乐呀？我说，认识常姐后，我就变得开朗了。"郑维芹说。她说的"常姐"名叫常晓英，是开滦医院干部病房的护士长。从 1996 年起，她坚持利用业余时间到康复村照顾、护理截瘫患者，被大家称为"咱们的村医"。

郑维芹 20 岁时被地震砸成瘫痪，在外地住了几年医院，回来后转到康复村。1999 年患卵巢囊肿在开滦医院手术，住院 12 天中，常晓英天天来看她。主动帮她在开滦医院联系手术，并嘱咐医护人员对她加倍照顾。考虑到郑维芹家经济并不宽裕，常晓英还联系院领导为她减免了部分医疗费。住院期间，常晓英一有时间就往病房跑，陪郑维芹唠家常，帮助她树立战胜疾病的信心。手术非常成功，郑维芹不仅获得了肢体的重生，更获得了心灵的重生。然而 2006 年，郑维芹到了更年期，终日情绪低落、郁郁寡欢，甚至想到自己的生命真的要走到尽头了。这时又是常晓英主动找到她，经常到家里来看她，陪她聊天，开导她正确对待更年期，与她切磋琴艺，帮她分散注意力。经过大半年的开导，郑维芹顺利度过了更年期。如今她见人就笑逐颜开，她说，是常晓英使她重建了生活的信心。

村长杨长禄患糖尿病，十来年没有去过医院，自己给自己当医生去药店买药吃。"那怎么行？糖尿病就怕乱用药。"常晓英得知后，第二天一大早就赶到康复村，给杨村长验尿、抽血。后来，又用轮椅推着他去医院全面检查。

如今，老杨对自己的身体特别放心。因为到时候，常晓英肯定把该吃的药、该打的针都准备好。

1996 年的春天，常晓英第一次走进康复村，自我介绍是开滦医院的护士，问是否需要帮忙。接待她的杨长禄以为她想搞第二职业。常晓英却说："我不是那个意思，我想义务为你们做点事。"

杨长禄回忆说："她说先到各家转转，我寻思转就转吧，也没太在意。没想到时间不长，就听村民们说，常晓英经常来，抽血，化验，打针，输液，推着他们去看病，跑前跑后的，几乎成了我们的'村医'。"

康复村院中的柿子青了又黄，樱桃熟了一茬又一茬，常晓英这个村医一当就是 10 年。

截瘫病人最怕得褥疮，也最容易得褥疮。双目失明的王秀珍老太太褥疮烂得碗口大，露出了骨头。常晓英每天给她擦洗、换药。她把家里的烤电仪拿来，整整给老人治了一个冬天。康复村40多位截瘫病人,有近一半得了褥疮。常晓英挨个给他们治,不仅王秀珍,许会平、白荣珍等人的褥疮也都治好了。

王秀珍去世前,念叨最多的就是常晓英。她说常晓英是"活菩萨",是上天安排的好人。

常晓英就像铁打的人,不知疲倦。有一年三伏天,常晓英陪发高烧的白荣珍输液,看她打冷战,就关了电风扇和门窗。屋里热得像蒸笼,输完液常晓英成了"水人"。李振达住院期间,梁小军又病了。常晓英一头照顾李振达,一头跑康复村给小军输液,一陪就是小半天。又有谁知道,工作"三班倒"的常晓英为此牺牲了多少睡眠和休息时间。

刘印江得了前列腺炎。听说市里一家药店义诊卖药,他爱人王小惠连着几天起大早摇着轮椅赶去买药。常晓英知道后,主动承担了排队抓药的活儿。王小惠说:"常姐心里装着我们,唯独没有她自己。拿给我爱人输液来说,下午6时下班后骑车到康复村,半个月风雨不误,天天盯着3瓶液体到夜里十一二点输完,再由她爱人接她回家。你说我们连送她回家的能力都没有,这辈子没法报答她的恩情了……"

常晓英像一道阳光照亮残疾人封闭的世界。

12年寒来暑往,常晓英无私奉献了多少个工时,护理了多少次患病村民,没有人统计得出。她用12年的默默付出感动了村民,也用12年的无声大爱感动了唐山。

在唐山,像常晓英这样长期参与志愿服务的志愿者有40多万人,注册志愿者24万人,他们把"帮孤助残"列为重点,使1104位截瘫残疾人和529位孤寡老人得到长期的"一助一"服务。"送人玫瑰,手有余香",他们以自己的行动温暖着这座城市。

唐山对四川灾区震后孤寡老人和截瘫人员的安置提出了如下建议:

对于没有亲属的孤寡老人,可考虑统一输送到其他省市敬老院暂时安置,待四川恢复重建后,再将他们接回原籍,由政府统一赡养。其次,可考虑将截瘫伤员转送到受灾较轻的地区或外地治疗、疗养,待伤势康复后再接回原籍。还要做好孤寡老人和截瘫伤员的心理辅导,一些截瘫伤者开始时接受不了瘫痪的现实，他们会非常失落，情绪也会波动很大，绝望与悲观常令一些人产生轻生的想法。应组织专业人员对他们进行心理疏导，鼓励他们珍惜生命，增强生活的信心。

从唐山截瘫伤者的身上，汶川截瘫伤者会得到信心和启发。

重组家庭：构筑和谐家园

人生的意义就是把个体的天然悲剧演成喜剧，家的意义同样是这样。

大灾过后，人们需要家庭的温暖，需要爱的支撑。家庭重组是震后的特殊现象。在唐山地震后的走访中，我看到过很多废墟中破损的家庭以闪电般的速度重新组合的故事。

唐山大地震造成了 1.5 万个核心家庭解体，约有 7000 多个妻子失去了丈夫，8000 多个丈夫失去了妻子。震后又有近万个家庭重组，这引起了众多学者的关注，河北理工大学的王子平、徐金奎、孙武志等学者较早对这一问题进行了深入细致的调查与研究。经过长期的统计分析，他们认为，唐山震后重组家庭与一般重组家庭相比具有以下特点：为了依靠重组，过程呈现出集中和快速，绝大多数重组家庭是在震后一年之内结合的，占到被调查总数的 80.1%。重组大体始于 1976 年底，到 1977 年上半年达到高潮。然后是为了幸福重组，这是家庭重组诸多动因中最显著的，其中因为经济上没有依靠的占到了 65.1%，这些都集中反映了生存在重组动因中所占的比重。而其他方面，如感情上的填补与志同道合、生儿育女、生理上的满足，以及以爱情为基础等都显得次要了。还有和谐的"磨合"，重组家庭重组前男女双方均无子女的只占极少数，仅一方有子女的和双方都有子女的则占到了 92% 左右。这种特殊的要素和结构，使重组家庭潜伏了许多不稳定性，但多数家庭经过"磨合"实现了成员间的和睦相处。因此，重组家庭需要一个角色转换和感情调适的过程，也有一些解体了。

我把这些家庭组合写进了电视剧《唐山绝恋》里。地震两三个月后，废墟还没有清理完毕，民政局和街道居委会就开始给地震破损家庭操办集体婚礼。

在简易房中或露天广场上，几十对"新人"穿着朴素整洁的便装，戴一朵红花，完成了他们的简易婚礼。有时也会放鞭炮，场面并不冷清。这种重组的"快"让人有些意想不到，只用了一年的时间，就几乎完成了大部分破损家庭的重组。瞬间携起手来共渡难关，没有磨合好的夫妻，未来就很痛苦，大部分还是解散了，解散后互相也没有怨恨，他们心里大多还保留着对原有恋人的感情。

这些重组家庭和通常意义上因离异而重组的家庭情况迥然不同，他们各自对自己的另一半，不是情感破裂，而是还存有很强的感情，是一场灾难折断了夫妻情感。而且，即使时间过去再长，原先的这种夫妻情依旧会很强烈。地震以摇荡的形式突兀地开始，当新的家庭再次组合起来的时候，总是带着灾难的阴影，走出这个阴影要经历多少时间，需要有多少爱？

但是，唐山的重组家庭还是和谐、温馨的。

83岁的刘学儒从公安工作岗位离休，在老伴眼中，他是一个"严肃的人"；77岁的马彩云干过社区工作，在老伴眼中，她是一个开朗豁达的人。大地震夺去了震前丧偶的马彩云的二儿媳和两个孙子，而刘学儒则在地震中失去了老伴和一个儿子。

"我们两家是亲戚，他闺女嫁给了我外甥，我给他闺女看小孩时，小辈们就做了'红娘'，很快，我们就领了结婚证。"1973年丈夫去世后，马彩云独自带着孩子生活，和刘学儒重组家庭时她已49岁。

"那时候还不兴'黄昏恋'，不像现在社会这么宽容。"她说，"那时就想老刘孩子少，在经济上能帮助我减轻些负担。"

因为是亲上加亲，和马彩云早已熟识的刘学儒对她印象本来就不错，而此时生活上也迫切需要个伴侣。得到子女支持后，他就拍板决定和马彩云走到一起了。这一走就是相依相伴的30年。

"从结婚起，我穿的衣物除了鞋袜和背心，基本上都是她亲手做的。"从几岁就开始在纱厂当童工的马彩云手很巧，做出的衣服都很合身。

"老刘待我也体贴，我当居委会主任那会儿工作忙，老刘就忙完了工作忙家务，还经常和子女谈心，叮嘱那些走上领导岗位的子女要廉洁自律，当好人民的公仆。"

"我身体不好，她就每天给我熬药、泡脚、用热毛巾暖腰，还变着花样给我做饭。她知道我爱吃红薯，这阵子光红薯就买了十几回！"

"他这人特别好，一有摩擦，他就让着我，事情过去了再给你掰理。别看我们老了，可他时不时还弄两张电影票一起看场电影。"

老两口儿的谈话最后变成了相互为对方"表功"。可在他们那幸福的一举一动中，我们却感到了一种可以让时光停驻的动人温情。

汶川地震也会面临很多家庭重组，我们祝愿他们找到一种相濡以沫的情感支撑！

唐山：一个凤凰涅槃的神话

唐山人为什么如此勇敢？如此团结？如此懂得感恩？

我们要从这座英雄城市的由来谈起。这座城市里有两座山，一座是她的标志，一座是她的名字。

一只凤凰妈妈带着三只小凤凰到人间去寻找适合自己生活的地方，在飞经这里的时候，一只小凤凰被这里优美的景色所吸引，于是从天而降。因此，这里也被称为"凤凰城"。在游人如织的凤凰山公园，遥看那座凤凰化作的山，踏着石径和隙间蓬勃而出的小草，脚下的深层地带是千百万年生成的太阳石，这只凤凰借助炽热的火焰不断获得新生。

一个凤凰起舞的地方，也是凤凰感恩的地方。

那时候这座山还没有名字。当年唐太祖李世民东征时曾屯兵于此，便赐用国号命名为唐山，后来这座城市也因山而得名。20 世纪 30 年代，为区别地名与山名，这座山改称大城山。大城山凹凸不平，山石嶙峋，郁郁葱葱，常见奇石突峰，曲径通幽，峰回路转，风光无限，就像这座城市的性格和不平凡的命运。

追溯荒洪岁月，先民筚路蓝缕。点燃星星篝火，开疆拓土，繁衍生息。在唐山的滦河流域和燕山南麓，发现了数十处旧石器时代和新石器时代的文化遗址，证明人类很早就在这里开始播种文明。这些古文化遗址被冠以"滦河文化"

的范畴。早在 45000 年前，滦河滔滔，雨水充沛，两岸森林繁茂，为先祖提供了很好的生存空间。在这里，他们刀耕火种，渔猎为生。在大城山脚下发现的古代文化遗存有陶、石、骨、蚌、铜器多件，专家鉴定后，确定为新石器时代晚期的龙山文化，遗址被命名为"大城山龙山文化遗址"。这里商代属孤竹国，战国时为燕地，汉代属幽州，随着清代晚期"洋务运动"的兴起，清光绪三年（1877 年）在唐山设开平矿务局，引进西方先进技术，办矿掘煤。1878 年唐山建乔屯镇，1889 年改名唐山镇，1938 年正式建市。

从一个荒村小镇步履蹒跚，一路走来，长成了城市的模样，她接过了一面旗帜，在这片土地上猎猎飘扬，旗上书写着工业文明。

这片土地脚下的太阳石始终在沉睡。掘出来，就能把天地照得通明。

煤矿，唐山市兴起和发展的源头。19 世纪中叶，外国资本进入中国，洋务运动兴办的企业都需要煤炭做燃料。洋务派的著名人物、直隶总督李鸿章向朝廷提请开办我国自己的煤矿，获得朝廷的准允，并探明唐山一带地下有大片储量丰富的优质煤田。李鸿章派唐廷枢到唐山开平镇开办煤矿，即开平煤矿。它打破了中国煤炭采掘原有的落后生产方式，率先采用工业化国家的经营手段，开机器采煤之先河。中国第一座使用机器采掘的大型煤矿由此诞生。李鸿章上奏朝廷："未出数月，出煤极旺。"

为了把煤从矿区运到最近的海口装船运出，唐廷枢禀请李鸿章准许矿务局修筑唐山到北塘口的运煤铁路。1881 年 6 月 9 日，中国第一条铁路——唐山至胥各庄铁路，历经磨难终于铺轨。铁路采用 1435 毫米轨距（国际标准轨距），于 11 月工程告竣。唐胥铁路全长 11 公里，每米铁轨重 15 公斤，共耗银 11 万两。由于这段铁路用骡马牵引货车，所以被世人称为"马车铁路"。中国历史上第一条标准轨距的铁路由此诞生。

就在唐胥铁路修筑过程中，开平矿务局就在胥各庄建立了唐胥铁路修理厂。修理厂的几十名工人，利用矿务局开矿时曾使用过的一台轻型卷扬机锅炉和蒸汽机，用进口的车轮和建矿井用的钢铁材料组装成一台机车，工人们在机车两侧各镶上一条用黄铜镌刻的飞龙，称为"龙号机车"。它拉响了中国铁路史上的第一声汽笛，划破了中华大地的千年沉寂。

以开滦煤矿、唐胥铁路、"龙号机车"为发端，唐山工业蓬勃兴起。

唐山是中国水泥工业发展的摇篮。1889 年生产出中国的第一桶水泥。"马牌"水泥连续 50 年的销售量稳居全国第一，成为中国水泥品牌中响当当的名牌。新中国成立后，党和国家领导人毛泽东、周恩来、朱德都视察过该厂。

唐山是一座煤都、瓷都，同时还是一座钢城。唐钢始建于 1943 年，当时称唐山制钢所。历经日伪统治和国民党当政时期，企业破败不堪，新中国成立前夕时，生产处于停产、半停产状态，产量很低。如今的唐山钢铁（集团）有限责任公司（简称唐钢）已成为中国转炉炼钢的发祥地，在中国钢铁工业发展史上占有重要的地位。煤炭、陶瓷、钢铁等一棵棵工业之树在唐山的土地上生根，成长为中国近代史上第一片工业森林。

工业文明带来了工业文化，唐山人就形成了刚强、勇敢、豁达、好客、幽默的独特性格。

同时，唐山又是祖国母亲怀抱里一个最不幸的孩子。1976 年的唐山大地震，使唐山如凤凰折翼，顿入火海。

党中央和全国人民非常关心唐山人民，解放军、医疗队赶赴唐山，无以计数的救灾物资从四面八方源源不断地运抵灾区。唐山人民没有被巨大的灾难吓倒，而是"奋挣扎之力，移伤残之躯，匍匐互救，以沫相濡"，在全国人民，特别是中国人民解放军的无私救助下，谱写出一曲感天动地的壮歌。在条件异常艰苦的情况下，唐山人民立刻投入到发展生产、重建家园的奋斗中，展现出高尚的精神风貌，弘扬了"公而忘私，患难与共，百折不挠，勇往直前"的抗震精神。凤凰在火中起舞，尽显悲壮之美。所以造就了唐山是一座感恩的城市，一座将心比心的城市，一座把大爱融入血脉的城市。

2008 年 1 月 3 日，赵勇同志在中共唐山市委八届四次全体会议上发出铿锵誓言：开放创新，富民强市，为把新唐山建成科学发展示范区，建成人民群众的幸福之都而奋斗！

唐山要建幸福之都。一位网友在人民网留言："唐山是河北经济发展的领头羊，不久的未来，唐山更会成为中国和东北亚地区资金、物流和劳动力最活跃的地区，成为继珠三角、长三角之后，年轻人实现人生梦想，百姓追求人生幸福的一个好地方。"

唐山人无不为"幸福之都"而憧憬，经历过大地震创伤的唐山人，他们理解的"幸福"又多了一层内涵：感恩。

为了这两个字，他们做了太多太多……

所以有了向汶川地震灾区的倾城感恩。

1976 年 10 月，救灾部队陆续撤离唐山。成千上万的唐山人拥上街头为解放军送行。路两边沸腾了！孩子们不停地挥动花束，喊哑了嗓子；闻讯赶来的群众丢下自行车，拼命往里挤，想和亲人解放军握一下手；举着鸡蛋、黄瓜、西红柿的大妈，流着眼泪追着车跑，她想让亲人带上她的一颗爱心走；抱着孩子的大嫂哭着跟孩子一起喊："解放军叔叔，解放军叔叔！"七尺汉子站在风尘中目送着亲人远走，默默地流泪。他们想挽留，他们想报答，他们想倾诉……

唐山已泪如雨下。

欢送的人群中，有两个人是被解放军战士从废墟中救出的，是解放军给了他们第二次生命！从那一刻起，报恩的念头坚定了，报恩的行动伴随了他们的后半生。

魏淑香，唐山华新纺织厂女工。1976 年的唐山大地震夺去了她的母亲和丈夫。地震次日，100 多名解放军官兵靠人抬、肩扛，将压在她身上的 7 块水泥板移开，把她从废墟中解救出来。她第一眼看到的不是太阳，而是亲人解放军帽子上的红五星。1978 年，魏淑香与被同一部队救出的市政府机关干部王荫盛组成了新家庭，"红娘"就是这个部队的团长王其安。1979 年，两口子再次来到隶属于沈阳军区的这个部队，为二女儿挑选了一名军人做女婿。次年，为纪念与军队的深情厚谊，她为新出生的外孙取名李军。这以后，她拖着一条残腿年年到驻唐部队慰问。

另一位是滦县马庄子村农民马勇。老马有着一张典型的冀东农民的面孔，肤色黝黑，头发花白，为人朴素。他说："在 1976 年大地震中，我老伴和 3 个孩子都是解放军扒出来的。这种感情是什么也换不回来的。"

马勇的"驴吉普"拥军生涯是从 1983 年开始的。农村实行联产承包责任制后，马勇有了时间，忙完农活就到附近的驻军部队找活儿干。常常天不亮就赶着驴车进军营，帮战士打扫卫生，运走垃圾，然后再把粮食、蔬菜由仓库分送到 10 多个伙房。有时忙完这些后，还主动帮战士到市场去买粮买菜，接送家属，常常一忙一整天。

23 年来，部队官兵换了一茬又一茬，但马勇的拥军热情丝毫不减。他用自家的小驴车无偿为部队拉粮运煤，清运垃圾，接送官兵家属。风里来，雨里去，从未间歇。23 年时间，马勇为部队运出的垃圾可以堆成小山，运送的粮食足有 3000 吨，坐过他的"驴吉普"的官兵和家属成百上千。老马先后用坏了 6 个车篷架、20 副轮胎，换过 5 头毛驴。

2006 年，马勇已 71 岁了。尽管年逾古稀，身体不如从前了，但他仍坚持往部队跑。他家的 5 辆自行车、1 辆农用三轮车都成了备用拥军车。马勇除了自己拥军，还带出了一个拥军家庭。开修车部的大儿子马福生，常常义务给战士们修理自行车；部队汽车坏了，也帮忙修理；二儿子马福良，带着自己的机器去部队，义务加工面条、磨豆腐。老伴孙宝玲身体不好，也经常带着两个儿媳为官兵缝缝补补，洗洗涮涮。10 多年下来，洗衣缝被也有 2 万多件……多年来，马勇先后十几次被唐山市委、市政府和唐山军分区评为"爱国拥军模范"。1977 年，他家还被唐山市妇联命名为"拥军之家"。23 年时间，马勇用自己朴素的情感和执着的精神碾出了一条拥军路。

民拥军，军爱民，"驴吉普"的拥军故事还在延续着……像魏淑香、马勇这样的事例何止一两件，每一个唐山人的心目中都珍藏着对人民子弟兵的特殊感情。震后 30 多年，不少唐山人已从单纯的报恩升华到用实际行动感谢党、解放军和全国人民对唐山的无私支援。

时间回到 2001 年 5 月 13 日。

这天是母亲节，唐山市举行了一场特殊的集体婚礼。说特殊，是因为新人平均年龄都在 60 岁以上。新郎，是常记功臣幸福院的 8 位老功臣；新娘，是勇于冲破旧观念束缚的普通妇女。而操办这场婚礼的，就是全国拥军优属模范常玉珍。常玉珍，1978 年靠卖豆腐脑、炸油饼起步，逐渐成为拥有固定资产 7000 万元的民营企业家。她致富不忘拥军，投资 460 万元建起常记功臣幸福院，免费供养 37 位立过战功的孤老复员军人；出资 300 万元在迁西建起功臣疗养院和军人度假村，无偿接纳革命功臣和军人避暑疗养；她还在公证处公证，表示百年后要将财产全部献给国家。

有两件事对常玉珍影响很大，一个是父亲去世，一个是唐山大地震。

她的父亲常殿普曾是一个地下工作者，十年动乱时被诬为"特务"，含冤而死。临终前，他把不到 20 岁的长女常玉珍叫到跟前嘱咐说："玉珍啊，不管到啥时候，都要相信党，要记住和爸爸一样的革命先辈，他们是国家的功臣啊！"唐山地震时，常玉珍住的郊区梁家屯公社新艾庄灾情严重。她亲眼看到那些年轻的战士为救人晕倒在地，醒来后继续在废墟上扒人。从那时起，她对人民军队更加充满敬慕之情。

正是这个因素，常玉珍每年都要去军营慰问解放军。1996 年 7 月，她买了数十头白条猪、几百斤活鱼连同 9999 元现金送到唐山军分区。同年 9 月，她听说解放军 255 医院因经费紧张没钱装修 7 间老干部病房、添置相应设备时，3 次进京花费 5 万多元购进 130 多件设施送到医院。她不仅把儿子送到军营，3 个女儿择偶时，她也定了一个标准：女婿必须是穿过军装、有过军旅生涯的人。1996 年，在唐山市的支持下，她建起常记功臣幸福院，陆续从各县光荣院接来了 19 位老功臣。当老人们进入各自的单人房间时，简直不敢相信自己的眼睛：沙发、彩电、电扇、收音机、生活日用品一应俱全，就连花镜、掏耳勺、"老头乐"这些小物件都为他们准备好了。

常玉珍心很细，一方面为老功臣们调剂伙食，一方面带他们游览唐山市，还去北京看升旗、瞻仰人民英雄纪念碑。老人们在战争年代中九死一生，没能享受到家庭的温暖。常玉珍接他们进功臣院时，对他们承诺说："等过几年条件好了，女儿给你们每人说一个老伴。"一晃 4 年多过去了，老功臣们和幸福院收养的另外 13 名革命老区孤儿生活在一起，享受着天伦之乐，渐渐淡忘了这件事，可常玉珍却一直记在心上。

2001 年，她决定面向社会为"老爸"们征婚。她在征婚启事中特别加上了一条：与老功臣成婚者，请她住进幸福院，跟老功臣享受一样的待遇，幸福院负责养老送终。

这就引出了前面的"倾城婚礼"。5 月 13 日上午 8 时，化妆完毕的新人从唐山市圆梦婚纱影楼依次走出。这是常记功臣幸福院 8 位老功臣和与他们喜结连理的"知心爱人"。新娘最大的 75 岁，最小的也已年逾花甲，她们手捧鲜花，身着中式红缎夹袄、红纱裙，由一身绿军装的新郎搀扶，在花团锦簇的文化路上拍照留念。

8 时 30 分，在市交警支队一辆白色警车的引导下，一辆敲锣打鼓的花车和 8 辆红色捷达等组成的"功臣婚礼车队"驶过西山道、建设路。10 分钟后，婚庆车队到达唐山抗震纪念碑广场。在身着国防绿的常记功臣幸福院女员工的搀扶下，8 位老功臣和他们的爱人拾级而上，在抗震纪念碑前合影留念。广场的白鸽管理员张彦特地放飞上百只鸽子，为这场婚礼增添了热烈的喜庆气氛。广场上的游人自发围拢过来，与新人们合影留念。

常记功臣幸福院洋溢着喜庆的气氛，红地毯从门口一直铺到院子中临时搭设的礼台上，礼台正中间一个大大的"家"字格外引人注目，上面大红横幅上写着"革命功臣集体婚礼"。10 时 30 分，在婚礼进行曲中，对对新人沿红地毯步入会场，几百名来宾报以热烈掌声。

婚礼上常玉珍喜极而泣，一句完整的话也说不出来。常玉珍收养的 5 岁孤儿：党庆、党港、党归，把一束康乃馨献给了"常妈妈"；其他孩子把手中的鲜花献给新婚的爷爷奶奶，并齐声祝愿："祝爷爷、奶奶健康长寿！"

2001 年 9 月和 2002 年，常玉珍又为其余几位老功臣操办了集体婚礼。老人们终于在暮年建立起一个温馨的小家庭。老功臣王贵说："亲友们为我们总结了三条：第一满意，第二放心，第三享福。"

曾以一曲《我是一个兵》闻名的词作家陆原，专门和老战友甫田为这件事写了一首新歌《大喜临门》。陆原说："我是一个老兵，有责任、有义务把常玉珍的拥军事迹写出来，让全国人民都知道唐山人民与子弟兵的鱼水深情。"

2008 年 3 月 20 日，全国人大代表、拥军模范、唐山常记商场总经理常玉珍在与出席市十三届人大一次会议的解放军代表团交谈时，透露了自己的新打算：筹资建立一座战友纪念碑，让大家铭记为国家和军队建设做出过贡献的革命功臣和那段壮烈历史；2009 年是新中国成立 60 周年，将在市内建一个烈士蜡像馆作为爱国主义教育基地。

　　唐山还是一座"留住雷锋的城市"。在唐山，流传着这样一句话：谁说雷锋没户口，唐山雷锋天天有！1990年初，唐山市税务局路南分局职工张启柱，在风雪中奔波了4个钟头将一名迷路的5岁男孩送回家，由此获得唐山市"学雷锋十佳"称号。从那时起，唐山不失时机地开展了历时18年不间断的颇有特色的"月评学雷锋十佳"活动。

　　1989年底，唐山市委做出了《关于在全市进一步掀起学习雷锋活动新热潮的决定》。随后，市文明办起草了一个学雷锋意见，第一次提出"月评学雷锋十佳"活动。在国际、国内道德建设中独树一帜，受到中央领导的好评，被选入《全国精神文明创建活动创新方法100例》。18年里，唐山城乡共评出学雷锋好人好事百万余件，突出事迹10万多件，市级学雷锋十佳事迹1800多件。通过评选"十佳"培养并树立了一大批学雷锋先进典型和模范人物，形成了良好的社会舆论环境和激励机制。勇救遇险群众的刘凤忠父子，19年赡养孤寡老人的部俊华，甘于奉献的好军嫂王建平，新时期矿工的榜样赵国锋……一桩桩生动的事迹感人肺腑。由于"十佳"来自群众，所以得到了大家的认可和喜爱。群众反映说，先进典型就在我们身边，看得见，摸得着，真实亲切，可敬可学。

　　16年里，唐山先后换了7任市委书记。无论任期长短，都把"月评学雷锋十佳"事迹作为全市精神文明建设的一项重要工作来抓。每月"十佳"结果揭晓后都在媒体上宣传表彰。不少单位还把入选"十佳"，作为职工入党、转干、晋职、升学的优先条件。法警高贵洲多次被评为全市"学雷锋十佳"。市中级人民法院为他转了干，送他到中国政法大学深造，还提拔他担任了法警大队政委。

　　唐山月月选"雷锋"，不仅在国内产生了很大的影响，在国际上也同样引来了关注的目光。1991年7月，唐山应邀参加在瑞士召开的世界道德重组组织年会，向62个国家和地区介绍了"月评十佳"的经验，国际舆论好评如潮。世界道德重组组织负责人麦肯齐先生说："唐山不但为中国，而且为世界人类文明事业做出了重大贡献。"

　　在"学雷锋精神、走雷锋道路、创文明城市"万人签字长幅上，乔安山欣然写下："雷锋精神在唐山！"

对许多人来说，雷锋是一个打着时代烙印的响亮的名字。在雷锋离开我们几十年后的今天，唐山兴起的"雷锋热"再一次说明：虽然雷锋离我们远去了，但雷锋精神一天也没有离开唐山！

"帮一点"已经成为唐山的爱心名片。

曾有一位年近七旬的老者来到唐山市慈善总会筹委会办公室，掏出 1000元表示要捐献给困难群众，但老人却执意不肯留下姓名。他说，自己只是一个极普通的人，快过年了，想想还有那么多困难群众需要帮助，能帮一点儿就帮一点儿。在工作人员的反复劝说下，老人才在捐款票据上签上了一个耐人寻味的名字——"帮一点"。

如果把唐山这座城市的爱心潮涌比作一本图文并茂的精彩图书，那么，"帮一点"就是它的精美扉页。翻开它，人们会读到一个又一个各具特色却又似曾相识、动人心弦的故事。

"在唐山，'帮一点'不是一个人，而是一个广大的群体！"唐山市慈善总会筹委会办公室副主任李贺祥说："正如宁波有个'顺其自然'、青岛有个'微尘'，'帮一点'就是唐山最好的爱心名片。"

"力所能及办小事，小事多了成大事；爱心不在钱多少，心中有爱最重要。"这是身患癌症然后决定捐献遗体的臧岚的切身体会，也是对许许多多唐山市民自觉爱心行动的最好诠释。她是一位 62 岁的社区志愿者，却温暖了唐山市路北区缸窑街道高各庄社区众多居民的心。

臧岚曾当过 30 多年的厂医，2001 年定居高各庄社区，从此成了居民的"义务大夫"。

78 岁的唐振茹大妈患有支气管炎、糖尿病、白内障等多种疾病，儿子下岗，儿媳无业，孙子还在上小学，三世同堂，四口人挤住在一间不足 30 平方米的小屋里。为减少开支，唐大妈虽多病缠身，却很少去医院治疗。几年来，臧岚成了她家的常客，风雨无阻，为她定期检查身体、打针、买药。

居民刘鹤友忘不了，在老伴患肺癌期间，是臧岚跑前跑后帮助照料，每天两次给老伴输液打针，老伴弥留之际，臧岚几乎天天陪着。老伴临终时，紧拉着臧岚的手不肯松开。

蒋仁德是位残疾人，长年卧床，臧岚总是定期到家里为他检查、打针、测血压，感动得老人不知说什么好。

如今，她每周出诊3到4次，每周一、周二为居民检查身体已成社区惯例。为此，一贯节俭的臧岚还专门买了一个小灵通，方便居民和她联系。5年来，她共为居民义诊1000多人次，服务850多个小时。

2004年3月12日植树节那天，电视里全民植树的场景一下子震撼了臧岚。一个念头油然而生——自掏腰包植树绿化小区。第二天，她租车到西郊苗圃买下10株国槐和柳树树苗种在小区里。看到还有空地儿，19日臧岚又雇车拉回第二批32棵树苗。树种下了，她和老伴又精心照料，直至它们发芽、吐绿、抽枝。"绿化小区，美化环境，净化空气，是一个居民对社会应做的贡献！"臧岚倾心为小区植绿的举动感动了大家。王文祥大爷说："这老太太不容易，每月退休金才400元，这次一下子就花了400多元买树苗，太让人敬佩了。"

对公益事业热衷的臧岚，平时却省吃俭用，连件像样的衣服都舍不得添，总穿女儿剩下的；2002年查出她患有食道肿瘤，去医院看病花钱她会心疼，可为社会公益却一贯慷慨解囊。这几年，臧岚捐款捐物总价值将近4000元。

2005年7月1日，臧岚终生难忘，这一天她站在党旗下庄严宣誓，成了一名光荣的中共预备党员。自此，她对自己的要求更为严格，努力践行入党誓言。"在我死后，将我的遗体无偿捐献给唐山市红十字会用于医学事业，贡献我最后的一分力量。"这份已经公证了的遗嘱，是臧岚回报社会的最后心愿。

作为一名医生，臧岚深知医学教学研究中人体解剖严重缺乏供体的状况，很早就有捐献遗体的想法。2002年，查出自己患有食道肿瘤后，她用了4个晚上写好捐献申请和遗嘱。孩子们不同意她的做法，怕承担不孝的罪名。臧岚就耐心地做工作："我死后把遗体捐给国家，眼角膜可以让失明的人重见光明，其他器官可以用来搞科学研究。"

把爱心回馈给更多的人，是许多经历了大地震洗礼的唐山人最朴素的愿望。张北地震时，29辆卡车满载着唐山人民无私援助的救灾物资第一批到达灾区；新疆喀什地震后，又是唐山人民率先向灾区发出慰问信，并捐款100万元；九江发生洪涝灾害时，唐山是全国第一个捐款超过百万元的城市；印度洋发生海啸后，唐山地震孤儿代金荣个人捐款就达 3 万元，全市捐款额居河北省首位；松花江发生水污染后，又是唐山在第一时间将 157 吨用来净化水质的活性炭运抵哈尔滨……仅 1998 年以来，唐山就向全国洪涝、地震灾区和贫困地区义务捐赠款物总价值达两亿多元。

"帮一点"精神正在唐山掀起"爱心大潮"。

理清这样的脉络，我们就一切都明白了。所以，汶川大地震发生后，唐山人的爱心行动达到了顶峰。河北唐山人的形象和情怀不断放大，唐山的感恩行动感动了四川灾区的人民。成都市的一位副市长在全市的抗震救灾大会上动情地说："唐山是一座最有道义的城市。"

在唐山，从领导到普通市民都一样感恩。那一天，唐山市委书记赵勇赴四川灾区看望唐山救援队归来，还带回了灾区几个失学的孩子。他们被赵书记的赤诚所感染，跟随他到唐山就读了。赵勇书记十分关心他们的生活和学习，与孩子们过了一个十分有意义的六一儿童节。赵书记一直被唐山人民的感恩情怀感动着，对他们有个概括的评价："唐山因你们而骄傲，时代因你们而进步。"正是这样的唐山情怀，赵勇书记概括出了"感恩、博爱、开放、超越"的新唐山人文精神！

唐山大地震，唐山人民接受的援助都一笔笔记录在案：最早的药品来自沈阳，最早的食品来自沧州，最早的医疗队来自解放军某部……

但是，当我们试图寻找唐山第一笔对外援助的物资时，却遇到了极大的困难，翻遍唐山档案馆的所有资料都没有结果。为什么没有记载呢？

一位在民政部门工作多年的地震幸存者激动地说："地震中，地震后十年，国家、部队、各地、各部门，还有普普通通的好心人，给了我们唐山多少援助？说白了，我们的命都是人家给的。啥比命金贵呢？我们给人家一点儿东西就记上了，那叫什么啊？那是唐山人干的事儿吗？这一份真情，我们唐山人就是天天感恩也还不上啊！还不上啊！我们这辈子还不完的情，还要让子孙后代、世世代代还下去！"他的声音提高了，有些颤抖，有些急切。

滴水之恩，涌泉相报。这就是凤凰城对感恩最含蓄、最朴素的理解。

我们共同的收获：唐山精神与汶川力量

有一种瞬间，叫震撼；有一种瞬间，叫改变。

唐山与汶川都经历了那一瞬间的震撼，所以就一定会有飞跃式的改变。

每个城市都有自己的灵魂，唐山的抗震精神铸就了新唐山的崛起之魂。32年来，新唐山是伴随中国改革开放30年的步伐走过来的。英雄的唐山人民，正是在"公而忘私、患难与共、百折不挠、勇往直前"的抗震精神激励下，以满腔热血浇铸新唐山的文明之魂，成为现代化新唐山能够迅速崛起的一种精神力量！以抗震精神浇铸唐山的城市之魂，打造唐山走向世界的通行证。

因为有了灵魂，所以城市是活的。活得滋润，活得现代，活得开放，活得多彩多姿。

美国朗艾道，法国达能，日本松下、丰田、NGD纷纷来唐落户……其奥秘何在？"是唐山文明、诚信和安定的环境吸引了我们。"唐山松下产业机器有限公司原总经理小林诚先生一语中的。

从20世纪90年代开始，唐山市城建、公交、园林、卫生等38个与群众生活密切相关的行业部门就自上而下地推行了社会服务承诺制，并建立健全了一套高效完备的服务机制。如今，遍及各个社区的完善的服务设施，为老百姓搭起了一座座排忧解难的"金桥"……

党政机关是窗口行业的"窗口"，为从根本上改变一些单位存在的"门难进、脸难看、话难听、事难办"的现象，多年来，他们在全市普遍推行了党政机关干部职业道德和行为规范，大力简化办事程序，清理各种与市场经济不适应的政策法规，聘请了上千名社会监督员，有效地促进了机关工作作风的转变。为了提高干部职工素质，唐山市每年选派几百名在职干部、职工去新加坡培训学习……

唐山以抗震精神创造了历史，今天还是以抗震精神开发了古老的海岛——曹妃甸。古老的渤海湾用它那博大的胸怀孕育了曹妃甸。世界也正睁大眼睛，注视着这片生机无限的热土。

这片神奇的土地注定会创造奇迹。

2006 年 3 月 5 日，十届全国人大四次会议在北京召开。细心的记者们注意到，提请会议审议的《国民经济和社会发展第十一个五年规划纲要（草案）》中竟有三处涉及曹妃甸："结合首钢等城市钢铁企业搬迁和淘汰落后生产能力，建设曹妃甸等钢铁基地。""建设大连、唐山、天津……沿海港口的煤炭、进口油气、进口铁矿石中转运输系统和集装箱运输系统。""建设资源循环利用产业链及园区集中供热和废物处理中心，建设曹妃甸等若干循环经济产业示范区。"

曹妃甸的重要性可见一斑。曹妃甸建设者们不辱使命，克服重重困难，在非常艰苦的条件下交上了一份又一份满意的答卷。

2007 年的 5 月 3 日，中国石油天然气集团公司宣布，在渤海湾滩海地区发现储量规模达 10 亿吨的大油田——冀东南堡油田。

冀东南堡油田在哪里？位置就在唐山曹妃甸港区！这片神奇的土地蕴藏着怎样丰富的能量啊！它蕴含着怎样的中国力量啊！新发现的 10 亿吨储量的南堡大油田，为曹妃甸新区插上了又一个翅膀。

8 月 8 日，曹妃甸 5 万～10 万吨级通用散杂货码头正式对外通航。该码头位于曹妃甸一号港池内侧，由曹妃甸实业开发有限公司投资建设，总投资 3.2 亿元。同日，德龙海洋工程基地的开工仪式和 8 个项目的签约仪式在曹妃甸举行，合计总投资达 380 亿元。

11 月 24 日，曹妃甸工业区与山东久泰能源集团签署协议，总投资 500 亿元，在曹妃甸建设年产 1000 万吨甲醇、300 万吨二甲醚和 100 万吨烯烃的大型煤化工项目。

12 月 31 日，曹妃甸 25 万吨级矿石码头 2007 年装卸量突破 2000 万吨大关，达到 2008 万吨。

2008 年 6 月 10 日，总投资预算达 40 多亿元，占地约 2500 亩的中材集团曹妃甸产业基地项目在唐山签约。

每一个日子都金子般闪光，令人怦然心动。

温馨的阳光洒满曹妃甸 25 万吨级矿石码头，一艘来自澳大利亚的巨轮正在紧张地卸载铁矿石。不远处的工地上，重型卡车来往穿梭，高高的塔吊轻舒长臂，数万名建设者正在料峭海风中鏖战……曹妃甸像一个彩色的魔方，现代工业的气象全在她的波光倩影里表演。

曹妃甸是国家"十一五"投资最大的项目集群，被列为国家第一批发展循环经济试点产业园区。以 2007 年首钢京唐钢铁厂正式开工为标志，曹妃甸进入了大规模产业聚集阶段。截至目前，曹妃甸已累计完成投资 400 多亿元。到"十一五"末，在曹妃甸的投资将达到 2000 亿元。

曹妃甸这个"巨人"的崛起，不仅直接关系唐山、河北的改革发展大局，而且对环渤海地区乃至全国生产力布局调整和经济发展都具有巨大的带动作用和深远影响。2006 年，胡锦涛总书记视察唐山时指出，要坚持高起点、高质量、高水平，把曹妃甸工业区规划好、建设好、使用好，使之成为科学发展示范区。这为曹妃甸的开发建设指明了方向。

陈国鹰市长说，唐山因煤而建，因钢而兴，这些年经济高速发展，也带来资源消耗很快、能耗居高不下等问题。通过曹妃甸科学示范区的摸索实践，将解决困扰唐山发展的一系列问题，也将给国内重化工业发展带来启示。

唐山把发展循环经济作为曹妃甸的立区之本，着力打造钢铁、化工、装备制造三大循环产业链。力争在每个产业链上形成企业间原料、中间产品及废弃物的互供互用，实现上下游企业间"无缝链接"和清洁生产，在每个产业之间也形成循环链接。

赵勇书记为把唐山打造成科学发展示范区进行了深入的思考和调研。为落实总书记的指示，他要以曹妃甸为龙头把唐山打造成科学发展示范区，按照他的总体思路，唐山市发展改革委员会的一间办公室里的人们讨论得热火朝天，每个人仿佛都按捺不住初恋般的心跳，每张脸上都洋溢着对未来的憧憬。

几天后，这里诞生了《唐山南部沿海地区"四点一带"产业发展战略规划纲要》。这个纲要令无数唐山人振奋不已。沿海"四点一带"中的"四点"是指曹妃甸新区、乐亭新区、丰南沿海工业区和芦汉经济技术开发区。"一带"则指贯通"四点"形成的沿海交通、经济走廊，产业规划面积将超过 2000 平方公里。"四点一带"地区涉及唐山南部沿海现有的 9 个行政区域，总面积达

5592 平方公里，其经济总量约占全市的 27%。按照规划纲要目标，力争经过 5 ~ 10 年的努力，把这一区域建设成为科学发展先进区、先进产业聚集区、双向开放承载区、体制创新引领区、生态文明样板区、跨越发展支撑区。按照统一规划、分步实施的发展战略，2008 年，"四点一带"地区规划启动实施，完成投入 655 亿元，统筹推进，重点夯实区域发展基础。

在沿海"四点一带"的产业空间布局上，曹妃甸新区将努力建成环渤海地区的国际性能源和原材料集疏主枢纽港、中国北方地区重化工业基地、国家商业性能源储备和调配中心、国家循环经济示范区、中国北方商务休闲之都、生态宜居的滨海新城。唐山市希望，用 5 ~ 10 年的时间，力争使"四点一带"创造的生产总值占到全市经济总量的一半，再造一个新唐山，使这一区域成为引领河北发展的强大引擎、京津冀都市圈的战略支点、环渤海地区快速崛起的重要增长极。

在市委八届四次全会上，省委常委、市委书记赵勇在阐述加快推进科学发展示范区建设的重大举措时指出，要以曹妃甸新区为重点，深入推进沿海"四点一带"大规模开发建设。这是事关唐山未来发展最为重大的战略布局，也是新唐山为中国 30 年改革开放这一伟大事业做出的又一次很好的诠释。

这无疑是一个有胸怀、够气魄的大手笔。

这是历史的选择，这是今日的凤凰涅槃。

唐山的今天和未来，必将给汶川人民以信心和鼓舞！

我们看到，汶川大地震同时形成了"一方有难，八方支援""万众一心，众志成城"的汶川精神。这种精神是汶川人民的精神财富，是新汶川崛起和不断发展进步的力量源泉。勤劳勇敢的汶川人民一定会建成美好的新家园！

汶川地震，我们共同的思考

沉痛，我们一直沉痛着。

感动，我们一直感动着。

思考，我们一直思考着。

　　我们在泪光中看到，面对强震，灾区人民舍己救人，拼自己的命去救他人的命；他们不离不弃，失去了自己的亲人仍在全力拯救别人。这是一个奉献爱的群体，在惨烈的废墟上，心与心碰撞，爱与爱交融，谱写出人间动人的华彩乐章！是他们的苦难、奉献和牺牲，点燃全民族的爱与力量。汶川抗震再次向人们昭示出英雄的深层内涵：无私者无畏，大爱者大勇。我们哭了，为那些在废墟中坚守生命的意志，为那些在强震中打开生命之门的大爱，为那些闪耀人性光芒的温暖。好久好久，我们都没有这样感动了。

　　我们在泪光中看到，中国人并没有示弱，一个个英雄的形象分外清晰：解放军、武警官兵、公安民警、人民教师、医生护士、基层干部、志愿者、新闻记者以及顽强求生自救的灾区群众……他们用自己的血肉之躯创造生命的奇迹，为救出他人以慷慨的姿势毅然赴死。他们奋力凿开废墟，数不清的双手托举起生命。他们救死扶伤，眼含泪水而表情坚毅。他们的身影在历史中定格，在民众的心中高耸，汇聚成一组舍生忘死、不屈不挠、友爱互助的中华民族人民英雄的群像，是我们民族和时代最可歌可泣的英雄！

　　一切为了生命！总书记在你身边，总理在你身边，解放军在你身边，全国人民在你身边。我们的民族正用千万颗心，垫起那沉重的水泥板，我们要救出你们，我们要为这一线希望哪怕去牺牲！我们说：生命无价，生命至上，是现代国家的最高价值！生命的价值高于一切，它本身就是目的，而不是手段。这次救灾，不仅医治伤病，还注重心理救护，表现了对人生命的物质与精神的双重关怀。建设新家园，首先重建灵魂家园。我们高兴地看到，这种生命平等、尊重生命的"普世性"意识，已经成为我们基本的价值理念。我们会乐观地想，我们的和谐社会，我们的科学发展，本身不是目的，最终目的是让生命美好、人民幸福。看汶川废墟上长出了一簇野花，它在向我们讲述生命的意义，并照耀我们前进的征程！

　　国家哀悼日让我们真正感受到了，珍惜生命、敬重生命的共同价值理念具有了国家形式，个体生命价值平等的光芒熠熠生辉。对于自然，人的生命如此脆弱和微小，面对灾难，却是如此坚韧和强大。亿万人民已经真切地感受到，作为人民的主体意义，激发了强大的民族凝聚力。是的，当每个普通人的生命价值都得到敬重，那么他们与这个社会、这个国家、这个民族、这个政府就紧紧联系在了一起，众志成城就能携手渡过难关！汶川抗震救灾的胜利，已经充分证明了这一点。

历史证明，灾难都是以文明的进步作为补偿的。太安逸的日子想的是挣钱，也许只有当真正的灾难来临时，我们才知道什么是最重要的，那就是老百姓的生命安全；也许只有灾难来临时，我们才知道什么是最珍贵的，那就是爱和奉献。当我们置身灾难时，我们也能变得无私和无畏。灾难，让我们找回了丢失的东西，更能体会到团结的力量。灾难带给我们空前的团结！无论是经历此劫难的灾区幸存者，还是心向汶川的人民，都将从此学会感恩：以一颗感恩的心善待他人，帮助身边需要帮助的人。人世间所有的创伤，最终都得由爱来抚平。爱的本质虽然一样，爱的方式却各自不同。也许我们曾经麻木，但不要忘了，我们有爱的储备，我们一直有爱的能力！

经历过如此劫难的四川人民，对"一方有难，八方支援"的奉献精神有着真切体验和深刻理解，正是这种刻骨铭心的人文感悟，重构了汶川人的精神世界。"万众一心，众志成城"的口号已经成为汶川人民永远保持前进姿态的精神沃土！伟大的汶川抗震精神，在中华民族优秀传统的积淀中孕育，在科学发展的催化下形成，在救灾、重建的过程中奔腾、激荡、升华，必将成为汶川人最宝贵的收获和财富。据此，汶川人民如逐日的夸父，在废墟上投杖为林，重建起更加美好的精神和物质家园。"一方有难，八方支援"，充分发挥了社会主义制度的优越性。事实证明，只有社会主义才能救大灾！在缺吃、缺穿、缺水、缺房的情况下，中国人民团结互助，同甘共苦，顾全大局，无私奉献，体现出的亲情、友情和公而忘私的集体主义精神，折射出人性中的至真至纯。灾难中收获的巨大的精神财富，已经升华为一种不朽的抗震精神，融入四川人民的血脉，成为巴蜀文明新的灵魂，向世界展示出大爱的力量，展示出巴蜀儿女战天斗地的崭新风采！如果说地震是一种偶然，那么英雄的中华民族和不屈的汶川人民，则用这样一种必然告诉世界：在任何自然灾害面前，一个民族所拥有的坚强意志和它选择的勇敢面对，是任何力量也无法摧垮的！中国是震不垮的！

这，就是汶川大地震留给人类历史的核心价值和永恒思考！

请看，当今世界，可有这样的团结一心？

请看，当今中国，就有这样英勇的人民！

国难当头，豪气当歌。唐山人的感恩情怀是我们河北，乃至全国的一个缩影。中华文明养育了我们英雄的儿女，积聚了多年的感恩情怀也在这一刻奔涌了。13亿双手伸过来，从力量中传递着力量，从温暖中印证着勇气。诗人说：中国，不哭！人民说：中国，不败！我们悲悯，为那些逝去的生命；我们坚定，为创造美好的未来。面对地震孤儿，我们说："孩子，别哭，13亿中国人都是你的亲人！你的命就是我的命！"人们不仅敢说，同时也勇敢地去做。这一刻我们深深感到：做一个中国人是多么自豪！

我们向世界展示一个什么样的中国？我们究竟要一个什么样的中国？我们要做一个什么样的中国人？

中国感动了世界！西方媒体说：原来中国人是这样的！32年了，从唐山到汶川，中国已经不再把自然灾害的伤亡视为国家机密了，汶川发生地震后国家每天都发布了正面、透明、准确的信息。让世人看到了灾民的痛苦，看到了中华民族的忍辱负重，看到了灾难面前人性的光辉，看到了政府果断处理灾害的能力，看到了中国大地上真正的人权，看到了中国特色的危机应急机制已经走向成熟，看到了以人为本的救援机制的高效与完善……

从唐山到汶川，整整见证了中国改革开放30年，我们过上了幸福的现代生活。我们取得了辉煌的成就，我们储备了更多的外汇，同时也储备了足够的爱！我们在为取得的成就欢呼的时候，还要有一种深深的忧患：汶川地震给国人敲响了警钟。过去的唐山，是对地震不设防的城市，因此留下了惨痛的教训，今天的唐山已坚固地设防了。唐山有一句口号："宁可千日无震，不可一日不防！"过去的汶川是不设防的城市，那么多亲人离我们而去。我们相信明天的汶川也会设防了，而且会更好。我们要说的是，防患于未然，要让全国对地震不设防的城市设防！所以，在未来的日子，我们要走一条科学的防灾减灾之路。

地震是我们人生中的重要经历，是我们不可抗拒的命运。我们常常对大地进行诅咒式的祈祷，由谁来开拓灾难的救赎之路呢？我们问大地，你的心脏是不是有裂痕呢？你为什么以无序、顽固和剧烈的颤动对待我们每一个生灵呢？

我们多想游走于裂痕之间，捧起一片新土，将裂痕坚固地对接好。我们抚摩一块块残砖、一道道地缝、一块块断壁，觉得那是破译灾难的咒语。于是，生命的目光超越了大地。在人间无边的大爱里，我们似乎看到了大地反省的眼神。

大地都在反省，我们人类能不反思吗？

无论是唐山大地震，还是汶川大地震，抗震精神都是一脉相承的。可是，我们遗忘了很久。汶川地震，生命中最宝贵的精神在灾难中怆然复活。32 年前的唐山留下了抗震精神，今天的汶川，是对唐山抗震精神的深化，是对民族心灵的净化与强化。正像钱理群先生所说："我们这个时代需要并正在形成的三大精神：一是以生命至上为核心的仁爱精神；二是以多元社会、文化并存为核心的宽容精神；三是社会参与和承担的责任意识。"因而建设一个更加人性化的仁爱中国，建设一个国内各民族相亲相爱、与世界和睦相处的礼仪中国。抗击灾难带给我们的精神资源，是在两次大灾难中，我们的人民用生命和鲜血换来的，非常宝贵。是的，灾难改变了我们很多很多！也许这是灾难留给我们最大的精神财富吧！有人说："这次地震对我的生活产生了巨大影响，心灵经历了一次洗礼，灵魂得到了升华。"在灾难的考验面前，在真、善、美的感召下，相信有越来越多的人会反省自身，不断认识自我，不断提高自己。领导的改变、政府的改变、人民的改变，最终让我们的国家改变。这样的改变正在不知不觉地发生，并且有如春雨润物，潜移默化地、长久地产生影响。这种精神能量是无法估量的！

我们要警惕健忘症，请记住，而且要永远记住。可是，我们的担忧不是没有道理的，灾难毕竟是一个非常状态，我们终归要回到日常化、世俗化的生活流程中，容易在"生命美丽，活着真好"的歌舞升平中麻木灵魂。所以，我们还要抛开自私、颓废的自我，让英雄之气浩然长存，否则，我们就是罪人！让抗震精神转化为育人、治国的强大精神资源，并使这一资源科学化、常态化、制度化，使其永远发挥效力。

我们的文学艺术界常常困惑于世俗化与崇高感的矛盾中，倍感精神资源匮乏。世俗化肯定人的自然欲望，肯定世俗化的生活乐趣，这没有什么错误。但是，我们的文学总是这样，注定无法逃脱疲惫之态，致使作家困惑，读者厌倦。有的作品，即便找到了英雄也是抗日的英雄，或是时过境迁的英雄。我们人类不可能永远满足于现实的平庸，崇高感、英雄气，永远是令人神往的。所以，我们的文艺一定会在汶川抗震的精神资源里找到灵感，从而完成今天英雄精神的挖掘与重塑！

我们失去了同胞，我们悲痛；我们失去了家园，我们坚强。我们在悲痛中站起，收获了无尽的精神和力量。在心灵一次次的颤动中，见证了一个强大民族不屈的精神和意志。这是我们国家和民族的宝贵财富！

汶川力量就是中国力量！

唐山精神就是中国精神！